W9-AXE-335

大众文艺出版社

图书在版编目(CIP)数据

我愿意/陈彤著. —北京:大众文艺出版社,2009.10

ISBN 978-7-80171-492-3

Ⅰ. 我… Ⅱ. 陈… Ⅲ. 长篇小说—中国—当代 Ⅳ. I247.5

中国版本图书馆 CIP 数据核字(2009)第 188399 号

书　　名:我愿意
作　　者:陈　彤
责任编辑:杜廷广　吴　浩
出版发行:大众文艺出版社　　发行部电话:64060749
地　　址:北京市东城区交道口菊儿胡同 7 号
　　　　　邮编 100009
印　　刷:三河市华润印刷有限公司
开　　本:630×900　1/32
印　　张:8
字　　数:214 千字
版　　次:2010 年 1 月第 1 版　2010 年 1 月第 1 次印刷
定　　价:25.00 元

注:如有印、装质量问题,请与印刷厂联系。

假如你买彩票，或者摸六合彩，没有中奖，人们会用别样的眼光看你吗？

不会。

任何智力正常的人都知道，中奖的是少数。但事实上，一个女人得到忠贞不渝、浪漫多姿的爱情，这种概率比六合彩中头奖要低得多。

只是，人们大多数的时候不这样认为。人们只会认为，一个女人，如果过了三十岁还没有结婚或者没有爱人没有男朋友，那么她们一定有这样或那样的问题。

一个男人，连追女人的方法还要女人告诉他，那岂不是连雄性动物都不如？

猎艳是一种本能。而受过太多教育的男人，往往像血统纯正的种马，连交配都要在马场饲养员的指导帮助下才能完成。

“贱”字原来可以这样理解！

在她的教育中，“贱”是指丽莎这样的女人，明知道人家有老婆，明知道人家是跟自己玩玩，还上赶着乐意着，这叫贱。

贱就是很便宜很廉价很容易得到的意思。

现在，她才知道，敢情——真正贱的是“贤妻良母”，是无条件为自己丈夫付出一切的女人！不仅是无条件，而且还得是倒贴。她们不要男人一针一线，不动夫家一草一木，自力更生艰苦奋斗吃的是草挤的是奶，全心全意为丈夫孩子服务，这叫“贱”！

你想要男人还想要脸？

咱这样的女人，不得自力更生白手起家啊？好男人会从天上掉下来吗？咱们又不是十八世纪的贵族，到了适婚年龄，老爹就给开舞会，把门当户对的未婚英俊男名流全请来，挨着排地请你跳舞，让你可劲儿地选……

男人爱女人，女人爱男人，都是有条件的，世界上哪里有无缘无故的爱？

只不过，有的爱对方的身体，有的爱对方的容貌，有的爱对方的门第，有的爱对方的财富，当然，最高尚的是爱对方的心灵，最卑鄙的是爱对方的腰包……

女人常常说男人没有一个好东西，那你们女人又有几个好东西？男人偷情，背叛老婆，不忠，吃软饭，说话不算话，女人呢？难道男人偷情不是在跟女人偷吗？难道男人背叛老婆不是为了其他女人才背叛的吗？假如这些其他女人是好东西，闪一闪让一让，义正词严铁骨铮铮，男人想偷情想背叛能上哪里偷情背叛呢？男人对感情不忠不义，女人如果各个都忠义，哪来的第三者？男人欺骗女人，上床之后说分手，谁规定上一次床就得上一辈子？再说，上床也是女人乐意的啊，难道一个巴掌拍得响吗？

你守身如玉，你洁身自好，你宁缺毋滥，在男人那里，他们认为你是“不知彼不知己”，不知彼，说难听点，就是不懂男人，不了解男人，对男人没有吸引力：不知己，那就等于说你没有自知之明，缺乏对自我的正确认识，癞蛤蟆想吃天鹅肉，高不成低不就，自己条件不怎么样还挑三拣四！

敢情男人想找老婆，就是想建立一种新型的“生产关系”。

唐微微被打了预防针——她现在懂得，第一，不要听男人是怎么说的，要看男人是怎么做的；第二，不要看男人偶尔怎么做，要看他长期怎么做。换句话说，一个男人偶尔讨好你一次并不难，难的是他一直讨好你而不讨好别的女人！

Chapter 15 175

靳小令每次一说到这些，都是一脸的“我骄傲我自豪”——女人为什么要花男人的钱?我就从来不花我们家钱伟的钱。女人应该让男人干他们自己喜欢的事情，而不应该把男人沦为自己的提款机、银行、长期饭票。

呵呵，道理是这个道理，但亲爱的女人啊，您知道您的男人喜欢的事情是什么吗？假如他喜欢的事情是陪着年轻的小姑娘数满天繁星呢？您还会觉得您为他的所有付出都是值得的吗？

Chapter 16 183

乔娜说：“微微，咱们共事这么多年，我知道你怎么回事。看见你，就像看见我自己十年前。在我是你这个岁数的时候，也很怕男人骗我，图我什么，但到了我现在这个年龄，我就不怕了。我告诉你我怕什么吧，我怕自己没什么给男人图的！”

Chapter 17 199

在商业上，倾销是一种罪，属于不正当竞争，是要受到惩罚的，但是在感情上呢?年轻女孩子，喜欢上事业有成的已婚男人——她宣布什么都不要，只要他这个人，这算不算“倾销”?人家一个杯子卖十元，你说我一分钱不要，白送，你高尚吗?你在扰乱市场秩序，是无耻！同样道理，人家结婚十年，风雨同舟，白手起家，你上来就宣布我什么都不要，我就要你这个人，叫什么?叫让爱做主?!

自序

那些藏在爱情皮袍下面的“小”

套用鲁迅先生的一个句式:谁的皮袍下面没有藏着“小”。

爱情是光明正大的事,但那些寻找爱情的男男女女,又都是皮袍下面藏着“小”的男男女女——这个“小”如果翻译成英文,大概可以说成“UNSPOKEN NEEDS”。

我第一次听到这个英文表达,是在一个酒吧。当时大家都喝得有点多,除了我,我因为要开车。喝得有点多之后,就有人议论那些不在场的朋友——谁谁真没男朋友吗?为什么呀?她又能干又正派怎么会剩下呢?谁谁谁怎么会看上那样的女人？除了会花钱啥都不会娶回家干啥呀？她真的以为他喜欢她吗？他比她小那么多！他老婆真不知道他在外面拈花惹草还是装不知道？为什么要装不知道？是因为太爱他舍不得离开他吗？

后来，一个男人说出了"UNSPOKEN NEEDS"这个词。

他的大意是说，世界上从来就没有无缘无故的事情，爱情也如此。只是很多时候，我们旁观者无法理解恋爱中的男女心底最隐秘的那个需求——那是无法说出口的，也很难用语言表达，只有"感觉"，一旦"感觉"到了，爱情就产生了。换句话说，就是"来电"。

为什么那些学习好工作好身体好品学兼优的优秀剩女往往情场失意、曲高和寡，反倒是那些啥啥都不会，除了会跟男人撒娇，视男人钱财如粪土，把男人肩膀当梯子的女人左右逢源，恃宠恃骄？

那个男人看着我，对我说："你天天写情感故事，你了解情感吗？你知道为什么男人会爱上一个女人，女人会爱上一个男人？你知道怎么让男人爱上女人，让女人爱上男人吗？假如你不知道，你还写什么呢？！"

当时我正在写《我愿意》。

这是迄今为止，我写得最辛苦的一本小说。我希望，每一个读过这本书的人，都能发现隐藏在自己或者对方内心的那个"UNSPOKEN NEEDS"，然后，知己知彼，百战百胜，然后，四目相望，心手相连，说："我愿意。"

Chapter 1

假如你买彩票，或者摸六合彩，没有中奖，人们会用别样的眼光看你吗？

不会。

任何智力正常的人都知道，中奖的是少数。但事实上，一个女人得到忠贞不渝、浪漫多姿的爱情，这种概率比六合彩中头奖要低得多。

只是，人们大多数的时候不这样认为。人们只会认为，一个女人，如果过了三十岁还没有结婚或者没有爱人没有男朋友，那么她们一定有这样或那样的问题。

唐微微三十二岁,嫁人的危机感扑面而来。她知道别人怎样议论她。

“她特丑?”

“她肯定挑剔。”

“她以为她是谁?”

“难怪她嫁不掉……”

其实,她并不难看,也不挑剔,而且还有自知之明。她在一家不错的公司做设计师,接触的客户至少是买得起别墅的。但她知道,她没有住别墅的命。除非她肯跟与自己父亲一个年纪的人上床。

关于这一点,她的女友靳小令完全不认同。靳小令每次听到唐微微吹嘘自己“富贵不能淫”的时候,靳小令就反唇相讥,说:“你以为你淫了就能富贵?你就不是有钱人喜欢的那种款。”

“有钱人喜欢哪种款?”

“总之不是你这样的就对啦。你有什么?惊人的美貌?没有吧?显赫的身世?差点意思吧?杰出的成就?呵呵,你那点名气都赶不上一个三流娱记。”

“照你的意思,有钱人的老婆都得是要么漂亮要么有身世要么是名人?”

“那倒也不是。你如果足够听话乖巧小鸟依人……”

“你怎么知道我不听话不乖巧不小鸟依人？我是没碰到让我听话乖巧小鸟依人的人！”

“你碰不到了！您要是二十五岁，您还有希望。您这都三十多了，您就是想依人，也是老鸟依人啦！”

在靳小令看来，唐微微之所以成为“剩女”，迟迟嫁不出去，跟王洋有关。这女人如果心里有男人，就像茶壶里有剩茶，不倒干净，是泡不了新茶的。当然女人跟女人不一样，有的女人的心像茶壶，非得把旧茶叶清理干净，才能沏新的，有的女人的心则跟尿壶似的，兼容性比较好。

唐微微从来不认为自己之所以被“剩下”是因为心里装了王洋，但王洋确实与她成为大龄剩女有一定的关系。他耽误了她工夫，消耗了她时间。假如把结婚嫁人当做生意，显然王洋是唐微微今生所做的最赔本的买卖，他浪费掉的是她的机会成本。

从十八岁到二十五岁，他一直和她纠缠在一起，其间有快乐，也有悲伤，无数次的分手，又复合，直到，他消失。打手机不接，发短信不回，唐微微甚至到派出所报案，老民警很和蔼地看着她，问她和他什么关系？然后对她进行普法教育，只有直系亲属或者配偶才有权利报案，而她是没有这个资格的。尽管他们曾一起住地下室，一起漂在北京，一起颠沛流离……

唐微微这几年时常会想起王洋，也常常猜测王洋为什么不跟自己联系——是混得依然不如意？还是想找但找不到她？毕竟她搬了家换了工作。不过，如果王洋执意要找的话，怎么可能找不到呢？可能还是那个时候她伤他伤得太重？呵呵，那时候，她早出晚归拼命工作，他觉得她冷落他，她对他说：“我也想天天在家里给你做主妇啊，可是你养得起我吗?!”

他脸色铁青。唐微微知道,她践踏了一个正在成长的男人的自尊心,但是,她说的是实情。她并不好逸恶劳,可她也有很多梦想,也想过要和心爱的人一起,烛光晚餐,露营,度假,上日本看樱花,到普罗旺斯喝甜酒,还有米兰、罗马、伦敦、悉尼、阿根廷……可是,在那些梦想层出不穷的青春年代,王洋却那么让她失望——他没有一样工作能干得超过七个月。开始,唐微微还会和风细雨,劝他安慰他鼓励他,但一年以后,唐微微失去了耐心。每到他失业或被炒鱿鱼,她就会失控,会追问他为什么?

她并不想打击他或者落井下石或者雪上加霜,但是她确实承受不住屡屡扑面而来的巨大失望——用唐微微母亲的话说,王洋有什么好?自幼丧父,母亲下岗,而他又是一个被宠坏的孩子,动辄就跟老板翻脸,一点委屈受不得,哪个老板喜欢这样的员工?唐微微的母亲从老家赶来,苦口婆心寻死觅活要她离开他。她舍不得。之后他们生活在暗无天日的争吵之中,直到她研究生毕业,毕业典礼结束,她再找不到他。

那个时候,唐微微整天哭,哭得好几次给他打电话,但王洋就像人间蒸发一样……

他们曾经那么相爱,说尽人世间的甜言蜜语,而他们又曾经那么仇恨,把全世界最难听的话都找出来,像匕首像投枪,无情地扎向对方的要害。

如果不是因为王洋人间蒸发,唐微微大概不会跟靳小令走得那么近。上大学的时候,唐微微最烦靳小令,她原本跟靳小令就不是一类人,甚至还有些看不起靳小令,一个一天到晚有事没事就把老公挂在嘴边的女人,无聊!但她在这个城市没有一个亲人,尤其王洋“自动消失”后,每到夜幕降临,她的心就会空落落的。她就那么空落落了一年，拼命地工作，加班，出差，飞来飞去，忙忙碌碌。每个人都夸她能干，都放心把最棘手最吃力不讨好的活儿交给她。她仿佛一个受虐狂，乐此不疲。直到她二十七岁生日那天，她忽然发现竟然找不到一个人陪她！

该结婚的，都结婚了，没结婚的，又分为两类，有男朋友的和没有男朋友的。

人家有男朋友的，稍微有点心机的，都不肯跟你来往，俗话说，“防火防盗防闺密”。

没有男朋友的，人家要把宝贵的时间用来找男朋友，整天和女朋友在一起，能混出什么来？

最后，她的二十七岁生日是跟靳小令混的，是她打的电话。

小令的老公是外科大夫，一周好几个晚上要值夜班，所以有大把时间跟她混。一来二去，就混成习惯了——只要靳小令老公上夜班，就会找唐微微，只要唐微微闷了，就会找靳小令。“闺密”就是这么密起来的，看电影吃饭聊天八卦做指甲染头发吃冰淇淋。

靳小令在一婚恋网上班，她建议唐微微到他们网站注册，唐微微死活不肯。唐微微的理由是那些好男人会上网？

靳小令反唇相讥，说：“你不上网，连男人都遇不到，还谈什么好男人坏男人？”

靳小令的经典理论是，男人有什么可怕的呢？可怕的是没有男人！

从二十七岁到三十二岁，整整五年。虽然也零零星星地交往过个把男人，但都属于“霁月难逢彩云易散”，人家对她有意思的呢，她对人家没感觉；她对人家有感觉的呢，人家又已经有主了。后来，靳小令跟她说，这结婚策略应该是团结一切可以团结的力量，靠单打独斗，胜算概率太低。一个女人能遇到的男人是有限的，而且即便遇到，你还得先弄清楚人家有没有家室。如果是单身的，你还得搞清楚他到底有没有女朋友，想不想结婚。这些都很麻烦，等都弄清楚了，往往感觉又没了。所以，要发动群众，让大家给你介绍。靳小令以身作则，自告奋勇，给唐微微上赶着介绍了几个，但唐微微回回都挑三拣四，要她去见个面，跟欠她多大人情似的。而且见了面，如果不满意，十分钟之内准站起来走人，极其不给人面子。每次都把靳小令给气得要死要活，搭工夫，还落一埋怨。

靳小令老公钱伟刚开始做医生的时候，看到病人生病，极力劝病人及早治疗，但很快，钱医生就不这样了。钱医生一般很平静地跟病人说："需要手术。"病人问还有其他办法吗？钱医生依惯例回答："我没有别的办法。"这话说得滴水不漏——重音放在"我"字上，"我"没有。然后直接叫下一个。有一次，一个病人投诉钱大夫，说钱大夫没有做到急病人所急。钱大夫对科主任说："他生病，应该是他着急才对，怎么是我着急？病生在他身上，难道还要我求他让我给他看吗？当然应该他积极主动才对。"

钱伟用自己的亲身经历教育老婆靳小令，相亲和看病，事不同理相同。病生在他(她)身上，他(她)不急，你急什么？不是一家人，不进一个门。现在的靳小令就是这样。是你唐微微该求着我，凭什么我求着你啊？再说，靳小令自从到了"我愿意"婚恋网站，她就发现，像唐微微这样的女人一把一把的，全都恨嫁恨得不得了。凡是她们中最后能成的，一定是自己先着急，凡是自己不着急，抱着逛街的心态上网的，十有八九都成不了。三十多岁，还幻想着一见钟情，太难了！道理很简单，凡是能让您一见钟情的男人，别的女人也一见钟情，你唐微微跟别的女人比，有什么绝活儿没有？尽管你工作好、学习好、身体好，但难道这就是男人爱上你的原因吗？凡是冲着你工作好、学习好、身体好去的男人，一般不会那么爱你。他们那心态跟上超市买酸奶差不多，尽管牌子价格包装有点差别，但总归都是酸奶，只要在保质期内就成，如果能优惠一点，就更好。而唐微微那一脸正气的样儿，完全是不打折、不送礼一点优惠没有，怎么能有竞争力呢？超市又不是只卖你这一种酸奶？

靳小令曾多次委婉地暗示唐微微，女人得会来事儿。

唐微微瞪着一双天然妙目，虎视眈眈："要我上赶着追男人？"那说话的口气，就跟逼她从事什么不可见人的勾当似的。

靳小令忍住气，循循善诱："女追男隔层纸，男追女隔座山。一层窗户纸的事儿，总比你拿博士学位容易吧？"

可对于唐微微来说，还真是拿博士学位更容易些。从小到大，别管什么功课，唐微微基本全是第一名。但只要一遇到男人，唐微微就瞎。唐微微有时候会自我感觉良好地哀叹"曲高和寡"。每每这个时候，靳小令就鼻子里冒冷气，毫不留情地指出唐微微的问题所在："您曲高?您曲再高有王菲的高吗?全球五百强企业里的女CEO，没一个缺男人，怎么就您曲高了？您要真是一公主、天后、亿万富姐，您拿啥范儿都成。可您不是。您不过就是一个二流大学的三流教授的女儿，您凭什么非要男人把脑袋别在裤腰带上追你啊？当年司马相如之所以敢追卓文君，好歹也是卓文君给了点暗示吧？"

唐微微说那给暗示也总得先碰上再给吧？我总不能站在大街上，看谁顺眼，上去就给人家"暗示"吧？唐微微认为自己之所以一直找不到如意郎君，最重要的原因是"环境"。人是环境的产物——就她那个环境，除了工作就是回家。一回到家，门一关，还想遇到什么人？工作中就更别想遇到什么人了。她那个项目组，一共九个人，七个女的，两个男的。王一是新来的，二十五岁，比唐微微小七岁，整天追着唐微微叫"唐姐"。冯都是唐微微的上司，看不出多大年纪，但举止做派很像同性恋——极修边幅，一丝不苟。无论春夏秋冬，永远穿紧身的白衬衣，加莱卡的那种，绷在身上，绷出很好看的线条。唐微微曾经对冯都动过点小邪念，她曾装疯卖傻地问冯都是否有老婆，冯都看着她，抛砖引玉："你不会是喜欢上我了吧？"

那天，唐微微喝得多了点，索性将计就计："你不会是怕我喜欢上你吧？"

冯都呵呵一乐，说："求之不得。"

唐微微乘胜追击："那你到底有没有老婆呢？"

冯都不动声色："我有老婆你更喜欢我一点，呢还是没老婆你更喜欢我一点？"

唐微微："我从来不会去喜欢一个有老婆的男人。"

冯都："那你就还不懂什么叫喜欢。喜欢就是喜欢，不管对方有老婆还是没老婆。有家还是没家。"

后来，唐微微把这段对话学给靳小令，靳小令言简意赅地告诉唐微微，他肯定有老婆。唐微微问："既然有，他为什么不直截了当告诉我呢？"

靳小令的逻辑是，如果没有，他直截了当告诉你没有就好了，何必兜圈子？既然兜圈子，肯定就是有问题了。

当然，不管冯都有老婆还是没老婆，靳小令都建议唐微微不要在冯都这样的男人身上浪费时间——冯都适合做已婚妇女或者已经有伴侣的女人的异性朋友。相处愉快，没有攻击性，又幽默风趣，还绅士得体对于女人来说。这样一个异性朋友有百利而无一害，但前提是，这个女人必须要有稳定的、长期的、固定的男友或者丈夫，否则，就是有百害而无一利。比如，靳小令认为自己和冯都就属于相得益彰，自己有丈夫，时常和冯都这样的男人吃个饭聊个天，甚至打个牌，去郊区吃个红鳟鱼，都很好，反正终身大事已经有着落，剩下的就是彼此

找乐消磨时光了。但唐微微不可以，她没有这个资格，她必须把有限的时间花在找丈夫身上，而不是跟男人消磨时光。找丈夫是终身大事，消磨时光是休闲活动，要分清主次。

唐微微裹着浴巾，头发上着卷。她在衣柜前面挑衣服。现在她跟前几年的心态有了很大变化，不仅不排斥相亲，而且还挺重视。隔三差五就暗示靳小令该"关心"自己一下。靳小令呢，反倒劝唐微微"好饭不怕晚"。有一回，她说好要给唐微微介绍一个律师，博士毕业，身高一米八，又帅又有前程，但说了小半年，又不提了。唐微微追着问，靳小令才说："哎呀，那个律师性格不好。"

唐微微心里不爽了，说："那可能是他没有遇到合适的女人呢。遇到了，也许性格就好了。"

靳小令不接茬。后来唐微微偶然知道，敢情，靳小令把那律师介绍给了她老公的表妹！唐微微嘴上不好说什么，但心里不舒服！靳小令也知道唐微微的不舒服，但这种事情，光靠嘴解释没用，必须用实际行动。所以靳小令打着灯笼，四处给唐微微踅摸，好容易捞到一"海归"，有车有房有身份有学历，反正是要啥有啥，就缺一老婆。

唐微微问："这么好的男人怎么剩给我了呢？"其实，她原本要说的话是，这么好的男人你怎么舍得介绍给我？靳小令翻了翻白眼，她也听出唐微微的潜台词，不过她装傻，说："这种男人吧，有个通病，一般得女人稍微主动一点。可是能主动的女人呢，他们嫌没档次，有档次的女人呢，又不大会主动。所以跟你一样，高不成低不就，就剩下了。"

唐微微听了，心里就有点打鼓。她也不是不愿意主动，她是压根不知道怎么主动。这就跟一个从来没下过水的人，让她下水随便游两圈，她又不是鱼，怎么随便？

靳小令以为唐微微又想拿老公主的范儿，于是苦口婆心地教育唐微微："现在是市场经济，自由竞争。你想想，哪个女人没有一颗恨嫁的心，看不上眼的男人，你不愿意多看；看得上眼的，人家又未必肯多看你几眼。就算人家肯多看你几眼，那又怎样？那些你看得上眼的男人，不知道已经被多少双天然妙目死死看牢了，你又不肯放下身段和那些女人去争！"

唐微微听着，心头火起："我凭什么要放下身段去和其他女人争？平白无故长了男人的志气。"

不过，心头火起归心头火起，但唐微微不得不承认靳小令说得有道理。好男人本来就是稀缺资源，跟好工作一样，你不主动，怎么可能落到你头上？

所以，这次唐微微还真是花了点心思作"相亲准备"——从条件上看，靳小令给介绍的这位海归的确是近几年来婚姻市场的抢手货。三十七岁，除了没老婆，啥都有，工作、房子、钱、地位、身份、绿卡。靳小令告诉唐微微，相亲能否成功首先在于条件的匹配，如果条件不匹配。人家根本不会花工夫跟你见面。比如说你唐微微，人家要给你介绍一男的，说人品好，但岁数大，高血压、糖尿病、老年哮喘、前列腺增生，你会要见吗？如果是你自己遇上，日久生情倒也可能，如果是相亲，你肯定一口回绝。同样道理，对于男人也一样，既然相亲，就是首先条件要合适。靳小令认为唐微微的综合条件算是拿得出手的，尤其对于一个要找老婆的有知识、有文化、自食其力的男人来说。而靳小令即将要介绍给唐微微的海归就属于这类男人。对他们来说，没有经济基础的年轻姑娘玩玩还行，娶了做老婆，就有点得不偿失了。年轻漂亮这种东西是随着时间贬值的，而娶老婆是长期投资。其次，条件匹配之后就是感觉。毕竟婚姻是两个人的结合，不是两个条件的叠加。靳小令告诉唐微微，所谓"感觉"，就是让对方对你有兴趣，最低限度，得让人家觉得跟你在一起有意思。唐微微反问靳小令，为什么非得我想办法让他觉得我有意思呢？怎么他就不能想办法让我觉得他有意思呢？靳小令说，因为您不是小姑娘啦。您这把年纪，就不能再羞答答的玫瑰静悄悄地开啦。羞涩啦矜持啦是属于少女的品质。男人喜欢少女，所以连带着喜欢少女身上的羞涩矜持。您已经不是少女了。纯洁的少女，男人喜欢，纯洁的中年妇女，男人就烦不胜烦了。

唐微微本来已经把手伸向衣柜里的那套泡泡袖娃娃领的连衣裙了，可一想到靳小令的这些"教诲"，立刻停住了。靳小令自己经常穿着全套"淑女屋"扮嫩，她的解释是，我嫁掉了啊。我在我老公面前永远是少女哦。

呀呸！不就是嫁掉了嘛，用得着整天挂在嘴边吗？难道嫁掉很了不起吗？

唐微微衣柜里有很多衣服属于买的时候试穿过一次，之后就永远没有机会再穿。比如现在她正往身上套的那身低胸豹纹，太性感了，左右半球呼之欲出。唐微微侧过脸看着镜子中的自己，狂野奔放，呵呵，她还能如此火辣。不过，最终唐微微还是放弃了这一"大胆"组合，靳小令曾经对她的"低胸豹纹"做过一个总结："你什么时候想一夜情再说吧。"

照靳小令的说法，男人确实喜欢热情风骚甚至有点放荡不羁的女人，但是有脑子的男人不会把这种女人娶回家做老婆，而没有脑子的男人，你嫁给他还不如直接找根绳上吊。

就在唐微微挑衣服期间，靳小令已经打过两遍电话。第一遍嘱咐唐微微千万不要迟到。海归最讨厌人家迟到。第二遍，问唐微微到底穿什么衣服去相亲。

唐微微对这次相亲尽管是战术上极其重视，为此还特意提前一天做了美容，但战略上则照例是"极端藐视"。她对靳小令说："就我上班的那身宝姿不成吗？"

靳小令夸张地大叫："不成。你穿职业装相亲啊？脑子坏掉了？你是应聘老婆不是应聘职位！"

唐微微说："那应聘老婆应该穿什么？围裙？"

靳小令："少废话。那是应聘小时工或者月嫂。你柜子里就没有那种优雅一点的衣服？"

唐微微："有啊，有套韩版的……"

靳小令："不成。那套太隆重。"

唐微微："不是特隆重的那套，是粉色的，特温柔特女人的……"

靳小令："那更不成！"

接下来，靳小令足足教育了唐微微二十分钟，中心思想简而言之可以概括为一句话：您别以为男人喜欢温柔的女人。您要是没有闭月羞花之色，沉鱼落雁之姿，您就别来"最是那一低头的温柔"。话说回来，您要真是花容月貌，倾国倾城，您不温柔男人也照样喜欢。古今中外红颜祸水，哪个是省油的灯？褒姒娘娘，整天绷着一张脸，一点笑模样没有，能叫温柔吗？结果把周幽王急得烽火戏诸侯。还有那个著名的海伦，一见到特洛伊王子就跟着人家私奔了，俩国家为她打了十年，最后特洛伊城失守，男人被杀死，女人被沦为奴隶，但是海伦的结局怎么样？你以为她的前夫斯巴达王找到她就会杀了她？没有，那个蠢男人吩咐仆人："将她带到船上最好的房间，在那儿她可以眺望大海。"海伦要不是漂亮得惊世骇俗，能有这待遇？所以，对男人来说，温柔并不是他爱上你的理由，就跟对女人来说，忠厚老实从来不是男性魅力的象征。只不过，当男人不爱你的时候，他往往会拿你不够温柔说事，这就跟女人不够爱男人的时候，会指责男人对自己不够好。

按照靳小令的设计，能欣赏唐微微并最终娶她的男人，一定是喜欢“知性女性”这一口儿的。所以靳小令要唐微微扬长避短，穿那种看起来很随意但其实价格巨贵的一线休闲品牌。靳小令管这个叫“低调奢华”。

“你要让男人一眼就看到你的品位，你对生活的要求，以及你的经济实力，而不是首先想到什么纯洁啦，性感啦，温柔啦。如果一个男人想要找纯洁的、性感的、温柔的，他是无论如何不会找你唐微微的。你再纯洁，纯洁不过少女，你再性感，性感不过吧台小姐，而比温柔，你家的小时工都比你温柔成千上百倍。”

唐微微最终在靳小令的“遥控指挥”下选的是一身白底碎花的连衣裙，系了一条松松垮垮的腰带。相亲地点定在一个餐吧。时间是下午三点。这个钟点是经过仔细推敲的。中午饭点儿已过，晚饭尚早。如果感觉不好，坐一坐，喝杯水；如果感觉好，那就共进晚餐。唐微微跟靳小令前后脚进的餐吧，靳小令只看了一眼唐微微，就生把唐微微拉到卫生间，非要唐微微换一种唇彩。唐微微问为什么。“跟刚吃了死孩子似的，太亮。”靳小令边说边翻自己的包，一边翻一边叮嘱唐微微，“哦，对，我跟人家说你是三十岁。”

唐微微：“三十二岁跟三十岁有差别吗？”

靳小令翻出两支口红，对唐微微：“这支是前年款的，这支是今年的，你用哪支？”

唐微微直接挑了新款的。

靳小令嘴角往上一挑：“这就是差别。”

唐微微抹好口红，靳小令又要她把脖子上挂的一条珍珠项链摘掉。靳小令的理由是，那条项链太奢侈，会给男人压力。唐微微愤怒，说：“少废话，我自己买的，又没花他的钱。”

靳小令说：“所以啊，男人会有压力。他们会觉得养你很累。”

唐微微:“我让他养了吗？我不就是找个老公吗？”

靳小令:“找老公容易吗？找老公要是容易,你会博士毕业还没找到老公?!可见找老公比读博士难。”

唐微微一时语塞。靳小令替唐微微说出堵在她心窝口的那句话:“你别以为你是条件高才没有找到好老公。我告诉你,找老公跟找好工作一样,既需要机遇,也需要实力。你老抱怨你没有机遇,遇不到合适的男人，怎么人家一个餐馆服务员一顿饭工夫就能把一个政要拿下？吸引男人是一门学问,这门学问不比微积分更简单！”

靳小令说的餐馆服务员和政要的故事，唐微微听得耳朵都起了趼子。那是一般的餐馆服务员吗？那是克格勃的色情间谍！是经过特殊训练的,专门用来拿下男人的！

唐微微无比搓火地摘下珍珠项链。她做梦都想不到,她和靳小令在卫生间里唇枪舌剑,而她的初恋王洋正徘徊在卫生间外。靳小令挑的这间相亲餐吧的卫生间是男女共用的。王洋推了推卫生间的门,门锁着。唐微微恶声恶气冲着门外喊:“等会儿。”边喊边摘了项链,拉开门一头就撞了出去，边走边回头对停在原地的靳小令说:“还有什么相亲注意事项？”

靳小令一眼认出站在卫生间门口的王洋,愣住。

唐微微意识到什么,转过脸,定格,仿佛,飓风登陆,飞沙走石,黄尘漫天。那一刻,千百桩往事千百次落泪,瞬间闪回叠加又呼啦啦飞走,大脑一片空白,不是空白,是废墟,是所有记忆被火烧去,被水冲去,被轰炸被毁灭之后的残垣断壁……

唐微微曾无数次想过她和王洋的重逢,但没有一次是这样的。在唐微微幻想的无数个重逢版本中,她最得意的一个是“成功女人版”。那应该是一个答谢酒会。她身着礼服,无数摄像机追逐着她,争先恐后地追问她的获奖感受。几个黑西服保镖帮她拨开人群,一扇金色大门打开，里面所有的人，来自世界各地的名流，瞬间把目光集中到她身上。大会主席迎上前，对唐微微说："我要给你介绍一位先生，你一定要认识一下……"主席的手放在唐微微腰后，护着唐微微往前走，前方一衣冠楚楚的男士，背对着他们。那位男士转过身，是王洋。

唐微微冲王洋笑，主席问："你们认识？"

唐微微笑容性感沧桑，说："THIS MAN I LOVED."(这个男人我曾经爱过)

而现在，居然在相亲餐吧的卫生间门口！而且，唐微微想，王洋刚才都听到什么了？听到她在卫生间里为一条珍珠项链跟靳小令争执不休了吗？

幸亏这时，靳小令给唐微微介绍的海归到了。"海归"一进餐厅就东张西望，靳小令一眼看到，立马拖起唐微微就走，唐微微还站在那儿发愣。靳小令已经竖起一条胳膊，冲着那刚进门的海归摇手。

"海归"姓戴，叫戴宽。刚一落座，菜单还没递上来，唐微微就像触电一样跳起来，一惊一乍地叫了一声："我的手机！"边说边转身就往洗手间跑。靳小令只好尴尬地看着戴宽，说："她……平常不这样。"

洗手台的墙壁上嵌着一面大镜子，唐微微急吼吼地冲进来，一眼看见镜子中的王洋，镜子里的王洋亲切友好。

"是找这个吗？还是这么丢三落四。"王洋手里拿着的是唐微微的手机，说话的口气和以前一样，和以前他们在一起的时候一模一样！

唐微微"腾"地一下红了脸，竭力保持自然，说："不好意思。"

她自我感觉说这句话的时候，无论是用词还是语音语调，均无懈可击，礼貌且不失风度。但，其实，在王洋听来，挺矫情的。矫情的女人，都不容易幸福。比如说张爱玲。

王洋用唐微微的手机给自己拨了一遍，他的手机彩铃是周杰伦的“菊花台”。王洋让“菊花台”响了两遍，然后，把手机交到唐微微的手上，对她一笑：“存一下，我的手机号。”

唐微微木然接过手机，嘴张得能塞进一个茶鸡蛋！

王洋诧异：“嘴张这么大干什么？”

唐微微吞吞吐吐没头没脑地问：“你的也是……”

“也是什么？”王洋一头雾水。他一头雾水的时候，表情就会像雾像雨又像风。

关键时刻，靳小令电话追了进来，她催她。“菊花台。”

现在，王洋知道为什么唐微微会把嘴张这么大，也知道她为什么会说“你的也是……”呵呵，她的手机，彩铃也是“菊花台”！

“这么巧啊。”王洋笑笑，笑得好温暖啊。那一脸的像雾像雨又像风，来也匆匆，去也匆匆。

是的，这么巧！在千百款可以选择的彩铃中，他们刚巧选了同一款。

如两个冷战已旧的大国，心里即便都存了要恢复邦交的念头，总也还要先试探试探。现在，唐微微和王洋都很想试探，但，都裹足不前，生怕一招不慎，满盘皆输。

还是唐微微搜肠刮肚，率先找出一句话来：“你，来这儿……”“干什么”三个字还没出口，王洋已经给抢答似的飞快地接上：“我来见人。”

“啊啊。”唐微微有点尴尬。想接着问人家结婚了没有，又怕太冒失。王洋看穿唐微微的心思，直截了当：“我没结婚。你是要问这个吗？”

唐微微有点恼火：“你结婚没结婚跟我有什么关系？”

“那个大叔不适合你。”王洋指的是戴宽。很显然他猜到唐微微是来相亲——当然，这是具备中等智力的人都可以猜出的。太明显了，周末下午三点，看似随意其实在意的打扮！

唐微微脸上祥云朵朵，紫气东来。她努力保持平静，得体，尊严，恰如其分，但话一出口，还是带着火药味："我问你意见了吗?！"

王洋笑了笑，自我感觉良好的样子："有空给我打电话。"

唐微微也笑了笑，不甘示弱："我最近都比较忙。"

王洋点点头，要走。唐微微就烦王洋这样，丢过去一句："你凭什么说他不适合我？"

王洋站住，回头，似笑非笑："至少他不够低调。"

唐微微："你呢？"

王洋："在这方面比他好。"

"语文老师没有教过你用词要准确吗？比如平易近人，那是领导干部的品质，老百姓最多只能说为人随和，好说话。"唐微微伶牙俐齿语速飞快。

王洋："你的意思？"

"我的意思，低调这个词用在你身上不准确不贴切，有点大词小用，建议你下次用平凡，或者默默无闻，或者甘居人后……"

王洋一直满面笑容。唐微微不知道，王洋之所以不像从前那样易怒，是因为他有了资本。一个男人有了资本，就会在曾经的女人面前有优越感，这种优越感的具体表现就是"迁就"。他愿意"迁就"她。而她，在她需要他迁就的青春时代，他跟她寸土必争；而现在，她跟他分开四五年后，他却跟她玩"迁就"！

唐微微心底"刷啦"燃起一股小火苗，直冲嗓子眼，这股小火苗让她说出的每个字都跟点着的小挂鞭似的，噼里啪啦，火星子四溅。

王洋居然一点不动怒。他什么时候修养变得这么好？事实上，唐微微一直想质问王洋：这么多年，你去哪儿了？你为什么一个电话都不给我打？你知道你走了之后，我是怎么过的？你怎么能连个招呼都不打就人间蒸发？

但唐微微没有。她那颗骄傲的心不允许她这样。她非常非常想让王洋妒忌她，但实际上，她相亲的男人没有任何地方看起来可以让王洋妒忌，而王洋相亲的女孩子则让唐微微妒火中烧。那个瓷娃娃一样的姑娘，明眸皓齿，肤如霜雪，坐在王洋对面，笑容明亮得如同一面镜子。唐微微控制不住给王洋发了一条短信："她可以叫你大叔了。"

王洋毫不手软给唐微微回了一条："以后让她叫你大婶。"

靳小令明察秋毫。她看出来唐微微对戴宽的失望——唐微微平常没事儿经常抨击男人好色，大骂那些不注重女人内涵只盯着女人脸蛋儿的男人粗俗，但换到她自己，不也是一样？戴宽不过是"中老年"了一点而已，头发谢顶了，肚子起了，但人家是海归啊，人家有真才实学啊，她唐微微怎么就不能透过现象看本质？怎么就不能探索人家的内涵呢？当然，靳小令也不是不能理解唐微微的这种失望，她自己找老公的时候，也非常非常挑剔外形。谁说女人不好色？女人也好色的。她靳小令从来没有喜欢过个子矮的男人，因为她的第一任男友身高一米八，所以，她后来找老公的时候，看都不看低过这个高度的男人。当她嫁给钱伟以后，她曾无数次在幻想中过干瘾——她要和钱伟生一个聪明漂亮的孩子，然后他们一起去游乐场。最好在那里邂逅那个曾经辜负她的男人。那个男人应该就是现在戴宽的样子，发福谢顶，身边跟着一个大嗓门的肥婆，肥婆粗声大气地呵斥他们的孩子，那孩子又脏又丑。然后，那中老年男人看到靳小令和她的先生，靳小令优雅地挽着老公走上去，对那个娶了悍妻并且发福的负心郎说："这是我先生。"然后让自己的孩子叫那个浑蛋男人"叔叔"。这该是多么过瘾的事啊。女人对曾经辜负自己男人的最好报复，就是嫁一个更好的男人，生一个更漂亮的孩子，然后很幸福地站在那个王八蛋面前，微笑着……

而现在，却是唐微微面前坐着这个其貌不扬微微发福的中年男，而她的初恋王洋对面却是一瓷娃娃一样的美妞儿！靳小令不禁在内心叹了一口气，然后对戴宽说自己还有点事儿，先走了。戴宽没有挽留，说了两句客套话，靳小令就先告辞了。

唐微微事后曾经检讨过自己，是不是太过虚荣。假如戴宽是一帅哥，或者一猛男，她那天是否会表现得好一点？她是不是因为戴宽的外形太拿不出手，所以连敷衍都觉得烦？但很快唐微微就原谅了自己——头发秃了，是遗传基因的事，但肌肉松弛，垂垂老矣，总不能说跟你自己一点关系都没有吧？您平常不健身吗？您对自己没要求吗？您也不过三十七岁，您怎么就把自己搞得跟一个黄土埋半截的老男人似的？

唐微微没有看上戴宽，但戴宽倒是得体的表示，可以跟唐微微再见见。戴宽的这个要求是通过钱伟转述的。钱伟立即把这个信号传递给了媳妇靳小令。他满心以为这下可以有情人终成眷属了，哪里想到唐微微还拿糖，说这说那的。钱伟火了，对靳小令说："你这种虚荣好色的女友以后少让我给介绍男朋友。难怪她嫁不掉！"

靳小令尽管也认为唐微微太难伺候了，但在自己丈夫面前，她还是自觉主动地维护女友的尊严。靳小令拖着长音，跷着脚，靠在沙发上："正好，你这种又抠又不解风情的海归朋友最好也别让我给介绍媳妇。AA制不说，还不会谈恋爱。坐那儿跟唐微微谈了半天基督教文化。知道的是相亲，不知道还以为他在传教。长得还那么寒碜，满脸皱巴巴的，嘴还有点歪。"

钱伟被气笑了，说："你们女人找男人也挑长相啊。"

靳小令："什么叫'也挑长相'？"

钱伟："那要是男人特别有钱有地位，是不是长相就不那么重要了？"

靳小令："那也得分。看女人图什么。你说唐微微这样的，自己有工作，自己挣钱，又不靠男人养，找一老公，要是再看着不顺眼，图什么啊？对吧？”

钱伟摇头，说：“她以为她是武则天呢吧？满天下的男人由着她挑？我明告诉你，要不是我死说活劝，人家戴宽才不见她呢。她多大了？三十多了吧？豆腐渣了！”

靳小令说：“那戴宽呢？哎，他说他三十七，我怎么觉得不对啊。最少瞒了两岁！怎么也三十九了！”

钱伟：“三十七三十九有什么区别？”

靳小令：“你们男人差一岁，性能力上就差一大截子呢，怎么没区别！”

钱伟哑了。他不是接不上靳小令的话茬，他是不愿意接。钱伟很明白做老婆的靳小令说这些话的动机，但他能装傻就装傻。实在装不过去，又不想勉强自己的时候，他就推说工作压力太大，明天一早还有好几台手术等着呢。

靳小令见钱伟不接茬，就故意追着问：“哎，他一直没结婚，怎么解决啊？”

钱伟有点火了，靳小令这几年跟他说话越来越“无耻”，什么话都能说得出口。但他自己有短儿，不好发作，只好硬着头皮说：“我哪儿知道！”

说完这句话，钱伟迅速瞟了一眼靳小令。见靳小令满脸红光意犹未尽的样子，钱伟赶紧站起来借口上厕所。钱伟几乎是逃进洗手间！

靳小令眼睁睁地看着卫生间的门关上，心中充满怨恨。钱伟对她，除了床上那点事，其他都很好，非常好，但很长一段时间以来，大概有两年了吧，很少要她。如果她不主动，他就跟想不起来似的。

Chapter 2

一个男人，连追女人的方法还要女人告诉他，那岂不是连雄性动物都不如?

猎艳是一种本能。而受过太多教育的男人，往往像血统纯正的种马，连交配都要在马场饲养员的指导帮助下才能完成。

自从“戴宽”事件之后，唐微微绝望地意识到，她没有办法直接去爱对方的心灵或者人品。事实上，她并没有那么鲁莽地仅凭一次见面就放弃戴宽，她已经比两三年前成熟多了。两三年前，第一感觉不好，立刻PASS，但现在，她宁肯多“感觉”几次。本来合适的就不多，哪还经得起“错杀”？本着慎重的原则，唐微微又跟戴宽见了几次，每见一次，失望就增加一次。靳小令说得没错，戴宽是比较忠厚老实，但忠厚老实就像勤俭节约一样，并不能算是吸引女性的品质。唐微微需要的是浪漫和激情。

唐微微很快就知道为什么戴宽无法接受年轻女孩子做老婆了。首先是AA制，这一点唐微微能接受。她并不愿意占男人便宜，而且AA让她没有负担。但让唐微微受不了的是，戴宽后来不AA了。他可能也是觉得每次约会都AA有点难为情，所以他尽可能地把约会地点定在公园，而且还很体贴地建议唐微微不要穿高跟鞋。唐微微跟靳小令抱怨，靳小令大呼小叫：“这样的男人多适合做老公啊！我们家钱伟，追我的时候连碗面条都舍不得请我。在大街上走过来走过去，饿得我头晕眼花四肢发软，才带我进一家面馆。好像是加州牛肉面吧。一看菜单，一碗面十多块钱，当即就对我说：‘走吧，回家我给你做。’”

唐微微心说，谁没有过这样的恋爱？她和王洋不也是一样，他们没有钱，住在地下室，挨着护城河。河边是民工集散地，开着一溜专为民工服务的小饭馆。一块钱一碗面，加三块钱可以给一小碟牛肉，切得薄薄的。她和王洋每次花五块钱，两碗面，一小碟牛肉。王洋每次都把那一小碟牛肉全倒在她的碗里，她再从自己碗里往王洋的碗里夹。

只是，结果不同，回忆的感觉不一样。靳小令和钱伟成了夫妻，所以她每回忆一遍，就幸福一遍。而唐微微和王洋分手了，所以那一小碟薄如蝉翼的牛肉，就什么都不是了。即使是什么，跟靳小令的牛肉面也不可同日而语。

唐微微自己也好生奇怪，怎么当初跟王洋她就能过清苦的日子，而且还过了这么多年。王洋经常失业，穷，落魄，居无定所，她虽然也抱怨，但还是爱他的，而跟戴宽，她虽然一句都没有抱怨过，但内心厌烦至极。戴宽不大会聊天，聊着聊着，除了基督教美国政治经济，就是他自己早年在美国受的那点苦。翻来覆去就是在餐馆刷碗啦，在实验室杀耗子啦，在厨房削洋葱皮啦。唐微微老家在浙江，头几年在北京混的时候，也挺苦的，所以随嘴也说了说当初住地下室，交了房租没钱买菜，干馒头就酱豆腐一混半个月是常事儿。戴宽听了，面露喜色，由衷地表示，自己就喜欢唐微微这样的女人，好日子能过，苦日子也能过。唐微微差点冲口一句："跟你就不行！"

骄阳似火，大周末的，陪您昆玉河一走就是大半天，凭什么？咱们既不是热恋中的情侣，也不是过了半辈子的老夫老妻。没油没盐的苦日子，跟王洋过，是一回事，跟你戴宽，另当别论！有几次，唐微微百无聊赖，很想问戴宽：咱们这么着有意思吗？您一见面就跟我大谈特谈美国政治、基督教文化，我这是谈恋爱来了还是听讲座来了？您以前都是这么追女孩子的吗？难怪到三十七岁了还单身！

靳小令当然知道为什么这些抱怨唐微微只跟自己说，不跟戴宽说。大家都是女人，谁不知道谁的心理呢。靳小令猜唐微微可能是想让她把这些话传给戴宽吧？她也不是不想传，而是不愿意助长唐微微这种“公主”心态——好女人是一所学校，你唐微微想要什么样的男人，你得想办法照着那方向培养。哪有那么现成的事？所以，靳小令就跟唐微微说：“不同物种求偶的方式不一样。孔雀吧，开屏；猫狗吧，追逐；还有的动物吧，献殷勤。您喜欢哪种您干什么不跟人家明说？哪怕引导一下呢？”

唐微微是断然不肯做“引导者”的。一个男人，连追女人的方法还要女人告诉他，那岂不是连雄性动物都不如？猎艳是一种本能。而受过太多教育的男人，往往像血统纯正的种马，连交配都要在马场饲养员的指导帮助下才能完成。

当然，唐微微不肯给戴宽做引导者还有一个原因，说了归齐，戴宽比较鸡肋。丢掉吧，有点可惜，这样的男人毕竟也不是很好碰到，但真就下决心把这后半辈子交给他，她又不甘心。好在戴宽识趣，并不是追得太紧，约会了几次之后，戴宽就出了个差。他也很老实地先告诉了唐微微，大概要去个一星期。一星期之后，他在 MSN 上碰到唐微微，俩人打了个招呼，并没有再见面。

靳小令告诉唐微微，戴宽这个岁数这个身份这个性格这个经历的男人，一般不会太主动。如果唐微微不热情一点，可能也就君子之交淡如水了。唐微微想了想，还真就主动给戴宽打了个电话，结果戴宽竟然没说两句就急急忙忙把电话挂断了，事后，也没有任何解释。再一打听，敢情戴宽出差的时候，认识一姑娘，人家姑娘直接追到北京来，俩人已经住在一起了！唐微微虽然并没有那么喜欢戴宽，但闻此消息，心里也着实难过了一下。据说那姑娘才十九岁！

唐微微问靳小令：“那姑娘爱戴宽什么呢？戴宽比那姑娘大十七岁呢。”靳小令说：“人家姑娘迷恋戴宽的学者气质。从美国政治说到美国民主，从美国民主说到清教徒精神，小姑娘都听傻了。”

唐微微不服气，说：“那戴宽喜欢那小姑娘什么呢？十九岁，连大学都没上过，能有什么共同语言？”

靳小令说：“你喜欢养花养鱼，那花那鱼跟你有共同语言吗？赏心悦目身心愉悦就够了。”

怕伤着唐微微，靳小令有些话没说出口，戴宽跟唐微微什么都AA，但跟人家那十九岁的小姑娘，可是全他出钱，甚至还打算给人家姑娘的父母买房子。靳小令的老公钱伟劝戴宽要慎重，说万一那姑娘是图他钱呢？戴宽振振有词：“享受都是要花钱的！”

戴宽的理论是，如果你请我吃饭，但请的是特别难吃的饭，那我宁肯我掏钱请你吃，吃我喜欢的。咱们都快四十了，前半生打拼，挣钱，图的是什么？不就是图个舒服吗？找个唐微微这样的，虽然说她自食其力，不花你的钱，但你跟她在一起，摸也摸不得，碰也碰不得，要哄她开心比登天还难，何苦？倒不如跟个十九岁什么都没见过的小镇姑娘，你是她的天，你是她的地，只要能在你身边，她就高兴得了不得，多好？

靳小令见过一次戴宽的新女友，跟戴宽在一起，腻歪得一塌糊涂。靳小令非常不理解为什么戴宽会喜欢一个气质这么差的女人。靳小令跟老公说：“那姑娘有点像发廊妹。而且是那种气味很差的发廊妹。”钱伟说：“那怎么啦？发廊妹多好，会按摩，懂伺候男人，人家那是‘专业级’服务。看过电影《漂亮女人》吧？朱丽娅·罗伯茨演的就是一个没有受过任何教育举止粗俗站在大街上揽活的下等妓女，结果让既受过良好教育又是商界翘楚的理查·基尔喜欢得要死要活。”

靳小令当即一掌拍到老公后背，大喝一声：“照你这么说，我们这种正派女人反倒不如婊子啦？”

靳小令的老公赶紧找补，说：“尺有所短，寸有所长。戴宽这种男人，年轻的时候没谈过什么恋爱，一直是好学生，从小就会念书，只会念书，对这种男人来说，你让他把女人追到床上，难死。搞定他们，还就得是经验丰富阅人无数的婊子。”

唐微微在跟戴宽彻底结束之后，忽然有点无聊。有戴宽的时候，她烦，嫌戴宽无趣枯燥。没有戴宽了，她更烦，因为连个烦她的人都没有。她有一点点想念王洋了。自从相亲邂逅王洋之后，她把王洋的手机号码存成“猪”，她常常把这只“猪”调出来，尤其是那些寂寞的夜晚——唐微微曾多次非常认真地回忆自己跟王洋在一起的时光，她特别想从记忆深处找到那些特别值得纪念的瞬间，但是她搜肠刮肚地想，发现想得起来的，多是争吵。而曾经的那些甜蜜，是那么的模糊，模糊得让她备觉辛酸。她发现当回忆她和王洋的时候，就如同在翻阅一本老影集，照片虽然还在，但看不清楚，不真切，恍恍惚惚。

她也很多次动过念头，给王洋打个电话。不过就是一个电话而已。打了明天该是星期几还是星期几。对她没有任何影响，该上班还得上班，该赚多少钱还是多少钱。再说，那么多年都没有联系了，打个电话见个面也是人之常情吧？即便是感觉不好，大不了就是接着谁也不答理谁呗，难道还会比这个更坏吗？

但唐微微每次都克制住了。不过，她像得了强迫症，几乎无法遏止地想知道那天王洋的相亲结果。那个瓷娃娃一样的姑娘，是干什么的？学的什么专业？多大了？家境如何？还有，最重要的，他喜欢她吗？他喜欢她什么？

大约是和戴宽无疾而终之后的一个星期六，唐微微百无聊赖，再次调出王洋的号码。她几乎要拨过去的时候，忽然想到也许王洋正和那个“瓷娃娃”在一起。这个念头一闪现，就跟病毒发作似的，不停地在唐微微的脑海里复制，一遍一遍，像演电影一样。在这部电影里，女一号唐微微给男一号王洋打电话，男一号王洋的电话响了一遍又一遍，但他不接，他的身边是女二号，就是唐微微相亲时见过的那个“瓷娃娃”一样的姑娘。女二号微笑地盯着男一号的眼睛，问:“谁的？”

男一号从容应对:“你的前任。”

女二号顽皮地拿过电话，一边注视着男一号(男一号的目光中是喜爱纵容)，一边接了电话:“喂，你好。我是王洋的现任女友，你是他的前任吧？”

唐微微被自己想象出来的这一电影片段严重刺伤，她把自己整个人摔在床上。但不到一分钟的时间，她就一骨碌爬了起来。凭什么王洋！以前她可以假装他不知道她的号码，但现在他知道，他凭什么不主动跟她联系呢？唐微微在床上坐着，愤愤不平很久，最终还是拗不过自己，率先给王洋发了一条短信。

作为一名有自尊心、有知识、有文化且智商接近天才的现代女性，唐微微在选择短信内容的时候很是花了点心思。她得发一条怎么理解都可以的短信——经过反复推敲，最终被唐微微选中的是这样一条短信，“忙碌生活很容易消磨人的热情，对任何事都没有兴趣，所以偶尔也要停下脚步，以远见卓识的姿态，认真地想想是否应该去尿尿了……”

短信发出以后，十分钟过去，二十分钟过去，唐微微的手机像死了一样，一点动静都没有。唐微微感到大跌脸面，她咬咬牙，给王洋又发了一条:“对不起，刚才那条发错了。”

这次很快收到回复，总共三个字:“没关系。”

唐微微忽然怒火万丈。她无法遏止自己的怒火，几乎是不假思索抄起电话给王洋拨了过去。王洋接了电话，唐微微那边厢刚说:“对不起！”王洋这边厢就接过去:“是又打错了吗？”唐微微几乎能看到电话那端王洋的皮笑肉不笑。王洋总是这样，尤其是自以为是的时候，嘴角叼着一丝冷笑。那种冷笑吧，如果换在戴宽的肥脸上，就纯是讨厌和挑衅了。但因为王洋帅，或者说因为唐微微喜欢王洋，所以即便是皮笑肉不笑；即便是笑里藏了嘲弄，在唐微微心里引起的感觉也不一样，就仿佛一个好久没有遇到对手的棋手，一见对方一着出在自己要害处，马上浑身兴奋，斗志昂扬。唐微微现在就是这种状态，虽然有点小小的“恼羞”，但还没有“成怒”。她稳住阵脚，调匀呼吸，故意以格外端庄的语调说：“我打电话来，是要跟你解释一下，刚才那条短信是我不小心发错了。”

王洋依旧那副说玩笑不玩笑，说认真又不认真的腔调：“我没说你是故意发错的啊。”

唐微微被噎在那儿，想说什么又没找到合适的词，索性把电话挂了。

大约一分钟后，电话响了，彩铃“菊花台”。唐微微知道是王洋，她不想接，但还是接了起来。

王洋嬉皮笑脸的声音：“电话怎么断了？”

唐微微色厉内荏：“是我挂的。”

王洋倡议：“咱们能不能正常点？”

唐微微口气软了许多，但气势上还是一副凶巴巴的纸老虎模样：“那么你说分手四五年后，第一次通话，说什么才算是正常呢？”

王洋：“出来坐坐行吗？”

唐微微：“不行！”

王洋：“好吧。”

唐微微：“你现在在哪儿？”

唐微微穿着低胸豹纹，直奔王洋说的那间酒吧。酒吧两侧全是车，找不到停车位，几乎走出二里地，才看到一个空位。好不容易把车停好，刚下车，收车位费的就跟过来，冲唐微微竖起四根指头。

唐微微吃惊:“有没有搞错？四十块钱？”

收车位费的中年人，一张嘴一口地道的胡同串子味儿:“一小时十块,四十块不限时。”

唐微微:“我不可能超过一小时。”

“胡同串子”大大方方地把目光落在唐微微的“低胸豹纹”上,语气轻佻表情猥琐:“小姐,何必呢？你们赚钱可比我们容易多了。”

唐微微立刻意识到,她是被当做“鸡”了。

唐微微一进酒吧就见到了王洋。王洋坐在靠窗的位置,笑容明朗得如同德国冰酒。唐微微忽然特别特别希望王洋能站起来,迎向她,把她抱在怀里。但是王洋没有。从酒吧门口到王洋坐的位置,不到一分钟,唐微微在这一分钟里,内心变化如同一桢复杂的卫星云图,风起云涌瞬息万变。

从家到酒吧的路上,唐微微打了无数遍腹稿,见到王洋该说些什么,配合什么表情语调。她一再提醒自己要优雅知性善解人意通情达理,要像高贵温柔的波斯猫,但是当她真正见到王洋,坐到他对面时,她却忽然不可思议地变成一只浑身上下长满了刺儿的刺猬——而且长的那些刺还都是玩世不恭和尖酸刻薄的倒刺儿。

是王洋先开的口。

王洋问她:“你现在……”“怎样”两字还没有问出来,唐微微已经飞快地续上:“除了一个好老公,该有的都有了。”

王洋愣了愣,他原本只是想说句客套话,类似英文里的“HOW ARE YOU？DOING”,唐微微只要说“I’M FINE”就可以了。

“那得抓紧啊。女人老了……”

后面的话还没说出,唐微微一个大力扣杀:“男人老了也一样！”

王洋有点发蒙,不知道应该说些什么。

唐微微乘胜追击:“老女人没有男人喜欢,老男人也没有女人喜欢。”

王洋笑了:“老男人和老男人又不一样。”

唐微微顶上:“有钱有势的老男人跟穷困潦倒的老男人当然不一样。”

王洋感到扫兴,不吭声了。唐微微渐渐有点后悔,心里也有点恨自己太过咄咄逼人。靳小令无数次教导她,做女人要学会装傻。你把男人灭得哑口无言,男人就不爱跟你说话了。你总得跟男人有来言有去语,跟打球似的,你老一巴掌把人家拍死,人家谁还和你玩?

第一回合结束。彼此沉默。唐微微赢了战争,输了和平。虽然在口舌之争上大获全胜,但作一个这样的胜利者又有什么意思?王洋低头看咖啡,唐微微扭头看窗外。街对面一个女孩子追着一个小帅哥,一脸“我错了”的表情。小帅哥本来绷着的脸一下子像春风吹过的湖面,再也绷不住了。小女孩趁势钻到小帅哥的怀里,撒娇。唐微微霎时想起他们办公室的助理丽莎,动不动就说“我错了嘛”。每次只要她这么一说,无论是多大的错,身为主管的冯都立刻原谅。然后把唐微微叫去给她擦屁股。靳小令曾经教导唐微微,男人并不喜欢“真理型”女人。这种女人有一个毛病,老是要跟男人摆事实讲道理。她们对了,男人错了,男人觉得没意思;她们错了,男人对了,她们又不懂得如何让男人享受到一个战胜者的愉悦。她们往往认真严肃地自我检讨,男人需要一个善于作检讨的女人吗?他们更需要一个卧在他们怀里,说自己错了,求他们原谅的女人!

唐微微把头从窗口扭回来,看看王洋。王洋还在低头看咖啡,仿佛那咖啡是水晶球,能从中看到未来似的。唐微微想了想,决定由她主动。第二回合开始。

唐微微看着王洋,问:“你约我出来就是为了跟我说老女人和老男人的区别?”

王洋抬起眼,他的睫毛又浓又密。王洋意识到唐微微主动开口,

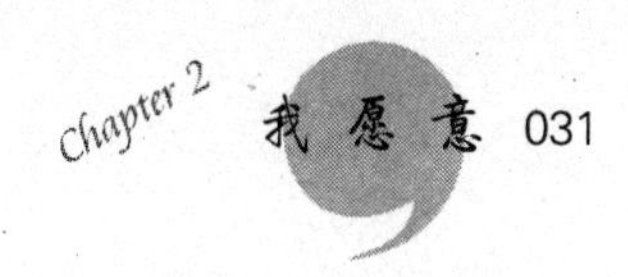

已经是作了让步。但他毕竟刚才心里有那么一阵不痛快，甚至有点后悔跟唐微微见面。好端端的，被她抢白一通！

王洋不愿意太让唐微微扫兴，但又拗不过刚才的不痛快，所以平平淡淡地接了句："你还是这么不饶人。"

唐微微的心里仿佛被锥子扎了一下，忍不住顶了一句："碍你事儿了？"

王洋停顿片刻，闷闷地说："碍你自己的事儿了。"

唐微微眼睛里射出一串问号。说时迟那时快，王洋立刻意识到自己这句话可能引起的严重外交后果，赶紧慌慌张张地加上"补充说明"以缓和事态——"男人一般不喜欢嘴尖牙利的女人。"

唐微微垂下眼睛。王洋心里松了一小口气。尽管分手这么多年，他依然害怕唐微微的不依不饶。

"那是不自信的男人。"片刻之后，唐微微顶了一句。心里越虚，越没底气，嘴上反而越硬，越不妥协。

王洋本不想再说什么，但终是没忍住，追上一句："男人可不这么想。男人会想，我娶回家这么个玩意，我是娶老婆还是给自己添堵呢？"唐微微扛不住了，一张脸"刷"地掉了下来。王洋见了，赶紧肝胆相照，"我是为你好。"

唐微微再次把视线转向窗外，迟疑了一阵，好像很随便很不经意地扯出一个话头丢给王洋："你谈了多少个女朋友？"

王洋："算你吗？"

唐微微："不算。"

王洋："我回家好好想想。"

唐微微："你想找什么样的？"

王洋："你觉得我适合找什么样的？"

唐微微："反正你那天见的那个不合适。"

王洋:“哪里不合适?”

唐微微:“那女孩一看就是对婚姻对爱情对老公期望值特高的那种。”

王洋:“这有什么不好的吗?”

唐微微:“这当然没什么不好。但,那种女孩不是给你这样的男人准备的。”

王洋:“那是给谁准备的?”

唐微微:“我可不是故意刺激你啊。她们属于奢侈品,跟别墅似的,不属于一般平头老百姓。”

王洋:“那照你的意思,平头老百姓就别指望娶年轻漂亮的女人了?”

唐微微:“我是这个意思吗?”

王洋:“那你什么意思?”王洋边说边把手表摘下来。

唐微微:“你着急走?”

王洋:“没有。这表带不合适。有点紧。”

唐微微伸手要过王洋的手表,一边调表带一边说:“我觉得吧男人结婚过日子就跟戴手表一样,其实没手表,生活也一样过,最多就是有点不方便而已。”

王洋:“手表跟手表可不一样,劳力士什么价儿?西铁城什么价?”

唐微微:“所以,如果你没到那个份儿上,就别弄一劳力士,就是弄一劳力士,你还不够提心吊胆的呢。你想你又没保镖……是吧?”

唐微微调完表带,把表翻过来,看到上面是劳力士的牌子。“你这是假的吧?做得够逼真的,秀水买的?”唐微微问。

王洋笑了,一脸不置可否,唐微微也笑了,一脸自以为是。唐微微笑,是因为她以为王洋的劳力士是秀水买的,而王洋笑,是因为他不忍心直接告诉唐微微,她手里拿的是一块真的劳力士。他心里竟然对唐微微生出了同情——亲爱的女人啊,你怎么就不识货呢?!

一支感伤的曲子响起。唐微微看着王洋，目光中流露出想跳舞的愿望。但王洋忽然低下头，对唐微微说："我们走吧。"

唐微微失望。但还是保持着尊严。她坐在原地不动，以一种挑衅的口气问王洋："我很好奇，你为什么要约我？"

王洋把头转向窗口："你先约的我。"

唐微微："你先约的我！"

王洋："好吧，你先给我发了短信。"

唐微微："那是我发错的。"

王洋："你先给我打的电话。"

唐微微："那是我不想你误会。"

王洋："误会什么？"

唐微微："误会我是故意发错的。"

王洋："其实是不是故意的，有这么重要吗？"

唐微微："我就是不想让你说这句话。"

王洋："我已经说了。"

唐微微："为什么咱们一见面就要吵，咱们怎么就不能像个老朋友似的呢？"

王洋："因为咱们本来就不是老朋友。"

唇枪舌剑。王洋是枪，唐微微是剑。枪来剑往，这一回合，胜的是枪。

是的，王洋说出问题的本质——你唐微微不要再抱有幻想了，我们本来就不是老朋友，怎么可能像个老朋友似的呢？

唐微微咬住嘴唇，出于羞愤，她把脸扭向一侧。就这么一扭，唐微微呆住。她竟然看到靳小令的老公钱伟拥着一个年轻姑娘。一看那表情，就知道不是一般的关系。王洋知道唐微微看到了什么，他站起来不由分说拖起唐微微就往外走，唐微微根本还没缓过神来，就已经被王洋拖到了酒吧外面。

唐微微冲着王洋嚷嚷:“你干什么?”

王洋一脸平静:“我刚才就看见了。”

“你看见为什么不告诉我?”

“告诉你干什么?又不是你老公。”

“是我好朋友的老公。”

“怎么,打算给好朋友打电话,叫她过来?”

“我还真有这个想法。”

这当然是赌气。唐微微毕竟没有缺心眼到这个地步,更何况王洋又反复提醒她,别干这种损人不利己的事。当时,唐微微忽然心底里蹦出一个问题,她目光炯炯地盯着王洋,问:“如果有一天,我嫁人了,你看见我老公跟别的女人在一起,你会告诉我吗?”

王洋没有直接回答,他看着唐微微,说:“我相信你不会笨到要别人告诉你吧?”

那天晚上,唐微微失眠了。她躺在床上,翻来覆去。王洋牵住她的胳膊把她拖出酒吧,动作虽然粗暴了一点,但她喜欢。是的,这么多年过去,她还是喜欢他,喜欢他的味道,他的肢体,他的温柔以及他的……强权。

他把她拖出酒吧,他又浓又密的睫毛……

她躺在床上,忽然非常非常想他,想得落下泪来。

Chapter 3

"贱"字原来可以这样理解!

在她的教育中,"贱"是指丽莎这样的女人,明知道人家有老婆,明知道人家是跟自己玩玩,还上赶着乐意着,这叫贱。

贱就是很便宜很廉价很容易得到的意思。

现在,她才知道,敢情——真正贱的是"贤妻良母",是无条件为自己丈夫付出一切的女人!不仅是无条件,而且还得是倒贴。她们不要男人一针一线,不动夫家一草一木,自力更生艰苦奋斗吃的是草挤的是奶,全心全意为丈夫孩子服务,这叫"贱"!

唐微微穿着漂亮的职业装，沿着走廊神采奕奕地走过来，脸上是她的招牌笑容。走廊里的同事纷纷跟她打招呼，点头，闪到一边……电话铃声此起彼伏，这是她的办公室。她是办公室女王，用时髦的话说，她这样的女性被誉为“败犬女王”——无论你多么优秀，赚多少钱，拥有多少成功的案例，只要你没有嫁掉，没有一个幸福温暖爱你疼你的老公，你就是一只败犬，一只在个人生活中失魂落魄，一败涂地的丧家母狗。

好吧，败犬就败犬吧。唐微微的性格，即使就是一只败犬，她也要做一只骄傲的挺胸抬头的败犬。上班不是请客吃饭，不是绣花写文章，不能那么文雅，那么细致，那么彬彬有礼。否则的话，你就别想跟那帮“西服革履们”平起平坐——你想做什么，永远得不到支持，你的设计方案，永远不会被讨论，你的想法意见，从来通不过，轮到你的永远是端茶递水，拾遗补漏，而且你还要忍受被你的同事老板抄袭你的创意，剽窃你的大脑，压榨你的脑细胞……并且留给你一个烂摊子。

唐微微已经在职场战斗了十个春秋，“将军百战死，壮士十年归”。就她自己而言，她既经历过提职加薪的喜悦，也经受过代人受过的委屈，办公室政治这一套，她不玩但懂。比如，现在她就知道，项目总监冯都一大早就亲自打电话叫她过去，肯定不是什么好事。但，冯都的最大本事，就是把“坏事”说成“好事”。比如，他要交给你一项基本不可能完成的任务，他对你说的却是他之所以选择你，是因为他最信任你；他最善于的就是把“风险”说成“机会”，把“艰巨”说成“挑战”。他是那种要你把命交给他，还得是你上赶着求着他！

冯都递给唐微微一张黄色便笺，上面歪歪扭扭地写着一个地址。冯都有一个风格，越是解释起来复杂的事情，他越是一句不解释。他对唐微微很简单地说：“下午两点，锦绣地产有个招商会。本来是乔娜要去的，她临时有事。”

唐微微知道，“锦绣地产”四个字对于公司意味着什么。她也知道，乔娜在公司的地位。凡是公司最好的资源，最优质的客户，一定都是属于乔娜的。而“锦绣地产”一直是公司的目标客户，不仅是他们这一家公司盯着，几乎半个中国最优秀最有实力的设计公司都盯着呢。唐微微从来不相信天上掉馅饼的事，天上只会掉雨点冰雹，偶然会有那么一道彩虹，一般还是在雨后，而且稍纵即逝。

唐微微很想问冯都为什么乔娜不去。但她知道问也白问。办公室的事情就是这样，上司想告诉你的呢，自然会告诉你，上司不想告诉你的呢，你问就是不懂事了。

唐微微本来想一个人去，但丽莎死活央求着要一起去，唐微微也就答应了。丽莎是唐微微的助理，也是一个特别善于看人下菜碟的主儿。这唐微微要是换了乔娜，丽莎就不会要求跟着去，要求也没用，还会被乔娜当做笑柄，时不时地挤对两句。

说老实话，最开始的时候，唐微微也挺烦丽莎的，整个一社交动物。尤其是每到下班时分，手机座机响成一片，好几次都打到她的座位上。这个约吃饭，那个约看戏，而丽莎呢，就跟杂技团耍碗的似的，一双手耍着二十多个碗，乱而有序。你看着眼花缭乱，替她捏把汗。她自己玩得自得其乐，哪个都不会摔下来。跟丽莎一比，唐微微的青春就算是虚度了——就一个男朋友，只一次恋爱！

唐微微跟丽莎一起共事有两年多了吧。除了非常偶然地知道丽莎原名叫张红霞，其他的一切，比如老家在哪里，父母是干什么的，哪所大学毕业，真实年龄以及住在什么地方，一概不知。平常唐微微很少问丽莎这些问题，有的时候问到，丽莎就会装可爱，说："你问这些干什么？查户口啊？"

丽莎是冯都招进来的。档案放在人力资源。她们即便是一起出差，丽莎也总是死死攥着自己的身份证，唐微微看都别想看到。有一回公司聚餐，乔娜装作很不在意地问丽莎年龄，丽莎嫣然一笑，说："四十八！"

说得有零有整，但一听就是假的。唐微微私下里估计过丽莎的年龄，应该在二十四岁到二十七岁之间。但具体是二十四岁还是二十七岁，她猜不出来，就像她猜不出来，凭着丽莎的薪水，她怎么可能有LV的包？安娜·苏的裙子？还有古琦的眼镜？而且如果丽莎只是零星有那么一两件，属于省吃俭用牙缝儿里抠出来的，倒也在情理之中，但问题是，人家丽莎长期过着与收入极不相匹配的时尚生活。难道她有大富豪的父母？不可能。如果她有大富豪的父母，她怎么可能一天到晚假借工作的名义，跟那些岁数可以做她大舅的老男人们眉来眼去？那些老男人，唐微微连应酬都懒得应酬，但丽莎却兴高采烈如获至宝。丽莎有一句口头禅，动不动就说"为什么不对自己好一点"，每次她这样说的时候，就是要花钱的时候。有一回，她跟唐微微出差，在机场，唐微微看中一款首饰，但因为是机场，唐微微犹豫，毕竟机场的东西贵。丽莎在旁边扔出去一句："女人为什么不对自己好一点？"

当时唐微微立刻想到丽莎的"老爸爸"。"老爸爸"是个"大腹便便"的男人，亲自开车送丽莎去的机场，当着唐微微的面，"大腹便便"

就摸丽莎的屁股。丽莎也够意思，一面将屁股扭几扭，一面嗲嗲地问“大腹便便”：“不怕你老婆看见？”

挥别“大腹便便”，丽莎主动告诉唐微微：“大腹便便”那儿有一个别墅的项目，准备交给她们做。

唐微微随口说了句：“你为工作作的牺牲可够大的。”

丽莎笑笑，说：“这怎么叫牺牲？一举双得啦。”

唐微微吃一惊：“你真喜欢他？”

丽莎答：“喜欢啊。又幽默又有钱还慷慨，而且，有经验，那方面。”回答得毫不含糊，一气呵成，而且让唐微微不爽的是，丽莎口气中的那种得意和炫耀。

唐微微知道自己很无聊，但还就是忍不住想“恶心”丽莎一句：“他有五十了吧？”

丽莎一笑，故意笑得幸福指数很高的样子：“不知道。我叫他‘老爸爸’。”

唐微微也一笑，笑得针锋相对语重心长，说：“他这么大岁数，还有老婆，跟你没有未来的。”

丽莎头一偏，说：“谁要他未来？他的未来不就是一糟老头子？我就要他现在。现在，他各方面都能满足我，无论是经济上还是人脉上还是床上。我可以和他尽情地做爱，却不必给他养老送终，多好?!”

一席话，说得唐微微哑口无言。原来账是这么算的！本来，唐微微还以为丽莎是涉世未深，被“大腹便便”这种老男人骗了，后来，唐微微才知道，人家俩谁也没骗谁，是开诚布公的。“大腹便便”跟丽莎说得很明白，自己有老婆，不可能离婚，但很喜欢她，如果她愿意呢，他就做她的“老爸爸”。她可以找他帮忙，跟他撒娇。他呢，除了像父亲疼女儿一样疼她，给她钱花，宠她，爱她。如果她将来有了别的合适的男朋友，他还会像真正的长辈一样，给她一笔陪嫁。“老爸爸”教育丽莎：

“女人就应该对自己好一点。青春只有一次，什么都没有玩，就嫁了人，很亏的。”

一起出差，住一间宾馆，丽莎打电话打到半夜。唐微微心算了一下，丽莎同时交往的男人至少半打以上。唐微微出于好奇，问丽莎：“他们互相知道吗？”

丽莎说：“有的知道，有的不知道。”

丽莎属于那种非常非常清楚地知道自己要什么的年轻女孩子，而且她也非常非常清楚地知道，在什么男人身上能要到什么。她对唐微微说：“在一个男人身上，你想得到所有男人的好，怎么可能？既然早晚是要嫁人，当然要在嫁人之前，多经历一些啦。实践出真知，否则你怎么知道什么男人适合你？”

丽莎有一个理论——情感与人生和企业一样，都是需要经营的。丽莎每天都要花几小时经营她的情感。在她跟唐微微出差的时候，俩人住在一间宾馆，唐微微算是“见瓶水之冰，而知天下大寒”——丽莎每晚睡觉前都要必做的功课之一，就是挨排的“电话诉衷肠”。“重点客户”，诉的时间长一点，“普通客户”，短一点，“潜在客户”，则发条短信。每到丽莎“经营”她的情感，唐微微就看电视。唐微微一般不看电视，可是丽莎在边上没完没了地打电话，跟这个说“我爱你”跟那个说“我也不知道是不是爱你”，烦得她什么也干不下去。而她又不能表现烦，如果她表现烦，那么就可能给丽莎一个错误的印象——她妒忌。

那天，丽莎打“情电话”的时候，电视上刚巧在播一档情感节目。一个怨妇型中年女人正在跟主持人倾诉，说她的丈夫如何对她不好，有外遇，等等。

一直到丽莎一轮电话打完，那怨妇还在怨。这回终于轮到丽莎烦了：“这种女人就有病。老公有外遇，她白痴啊，她也可以有啊。”

电视中的中年怨妇泪流满面地跟主持人哭诉:“我伺候他爸妈,拉扯他孩子,十几年一件新衣服都没有买过,他一句不爱了,就全结束了? 我想不通。”

丽莎“嘿嘿”一乐:“想不通死去。谁让你伺候他爸妈,拉扯他孩子,十几年一件新衣服都不买?这种女人,就没把自己当女人。她把自己当女佣当老妈子,比女佣老妈子还不如,女佣老妈子还有工资,她是自带工资服务到家,真够贱的。”

唐微微听到从丽莎嘴里说的“贱”字,差点没被自己的唾沫噎死。她连着咽了好几口唾沫,依然觉得嗓子发干。“贱”字原来可以这样理解!在她的教育中,“贱”是指丽莎这样的女人,明知道人家有老婆,明知道人家是跟自己玩玩,还上赶着乐意着,这叫“贱”。“贱”就是很便宜很廉价很容易得到的意思。现在,她才知道,敢情——真正贱的是“贤妻良母”,是无条件为自己丈夫付出一切的女人!不仅是无条件,而且还得是倒贴。她们不要男人一针一线,不动夫家一草一木,自力更生,艰苦奋斗,吃的是草,挤的是奶,全心全意为丈夫孩子服务,这叫“贱”!

丽莎跟唐微微说,她少女时代的梦想是做“色情间谍”——那职业多好!可以堂而皇之地跟男人睡觉,而且凡是色情间谍所要拿下的男人,肯定都是VIP级别的。她生来就喜欢挑战刺激,喜欢跟有权势脑子聪明的男人斗智斗勇,她喜欢赤手空拳从那些最精明强干的男人手里拿到她所需要的东西。她认为这是一件非常过瘾且有成就感的事情。

唐微微就是在丽莎说了这个梦想之后,有点喜欢这个姑娘。呵呵,她也有不可告人的梦想。在她的梦想中,她希望自己是黑社会老大的“马子”,紧身无肩带黑背心,又窄又短的小皮裙,光芒万丈的金色细高跟鞋。老大搂着她,耀武扬威,发号施令,一群弟兄,愿意为她

生为她死为她刀里来，火里去……

唐微微开车，丽莎坐在边上，一张小嘴“得得得”不停。

丽莎问唐微微：“冯总监结婚了吗？”

冯总监就是冯都。唐微微不愿意正面回答这个问题，一来，她确实不知道，二来，她不愿意说自己不知道。

唐微微反问：“怎么啦？你喜欢他？”

“他们说乔娜怀孕了，是他的。”

消息太突然，以至于差点闯了红灯。唐微微一脚刹车，丽莎脑袋直接撞到前车玻璃上，“咚”的一声。丽莎一声怪叫，满眼金星，脑门上立即鼓出一个大包。

唐微微问丽莎要不要去医院，丽莎说算了，去医院能干什么？即使是脑震荡，也就是静养。还不如送她一套植村秀呢！唐微微脑子都没过，立刻说，那我还是送你上医院吧。一套植村秀好几百呢！比上医院照脑CT贵多了！

丽莎说那我送你一套植村秀，你让我把你脑袋上撞一大包成吗？

唐微微说那当然不行了。你脑子跟我脑子能一样吗？我是凭脑子吃饭的。你是凭脸蛋。你要是把我脑袋撞一大包，那我就得在你脸上划一口子，这才公平！

这话提醒了丽莎，本来她一边跟唐微微逗嘴皮子，一边反复拨弄刘海，看能不能把包遮挡一下，结果唐微微这么一说，丽莎还真有点担心起来。她反复问唐微微：“呀，我脑子不会撞坏了吧？”

唐微微运气：“你脑子里有什么东西是怕撞坏的？”

唐微微一面说，一面停车。倒不是唐微微没同情心，而是职场女性，都是轻伤不下火线的主。再说，她们这种办公室女郎都有“语言暴力”倾向，她们习惯以语言施暴的施展程度来表达自己的智力水平以及相应的优越感。有一次公司聚餐，乔娜说报纸上登了一条消息，有一变态狂，专门躲在各大厦的停车场，见晚归的单身女人，上去就泼硫酸，已经泼了好几个了，现在还没抓到。丽莎当即高声惊呼，惊骇。其实，丽莎有点人来疯，越是人多她越容易一惊一乍，唐微微早发现她这一点，但她厚道，不愿意说穿。不过，乔娜可不是省油的灯，她烦丽莎不是一天两天了，当即冷笑着抛过去一句："你吓成这样干什么？你又没有车！"丽莎听了，就跟收一把伞似的，收拢一脸惊诧，也没半点不好意思，直接冲着乔娜说："你有车你也不用怕啦。"之后，故意一个停顿，等众人注意力集中了，这才放慢语速娓娓道来："变态狂一看见你，肯定会以为昨天刚泼过，不会再泼的！硫酸也得花钱啊是吧？"乔娜一张脸，当即云蒸霞蔚，气象万千，气的！

进了酒店，唐微微看了看表，提前了半小时。这种招商会，说重要也不重要，说不重要也重要。至少应该提前个十几分钟到，然后跟关键人物见上面，说上话。但丽莎一看时间还早，非要去趟洗手间，唐微微知道她是要补妆。丽莎有个说法，宁肯做迟到的灰姑娘，也不要做准时的丑蛤蟆。灰姑娘是格林童话，格林是男人，男人最知道男人的心态——灰姑娘是最后一个到达舞会的，因为她的美貌和水晶鞋，所以王子不仅丝毫没有怪罪她迟到，反而立刻被她吸引。假如她准时，淹没在一大群同时到达的女人中间，她那美貌和水晶鞋还显得出来吗？

唐微微跟丽莎去了卫生间。本来打算补一点妆，但后来索性彻底洗了一把脸。补什么补，再补还能补回二十五岁去？唐微微擦干净脸，看着镜子中的丽莎，她正在上唇彩，一点一点的，她的岁数唐微微已经知道了——两个月前的某个星期一的上午十点，二十七岁！

唐微微之所以知道，是因为算命。唐微微认识一个大师，会算八字，丽莎哭着喊着要人家给算，就这么着，天机泄露。

二十七岁,其实也不小了。唐微微二十七岁的时候,断然不会像丽莎现在这样,她那样子,完全不像二十七岁,倒像是十七岁。她跟唐微微在一起的时候,那小样儿,让人感觉她比唐微微小很多很多似的。她喜欢管唐微微叫"微微姐",人越多,她越要"微微姐"、"微微姐"地叫个不停。唐微微又不能跟她发怒,但她那种叫法确实让唐微微不舒服。上周末,一桌子人吃饭,一大姐问唐微微多大,唐微微说三十二,然后那大姐就问丽莎,丽莎居然大言不惭地说:我比微微姐小好多呢!

什么叫小好多!你就不能直接说出二十七岁吗?说了会死吗?难道年龄被人家知道,天会塌下来吗?但,心里虽然对丽莎怨怒着,不过,那种怨怒是一时的,就跟丽莎额头上的大包一样,确实是唐微微踩了一脚急刹车造成的,但过去也就过去了,她们照样还是非常非常CLOSE的朋友。

唐微微喜欢用"CLOSE"来形容她和丽莎的关系,而不用"亲密"或者其他形容友谊的词,这是因为她们的确只是CLOSE而已——一起上班、一起加班、一起出差、一起工作午餐、一起拜访客户,同仇敌忾,荣辱与共。她们走得很近,常常一说起话就唧唧喳喳没完没了,好像有无数的话,但实际上,她们彼此对对方所知甚少。比如唐微微只知道丽莎住在城铁附近的一套房子里,至于那房子是她自己买的,还是她爹妈送的,亦或是她租的,或者她和什么人AA的,一概不知,唐微微不问,她也不说,即使偶尔话题不小心擦到边上,丽莎也会聪明地岔过去,而唐微微则知趣地不再问。谁没有一些不愿意让别人知道的事?唐微微自己还不是一箩筐——难道有人知道她是怎么回事吗?她谈过几次恋爱?为什么到现在还不结婚?

唐微微甚至都不愿意别人问她是哪所大学毕业的,哪一届,什么专业。她之所以对自己的历史守口如瓶,并不是因为她比其他人差了什么，而是因为她实在没什么好炫耀的——普普通通的城市出生，普普通通的父亲母亲，普普通通的大学毕业，然后，经过千锤百炼，现在是一名资深职场“白骨精”。年前，买了一套小公寓，二十四小时热水，酒店式管理——这件事，唐微微觉得还算自豪，感觉自己有投资眼光，因为，那套小公寓在她买了以后，价钱扶摇直上。她忍不住劝丽莎也买一套，但丽莎一面把头发扎来扎去，一面翻着白眼，甩出一句：“女人为什么要自己做这些事情？”

唐微微当场被噎住——如果是几年前，她可能会特自信地说：“找不到肯给我买公寓的男人不是我的错，是那些男人的错，他们傻，无知，没有眼光和品位。”但，现在，唐微微三十二岁了，她才不这样说呢。她知道她要是这么说，丽莎一定会哧哧地笑，然后说：“如果一个女人，要自己花钱买房子住，那就说明这个女人还不够有吸引力，否则为什么没有男人肯送她公寓？”

唐微微才不给丽莎这种机会！

“你到底还要多久？我先走了！”唐微微不顾丽莎的“挽留”，推开卫生间的门径直走掉。丽莎一面喊着“等会儿”，一面亟亟地把口红什么的都扔到化妆包里，跟了出来。

唐微微事后反复回放，总觉得当时丽莎的那个跟头有“假摔”之嫌。

事情发生得突然。丽莎是怎么撞倒的，唐微微没有看到。她走在前面，听到“啊”的一声时，丽莎已经摔倒在地上。唐微微回头时，只看到一个穿“阿玛尼”的男人背影，那个背影在不停地跟丽莎道歉。丽莎一手捂着头，但一双眼睛则滴溜溜地盯着“阿玛尼”，像个花痴。

那个“阿玛尼”就是王洋！王洋后来跟唐微微解释，他当时正着急上厕所，猛地看到身边一个人女人亟亟地走过，像是唐微微，他这么一回头，说时迟那时快，丽莎撞了上来！

唐微微总觉得丽莎的这一撞有很强的“设计感”。丽莎曾经用类似的办法搞定好几个“钻石王老五”,其中包括她的那个“老爸爸”。有一次丽莎喝多了,给她传授经验,唐微微说:“大街上这么多人,搞定谁不搞定谁?总不能一个一个试,碰运气吧?”

丽莎指着一辆刚刚并线超到她们前面的宝马说:“这个就值得啊!”

唐微微说:“开个宝马就值得啊?万一对方只是个司机呢!”

丽莎斩钉截铁:“断无可能。司机可能开宝马,但不可能戴限量版的卡地亚钻戒!”

不服不行,就这么一瞬间,连这都“扫描”到了!照着丽莎的主意,在宝马并进来的一瞬,唐微微就应该果断地“KISS”上,反正车都有保险,怕什么?最坏的结果就是保险公司理赔,好的结果就不说了,交换个电话啦,然后咱们装可怜,道歉……看对方吃哪套了!

丽莎用手捂着脑袋,娇娇气气地喊疼。王洋让丽莎把手放下,丽莎来了一出“稍纵即逝”,那一只手,稍一放下,又捂上。就这一下,王洋吓了一跳:那么大一包!

只有唐微微知道丽莎额头上的包跟王洋没有关系!以唐微微对丽莎的了解,迎面走过来的王洋,腕子上的劳力士,身上穿的阿玛尼,还有手里拿的烧包手机!足以让丽莎“自残”了!

丽莎几乎要靠在王洋身上,唐微微哪能容忍这种事情在自己眼皮底下发生?她快步走过去,一把扶过丽莎,说:“怎么啦你?”

丽莎哼哼唧唧。一面哼唧,一面说不要紧,一面又拿眼睛看着王洋。王洋面红耳赤,吞吞吐吐。正这当口,一双漂亮的手从唐微微臂弯里很自然地接过丽莎,很悦耳的声音:“去医院看看吧。我们送你去。”

根本不需要在脑海里搜索,唐微微一眼就认出这个说“我们送你去”的女孩子!明眸皓齿,肤如霜雪,笑容明亮得如同一面镜子。呵呵,就是跟戴宽相亲那天见到的“瓷娃娃”。“瓷娃娃”一手扶着丽莎,用眼

神示意王洋跟过来。

王洋想跟唐微微说什么，但终是什么都没说，也许是当着“瓷娃娃”不方便？他走出几步，回了一下头，脸上的表情涛走云飞，还没来得及看清楚，就已经走远了，只剩一个背影，阿玛尼的背影。

现在，唐微微一人站在原地。职业女性，首先必须做到职业地对待自己的心情！就像酒店，尽管五分钟前有人摔倒了，但顷刻间，一切按部就班秩序井然。漂亮的男人，漂亮的女人，穿黑背心白衬衣的WAITER，端着盘子，在人群中穿梭。淡黄色的香槟，明亮的小草莓、小樱桃，深棕色的巧克力点心，还有切成薄薄一片的三文鱼，被同样切得整整齐齐又硬又规矩的小圆面包托着。在这种场合，唐微微知道，首先应该去找自己认识的人，然后请他们帮自己引荐。当然这取决于每个人的做事风格，如果是乔娜，很可能会单刀直入，直接走到人家面前，递上名片，自报家门，然后，十分钟之内，谈笑风生。

唐微微把目标锁定在楚林夫妇身上。楚林是楚周地产的元老，算是儒商——在中国第一代富起来的人中，除了坐牢的破产的，迄今还能维持业界地位，并且也算有威信的，就是楚林这种儒商了。不张扬，低调，和蔼可亲，无论对谁都一律礼貌周到，最重要的，这么多年，从来没有见过他带着乱七八糟的女人出来，他身边永远是他的老婆周正。

周正对其他女人多少有些不屑，但对唐微微则永远热情得如同一团火。唐微微知道，周正这样的女人，要找一个朋友也难，她必须要找那种既能很好地陪衬她、烘托她，又不至于抢了她风头，还不会掉她身价的女人做她的朋友，而唐微微恰巧符合这一条件。第一，唐微微口碑很好，不像乔娜隔一段时间就有一些传闻，不是跟这个有一腿就是跟那个怎么样了；第二，唐微微有趣，跟周正在一起的时候，不管说什么，都能说得妙趣横生，不仅可以让她开心，而且还可以使她下次跟别人在一起的时候，不管说什么，也能说得妙趣横生；第三，唐微微从来不会对周正那个圈子里的人，表现出强烈的兴趣。丽莎就做不到这一点，她一见有钱人，即便装得矜持沉默，那双眼睛也不老实。第四，唐微微有身份有学历，说起来也是博士毕业，小有名气的设计师，这种背景的女友能彰显周正的品位，同时又能恰倒好处地衬托出周正的幸福——周正有老公，嫁得好，而唐微微单身！

还差着两三步，周正就提高音量，冲着唐微微伸出双臂："亲爱的，你也来了？"

唐微微跟周正就不必客气了，单刀直入，直接问周正是否认识锦绣地产的 JIM?

周正是跟楚林一起创业出来的，直到现在，楚周地产的一半股份还是姓周。相对于楚周地产来说，锦绣地产是才玩没两天的。不过，这种事情没办法说，百年通用，说破产也就破产了，而微软，起来也就是一两年的工夫。

果然，周正跟 JIM 认识，虽然不是特别熟，但吃过饭。

"他人不错，不太爱说话，为人低调……"周正说话嗓门洪亮，旁若无人。

"我建议周总，下次用平凡，或者默默无闻，或者甘居人后来形容我，会比较贴切一点。低调这个词用在我身上，太大词小用了。"

唐微微头都不用转，就知道说话的是王洋！她脑子里迅速闪回相亲餐吧的卫生间——当时她几乎是以她一贯刻薄的风格，把这一串形容词，无情地甩向王洋。如今他还她了！

周正已经眉开眼笑，她侧过身，说："啊呀，JIM，正说你呢。说曹操曹操到。我给你们介绍一下……"

是的。王洋就是 JIM，就是业界新秀锦绣地产的首席执行官！

"你不是送我的助理去医院了吗？"唐微微处变不惊。尽管她也恨自己有眼无珠，但她总不能把自己眼珠子挖出来让王洋当灯泡踩吧？

“哦，我助理代劳了。”王洋彬彬有礼。他知道他越是彬彬有礼，唐微微就越如芒在背。

“助理？就那个可以给你当侄女的？”唐微微沉不住气了。

“你说的是我的秘书吧？”王洋反倒是更加沉稳。

明眸皓齿，肤如霜雪，笑容明亮得如同一面镜子。“瓷娃娃”仿佛一朵云，飘然过来，静静地傍在王洋身边。

唐微微首先递过去自己的名片，“瓷娃娃”接过来，然后，彼此友好地点头，握手，交换名片。“瓷娃娃”中文名梅雨，英文名“MAY”。她甜甜地冲唐微微一笑，告诉唐微微，丽莎已经由王总的助理送到附近医院急诊，已经拍了片子，还没出报告，但估计问题不大，如果有问题，可以随时跟她联系。唐微微也笑笑，问“瓷娃娃”哪所学校毕业，今年多大，工作多长时间。“瓷娃娃”说她是在这里实习，今年夏天正式毕业……

王洋神情有些紧张，生怕这两大对手笑里藏刀，忽然之间，手腕子一抖，使出什么独门暗器伤了对方。

唐微微只用余光就扫到王洋的紧张，她忽然很想知道，“瓷娃娃”是否知道自己和王洋的过去？

当天晚上，唐微微做了一个奇怪的梦。

梦中，她还是在和王洋拌嘴。Blablabla……忽然，“瓷娃娃”款款进来，走到王洋身边，胳膊搭在胳膊上，耳朵擦着耳朵，贱贱地低低地说：“别理她，她是在吃醋……吃我的醋。我比她年轻，比她漂亮，比她有未来……我还不到二十二岁，她都三十二了……”

唐微微压住火，故作无所谓地说：“二十二岁有什么了不起？谁没有过二十二岁？现在满大街走的满脸褶子大腹便便的大婶大嫂哪个不是从二十二岁过来？听着，你的未来并没有你想象得那么美好。你嫁一个男人，但这个男人在外面包养了十个女人，你一年见不到他一回，但他却有可能传染给你梅毒淋病艾滋……”

“瓷娃娃”嫣然一笑，更贱地说出五个字：“那我也愿意！”

唐微微当即七窍流血。

第二天唐微微迟到了。眼睛有点肿，她是哭醒的——在梦中她一直哭一直哭一直哭，哭到醒来，醒来以后，知道是梦，反而更加伤心。

因为没顾上吃早点，所以中午一到饭点，唐微微就迫不及待地杀将下去。

平常，唐微微很少在大厦的食堂吃饭，那么多人，而且饭菜极其难吃！她一般是在附近的餐厅吃个三四十元的商务套餐——比在食堂吃要贵，但环境要好，而且可以免除听丽莎的“BLABLABLA”。

自从丽莎撞上王洋以后，丽莎就没断过跟她讨论王洋——翻来覆去来回重播，把唐微微耳朵都听得起了趼子——王洋是如何把她送上车，递给她名片，又请自己的助理，一大帅哥陪护她去的医院。晚上，王洋还亲自给她打电话，问她需要不需要什么帮助……

真是怕什么来什么。

唐微微刚坐下，就看到丽莎端着盘子摇摇摆摆走过来。唐微微心想，得，这个中午又别想清净了！果然，三句话后，丽莎再次提到王洋——“他是个钻石王老五耶。”

唐微微头都不抬：“你动心了？”

丽莎嗤之以鼻：“你不动心？”

唐微微自顾自喝汤。

“你肯定也动心。”丽莎的重音落在“也”字上。

唐微微差点一口呛出来，倒了半天气，才凑出一句整话：“我从来不会对跟我没关系的男人动心。”

“他现在跟你没关系，你怎么知道他以后跟你没关系？”

唐微微连眼皮都懒得抬。

“你得勇于尝试。”

“我三十二岁了，没工夫试。”

“人家玛格丽特·杜拉斯，六十岁还找了一个二十九岁的情人呢。”

“那能比吗？丘吉尔老妈六十岁的时候还嫁了一个二十五岁的小伙子呢。”

“就是啊，你怎么就不能跟丘吉尔老妈似的呢？”

“你脑子那天没撞坏吧？”唐微微懒得答理丽莎。这个世界上，有几个丘吉尔老妈，几个玛格丽特·杜拉斯？

王一端着盘子过来，唐微微刚要招呼王一，丽莎抢先对王一说：“这儿有人了。”

唐微微总觉得，王一有点喜欢丽莎，但丽莎只把王一当听差的。王一，二十五岁吧？唐微微想起自己的二十五岁，那时候王洋也就是王一这样的年纪。唉，为什么有的男人，女人在二十五岁的时候，对他们颐指气使，呼来喝去，但到了三十岁，却连巴结他们的勇气都没有？

“他就是我一直想要的那种男人。又沉稳又帅还不老……”丽莎继续想入非非。

唐微微恶狠狠地追加上一句：“又有钱！”

丽莎马上以牙还牙：“他有钱有什么错吗？”

唐微微收拾桌上的餐盘，站起来丢下一句：“他有钱没错，可跟你有关系吗？”

丽莎不甘示弱，奋起还击：“你就是俗。爱一个人非得跟他有关系吗？”

唐微微洗了手，出了餐厅，心中还在愤愤不平——什么叫爱一个人非得跟他有关系吗？你又不是植物！能自己光合作用！！

Yes, I do

Chapter 4

你想要男人还想要脸?

咱这样的女人,不得自力更生白手起家啊?好男人会从天上掉下来吗?咱们又不是十八世纪的贵族,到了适婚年龄,老爹就给开舞会,把门当户对的未婚英俊男名流全请来,挨着排地请你跳舞,让你可劲儿地选……

本来唐微微不想跟靳小令说王洋的事，但靳小令多火眼金睛啊。不过，靳小令算是有城府的，以她对唐微微的了解，唐微微不可能不跟王洋见面——即便唐微微再骄傲。王洋人间蒸发，那段时间，唐微微跟疯了似的到处找他，现在，王洋冒出来了，唐微微能不问个水落石出？

当然，最初，靳小令也不知道如今王洋出息了。只是，以靳小令的经验，王洋这个年纪的男人，只要随随便便有个房有个工作，就要比唐微微抢手得多。现在大学生找工作多难啊！好些大三大四的女生，蜂拥到她们的婚恋网，找的男人也就是一“经济适用男”，普通的工作，月薪三五千，住的如果不是单位的福利房就是五环以外的经适房，即便比她们大个十岁二十岁，她们也乐意。毕竟对于她们来说，找个男人嫁掉，可能要比找个工作容易。

靳小令跟唐微微一起做指甲，在做到左手第三个指甲的时候，靳小令随随便便问了唐微微一句：“跟王洋见了吧？”

唐微微猝不及防，“嗯”了一声。

靳小令笑笑，说：“你主动的？”

唐微微有点恼火。她当然知道靳小令绝对不会是随随便便问的，她好奇心那么强，早就想问了！

唐微微挑着对自己有利的片段，避重就轻，重新组合了一下自己和王洋的重逢。她故意隐瞒了自己主动发“错”短信的重大细节，而把跟王洋的见面直接说成是工作上的“巧合”。当说到王洋就是锦绣地产 CEO 的时候，唐微微竟然还感觉到一种难以言说的自豪，仿佛前男友的荣誉，依然跟自己有关。

靳小令静静地听，听完，笑眯眯地问：“现在是不是有点后悔自己当初嫌贫爱富？”

唐微微一愣，随即鼻子里哼了一声，说：“我现在也没多想嫁给他！”

“你就是想嫁给他，人家也未必见得要娶你！”

唐微微火得几乎无法控制自己，她最受不了靳小令这样，有什么啊？不就是有一个老公吗！在唐微微看来，靳小令无论从哪方面讲都不如自己，比相貌还是比才华，但靳小令因为及时把自己嫁掉了，所以她就在唐微微面前有了优越感。这一点，唐微微早就感觉不爽了。她克制了很久，才勉强克制住自己，王洋提醒过她，不要跟靳小令说她那宝贝老公钱伟搂着年轻姑娘上夜店的事。王洋的理由是，男人有的时候属于一时冲动，过后理智战胜情感，就过去了。她一多嘴，就可能真毁了一个家庭。

唐微微不说话了。一直到指甲做完，她都一言不发。靳小令也知道唐微微生气了，内心虽然有些后悔，但也只好沉默。她了解唐微微的脾气，她不是不愿意说软话，而是说软话没用。唐微微只要火一上来，说软话相当于火上浇油，弄不好，会引火烧身。最好的办法是等她的火自然熄灭。

两天以后，唐微微收到靳小令的短信。很简单的一句话：明晚余忠孝请客。时间七点。地点另行通知。

唐微微明白，这就算靳小令跟自己“道歉”了。她们俩都属于心性特别高的女人，心性都特别高的女人按道理说是不容易做朋友的，但正因为心性高，所以她们反而要找棋逢对手，旗鼓相当的女友，太差的脑子不够使的，或者太好的心眼太活泛的，都不成。

唐微微给靳小令回了电话。靳小令就像在等她这个电话似的，不仅一句没提两天前染指甲时的不愉快，而且还特八婆地问唐微微：“你说余忠孝怎么忽然就给我打电话，说好久没见了什么的，然后问我都还和谁有联系，说应该聚一聚，还说他埋单。”

余忠孝算是唐微微她们的大师兄，系学生会主席，比唐微微她们要大个三四岁。他自己解释是上学晚，中间因为生病，休学过两年。不管怎么说吧，反正余忠孝在学校里，是以“风头男”闻名的。长得帅，北京孩子，手头宽绰，有事没事戴一墨镜，骑一山地车，在平坦的校园小路上，横冲直撞。见到漂亮美眉，假装不小心一个没拿稳，把手里的书啊本啊什么的掉到地上，然后一个急刹车，单腿支地，回头冲人家美眉粲然一笑，露出一排整齐的牙齿。如果美眉还不明戏，他就扔过去一句：“同学，帮个忙……”

余忠孝这招百试不爽，他曾经跟王洋传授过泡妞心法：这美眉的身材首先要从后面看，后面要撅，咱再绕到前面去，来个回眸一望，要是这一回眸不成，咱就直接骑过去了，如果还经得起回眸，咱就把书啊本啊什么的掉一地，让她去给咱捡——这主要是观察她的举止，要是举止也好，等她把书本递到咱手里的时候，咱就细细地观察她的皮肤啊眼睛啊，你很容易从女孩子的眼睛里看出她是不是喜欢你。她要是对你有意思呢，你就好办啦，直接约也成，过两天假装邂逅也成。她要是对你没意思呢，你就安全撤退，然后对她的闺密下手，女孩子妒忌心强，你跟她的闺密搭讪两三次，她就坐不住了。然后你就可以以静制动，欲擒故纵……

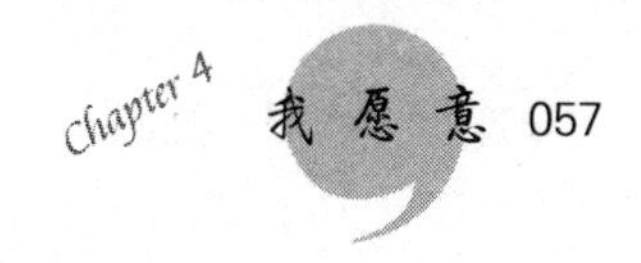

唐微微知道靳小令曾经苦苦追求过余忠孝，但余忠孝根本没给靳小令任何机会，为此靳小令还曾经很失落。怎么余忠孝忽然想起要请大家吃饭？是为了跟靳小令叙旧吗？

靳小令是带着老公去的。凡是这种场合，靳小令一律带老公，钱伟一表人才，妇科主任大夫，不管是身份还是职业还是相貌，都让靳小令浑身舒服。对于女人来说，能嫁得好是一种荣誉。至于什么叫“嫁得好”，用靳小令的话说，像她这样就叫嫁得好——老公事业有成，年龄又和自己相当，还貌若潘安，出得厅堂，入得卧房，自己看着赏心悦目，别人看着哈喇子流一地，这多好！

当然，今天靳小令带钱伟去还有其他目的。她就是想让余忠孝看看她如今的幸福生活！靳小令事先并没有告诉钱伟，自己跟余忠孝的那点芝麻绿豆的事。假如当初是余忠孝追的她，或者他们曾经真的谈过恋爱，那她说也就说了，但问题是，她一厢情愿地追着人家抛绣球，人家没答理她，这对于一个女人来说，就没啥值得炫耀的了。

不过，靳小令很放心钱伟。钱伟在这种场合一般的表现都是目不斜视，唯靳小令马首是瞻。唐微微如果不是亲眼所见，她根本难以相信，就是眼前这个男人，靳小令的丈夫，几天前曾那么轻贱地揽着另一年轻姑娘的小肩膀！

王洋也来了，而且理所当然地坐在唐微微身边。唐微微是在这个聚会上知道王洋是如何成为有钱人的！他那一无所有的寡妇妈给一老外当保姆，一来二去人家老外发现这个中国保姆身上有着他一生都在寻找的善良、温柔以及逆来顺受的东方美德。老外是个老鳏夫，娶了王洋的妈，王洋就成了老鳏夫唯一的儿子。老鳏夫在中国有一投资公司，他带着王洋的妈回美国养老去了，把投资公司留给了王洋打理，现在王洋手里有了一把一把的钱，他的任务就是把这些钱花出去。

这些故事都是余忠孝说的，当时王洋在路上还没到。用余忠孝的

话说，这人要有财运，挡都挡不住。而且这财运就是这样，越有钱就越有钱，钱生钱，比人生人还快。人生人，那是几亿个精子前赴后继，翻山越岭，最后，只有那最不畏艰险，还运气比较好的，才能找到躲在子宫深处的卵子，然后还得天时地利人和，才能受精成功，成功之后，还得历经千难万险，才能见到天日。快得最少也要十个月，慢得怎么也得个几年。有的人奋斗一辈子，都没生出个孩子来。可是钱生钱就不一样了，钱生钱基本可以无性繁殖，跟细菌似的。比如说吧，现在王洋手里有一个亿资金，您喜欢什么就买什么，买得越多赚钱的可能越大，您只要一个赚了，剩下的都赔了，您就算投资成功！这跟女人嫁人一样，别管失恋多少次，重要的是最后嫁出去了，而且嫁得还路人皆知的风光，那就是幸福。比如，李嘉欣。

唐微微滴酒未沾。她竭力保持得体，自尊，但每个人都看出她的失落。吃饭的时候，她很希望她的手机能响那么一两下，但没有。她甚至想，哪怕就随便有一老公呢，哪怕这个老公很一般很普通，但只要很爱很爱自己，在那样的场合，肯像靳小令的老公那样，给足靳小令的面子就好啊！

吃完饭，散伙。王洋埋的单。这让唐微微有点意外，不是说余忠孝请客吗？

王洋有司机来接。他客气地问了一句谁需要送，众人把目光投向唐微微，唐微微立即很敏感地拿出车钥匙。最后是靳小令夫妇上了王洋的车。奥迪 A8。

余忠孝陪唐微微坐在前排。一上车，余忠孝就解释，因为要喝酒，所以特意没开车。唐微微笑笑，问余忠孝住哪儿。

路上，余忠孝跟唐微微聊了会儿闲天儿，说到自己可能要开一家医院，到时候可以把工程包给唐微微。唐微微很惊讶，她和余忠孝并没有这么好的交情！一家医院，一个工程，这都不是小事，阔别十年的同学，吃一顿饭就送这么一份厚礼？

余忠孝像是看穿唐微微心思似的，说自己这个项目，想投资的人很多，投进去就赚钱的事。但他有一个原则，赚多赚少无所谓，最重要的是要合作愉快。

唐微微听了，嘴上“哦”了一声，心里猜出个八九不离十。余忠孝接着说，今天这顿饭其实是靳小令张罗的。实际上是靳小令求的他——靳小令的老公钱伟想跟几个哥们儿合伙弄一医院，找他帮忙，他有政府关系，钱伟有人有技术，而王洋有地有资金，大家都是同学，知根知底，有钱大家赚，对吧？

唐微微忽然恶毒地想——钱伟之所以对靳小令那么恩爱，大概是因为靳小令能够急他所急想他所想吧？他当年怎么破格提拔的职称？还不是因为靳小令有个拐弯抹角的当官的亲戚？靳小令是那样一种女人，为了钱伟，可以去结交自己最不愿意结交的人，送自己最不愿意送的礼，吃自己最不想吃的饭。一件事情，只要对钱伟有好处，她就可以不计得失地去做！

唐微微一到家就鬼使神差地给王洋打了电话。第一遍，王洋没有接。唐微微的情绪就跟蹦极似的，瞬间跌落。她现在明白为什么那么多人热衷健身了！她一通哑铃，仰卧起坐，又上健身自行车上一通疯骑——骑了两公里左右吧，“菊花台”！

唐微微浑身热汗，以为自己发生了幻听！

是王洋打过来的。唐微微气喘吁吁。王洋：“你……干什么呢？”

唐微微边调整呼吸，边说：“没干什么。健身。”

王洋：“你找我？”

唐微微：“啊。你怎么没接？”

王洋：“我，我，没听见。”

唐微微不言声了。她对王洋这个回答非常不满。王洋知道，唐微微的沉默，就代表不满。但他怎么跟她解释？难道说自己刚出去见了“瓷娃娃”？当然，就这么说也没什么，但王洋不想，至少现在他不想，尤其他不想在电话里说。

俩人就跟钓鱼似的，守着一根电话线，一声不吭。

最后，还是王洋耗不过，问她：“这么晚了，有事儿吗？”

唐微微眼里忽然就闪出了泪花。“这么晚了，有事儿吗？”王洋跟她说话的语气那么得体，那么社交，那么无可指责，仿佛在故意跟她拉开距离。

唐微微忽然就强硬起来，索性直眉瞪眼地说：“这么晚了，没事儿能给你电话吗?!”

王洋：“那你说什么事。”

唐微微：“我要见你。”

王洋：“什么时间？”

唐微微：“现在。”

王洋：“现在？太晚了吧？”

唐微微：“我就要现在。”

王洋：“电话里不能说吗？”

唐微微：“你是不是怕我纠缠你啊?我不会的!”这话说完，王洋那边沉默了。唐微微想王洋一定是一脸烦躁吧？事实上，王洋还真是一脸烦躁。大半夜的，接一前女友的电话，没头没脑一通叫骂！但王洋还是忍下一口气，他知道自他以后唐微微情感方面不是很顺利，站在男人的立场，他替唐微微想了想，也觉得唐微微肯定是窝火。以前唐微微在自己面前多有权威啊？自己基本上属于招之即来，挥之即去的类型！

王洋这么一想，心里对唐微微还真生出了几分恻隐——唐微微就是太好强了。古话讲，壁立千仞，无欲则刚。如果唐微微真能做到无欲，那么她好强也就好强了，可唐微微偏偏又对他王洋有“欲”，一个女人又好强又有欲，就容易痛苦。

王洋缓和了口气，对唐微微说：“主要是我等着接公司一传真，美国那边的，很重要，走不开。能在电话里说说吗？”

唐微微想了想，觉得自己很没趣。她并不是没脑子的女人，她知道不可能凭着这一个电话，王洋就会像以前一样对待她，给她一种随时随地兴师发兵的权利。但是，她没想到，王洋能这么处理——王洋对她越客气，她就越没有理由讨伐人家。她甚至想激怒王洋，这样，她就可以借机质问他为什么不辞而别？这几年去了哪里？怎么就成了有钱人？而且为什么成为有钱人之后还跟她装孙子，不在第一时间直接告诉她！！

可是，王洋不上套！在这春风沉醉的夜晚，王洋的彬彬有理让唐微微一肚子的问号，一个也问不出来。她原本指望王洋能主动给她一个解释，一个说法，但王洋没有。是的，人家有钱了，有人巴结了，人家手腕子上戴的劳力士是真的，人家有必要告诉你吗？你自己眼神不济没看出来赖谁啊？再说，就是看出来又怎么样？

唐微微不吭声，王洋也不吭声。这一回合的沉默，是唐微微先缴械。她把余忠孝跟自己说的医院的事跟王洋说了说，王洋听了，简单地“哦”了一声，然后问：“还有事儿吗？”

唐微微忽然觉得自己好傻。她猜想，王洋大概认为她是没事找事儿跟他搭讪吧？或者王洋认为她也是在图他什么？唐微微忍住几乎夺眶而出的眼泪，说：“没事儿了。”

王洋依然是那种拒人于千里之外的客气：“那，早点睡吧？”

唐微微挂了电话。片刻之后，号啕大哭。

“留不住你的身影的我的手，留不住你的背影的我的眼，如此这般的深情若飘逝转眼成云烟，搞不懂为什么沧海会变成桑田，穿过你的黑发的我的手……”

曾经，王洋是多么依恋她，他的那一双修长的手，整天搭在她的肩头，腰间，在她的长发里穿来穿去，捧着她的脸，在她的光滑的颈项上……

唐微微第二天去上班，眼睛都是肿的。她对自己说，一定要把自己嫁出去，而且要嫁一个很好很好的男人。她在电脑上，把自己的客户名单整个调出来，一个一个筛选。十分钟之后，她感到非常非常地失望——那些客户尽管都是住别墅的，但多数是有老婆的。即便有那么一两个丧偶的，年岁也都在六十岁上下。

唐微微又打开自己的电话本，在所有自己认识的人里寻找，她已经把条件定为“经济适用型”——有份工作，自食其力，身体健康，相貌一般，年岁相当，即可。她还真圈定了那么几个，但怎么发起进攻呢？难道主动给人家打电话，直抒胸臆：“我想考虑跟你交往，你有没有这个打算？”

唐微微忽然非常怀念那些个她从来没有经历过的岁月。包办婚姻有什么不好？俩人谁也不认识谁，直接送进洞房，告诉你这就是你一辈子要跟着过的人了。多简单?!还有组织关怀，有什么不好？至少知根知底！哪里像现在，什么都要靠自己！考大学要靠自己，找工作要靠自己，谈恋爱要靠自己，找老公还要靠自己!!

唐微微最后想出来的主意是给那些圈定的人挨着排地打电话，电话内容大同小异，说自己在装修设计公司工作，如果有什么装修的活，望给介绍介绍。还说她可以便宜啦，打折啦什么的。最后再寒暄几句，说好久没见，有空一起吃个饭什么的。

她想着人家要是对她有意思呢，就会顺竿爬。一圈电话打过来，接近下班时间。一到这种时候,唐微微就格外寂寞。刚巧,丽莎在 MSN 上问她,下班有什么计划?

女人和女人之间就是这样,很容易疏远,也很容易接近。唐微微在遇到王洋之后,莫名其妙地不太爱答理靳小令,反倒是跟丽莎走得近了。丽莎建议唐微微,见到好男人吧,一分钟都别耽搁,你一耽搁,别的女人就上了。你就大大方方地上去,就说喜欢他,男人都有虚荣心,你说喜欢他,别管真的假的,他心里都高兴。

唐微微反问丽莎,那人家要是告诉你,有老婆了呢?

丽莎"嘟"着一张嘴,将身子扭上几扭,嗲嗲地说:"我不管!我就喜欢你!"

唐微微惊得目瞪口呆,说:"这太不要脸了吧?"

丽莎收起方才的一脸贱样,横眉立目义正词严冲着唐微微就是一梭子:"你想要男人还想要脸?咱这样的女人,不得自力更生白手起家啊?好男人会从天上掉下来吗?咱们又不是十八世纪的贵族,到了适婚年龄,老爹就给开舞会,把门当户对的未婚英俊男名流全请来,挨着排地请你跳舞,让你可劲儿地选……"

唐微微做不到像丽莎那样。她三十二岁了,一直是凭真才识学吃饭的,要她像丽莎似的扑男人,她还真不会。丽莎是野生的,扑个把男人,驾轻就熟,但她唐微微是动物园养大的,让她生扑,她不会,她这样的雌性动物,放生到野外,是注定要死的,她不是丽莎的对手。而事实上,自从招商会之后,丽莎就一直在跟王洋保持着联系,而唐微微则根本不好意思跟王洋开口谈项目的事——好在冯都也没有催逼她。也许真像传言得那样,乔娜有了,是他的?反正乔娜请假了,冯都也常常不在办公室。而唐微微很清楚,工作太主动的员工,并不是好员工。冯都只是让她替乔娜参加了一个招商会,并没有明确告诉她,让她来做乔娜的客户,锦绣地产还是乔娜的势力范围,既然这样,她就不能伸手,她伸手就是不懂规矩。

丽莎约唐微微下班以后去做美容。唐微微答应了——刚一答应,就接到余忠孝的电话,说是在她们楼里办事,问她在不在办公室,方便不方便一起吃个饭什么的。

唐微微面有难色,拿着电话吭哧半天,最后说"好吧"。丽莎多有眼力见儿啊,唐微微电话一挂,她就甩过去一句"重色轻友"。唐微微不甘示弱,说:"你晾我也不是一次两次啊!"这话倒是真的,有一回,她们俩约的看话剧,到了门口,丽莎接一电话,打上车就跑了。女朋友总是好办的,哪天约都行,美容院今天不去明天也可以,但,到了唐微微这个年龄,男人就比较重要了——人家今天想约你,你不去,那可能人家就约别人了!

第二天,丽莎问唐微微,余忠孝是不是在追她?唐微微想了半天,不知道应该怎么说。实事求是地说,余忠孝对唐微微的那一套,很难说得上是"追"。而唐微微如果不是太寂寞,太恨嫁,根本也不会对余忠孝这一套有兴趣,甚至,倒退回几年,她会非常反感这一套——自从上次聚会之后,余忠孝就经常有一搭无一搭地发个搞笑短信给唐微微,MSN 上见到也聊上两句,还老说要给唐微微介绍"活儿"什么的。唐微微每次都说谢谢,不过从来也没有真见他介绍过什么,倒是唐微微货真价实地给他帮过几次忙,一次是翻译一本两万多字的商业计划书,还有一次是帮他一朋友从供货商那里打折买了一个浴缸。至于他那个"医院项目",很快就不提了。唐微微问过几次,余忠孝要么不接茬,要么说点无关痛痒的,有的时候会反问唐微微:"你说办医院到底好不好?"或者会干脆跟唐微微探讨老同学一起做生意的利弊。

其实,对于这些问题,唐微微毫无兴趣。她不明白,为什么丽莎跟男人有那么多可聊的,而她就没有。丽莎对她说,很简单啦,生活的烦

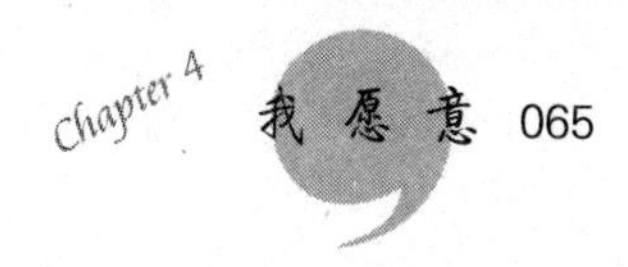

恼,工作的问题,都可以跟男人说啦,说着说着,关系就说近啦。

唐微微心说,生活的烦恼?她最大的烦恼就是嫁不出去,没有找到合适的男人,这怎么张口?

有一次,唐微微跟余忠孝吃饭,一顿饭吃下来,竟然花了三四小时,吃的也就是火锅,涮羊肉。余忠孝不停地给她讲投资、讲股票、讲生意,她听得头晕眼花,腰酸背痛。后来跟丽莎说起来,丽莎哈哈大笑,批评唐微微,说:“人家男的那是抛砖,人家扔了一晚上砖头,你一块玉都不舍得往外掏,我要是男的,我就再不约你了!”

照着丽莎的理解,余忠孝讲投资、讲股票、讲生意,那都是在热身,在垫场子,在人家男的垫完场子之后,就该轮到您唐微微了。您要是想玩含蓄神秘呢,您就巧笑倩兮美目盼兮;您要是想玩“短平快”呢,您就用脚在桌子下面缠绕他的脚;您要是啥都不想玩,就想严肃认真地推进俩人的关系,您就问问他想找什么样的女朋友?如果嫌这个太露骨,就说说手机报上的新闻八卦或者星座运程,要是再嫌这个俗气,那就说说看过的电影小说电视剧。当然,丽莎根据她的实战经验,总结出来的最实用的一招,就是分手的时候,要表现得非常非常地不舍,然后,忽然扑上去,飞快地吻一下,转身走掉。

唐微微说这招我做不来,太轻浮了。

丽莎说,你要是给人家轻浮的感觉,那你就太失败了。你得让人家觉得你特良家,但,实在是他太有魅力了,你是出于情不自禁。丽莎给唐微微演示了一遍,然后让唐微微来,唐微微实在做不出来,只好说:我先上表演系进修半年吧。我这基础太差。

Yes, I do

Chapter 5

男人爱女人，女人爱男人，都是有条件的，世界上哪里有无缘无故的爱？

只不过，有的爱对方的身体，有的爱对方的容貌，有的爱对方的门第，有的爱对方的财富，当然，最高尚的是爱对方的心灵，最卑鄙的是爱对方的腰包……

就在余忠孝跟唐微微大搞“敌进我退，敌退我进”的暧昧游击战时，唐微微的母亲宋玉如不远万里来到北京。

可怜天下父母心。宋玉如现在就后悔一件事情，怎么当初就非不许唐微微早恋？张爱玲说成名要趁早，其实失恋更得趁早。早早地谈过恋爱，早早地知道什么合适什么不合适，何至于拖到现在要爹妈操心？即便就算是王洋，不要说现在他大富大贵了，即便他一事无成，又怎么样？对微微好不就可以了吗？

宋玉如也知道女儿内心里对自己多少是有点怨恨的。但知识分子跟普通大众略有不同，怨归怨，恨归恨，但从来不会摆到桌面上的，更不会站在院当间大吵大闹请街坊四邻来评理。

宋玉如虽然也替女儿着急，但她不属于那种到处给女儿张罗女婿的妈，她那范儿拿的，比唐微微足多了。知道她脾气的亲戚朋友，根本不会自告奋勇给她推荐女婿，讨那没趣儿干什么！比她们家门楣高的，她不乐意巴结人家，越发要拿着劲儿任着自己性子说点冷言冷语，比她们家门楣低的，她倒是亲热随和，但那种亲热随和让人家不舒服，好像是受了她多大恩惠似的。

宋玉如一辈子好强。她早年最看不起的女人，就是那些一到单位就找对象，找了对象就结婚，结了婚就一个两个生孩子的女人，然后就是买菜做饭养孩子，工作永远稀里马虎，但奖金少一分就要吵个天翻地覆。她以前当领导的时候，最烦这样的女下属，但现在退休了，发现人家这一辈子过得就是实惠！年轻的时候是老公，生了孩子是儿女，儿女大了是孙子孙女。全家人都没什么出息，但平平安安，哪里像她，不仅严格要求自己，也严格要求老公和女儿，一家人过得紧紧张张，出息倒是看着出息，但不实惠。比如说唐微微吧，当年凭着这个闺女，她可不仅在家族里骄傲，在单位里也自豪着呢。考大学全省状元，然后保送的硕士，连读的博士，然后在北京工作生活，有出息吧？可这种出息说到底，当她自己退休之后，她就觉得不实惠了——那些养着没出息的儿女的同事街坊不再羡慕她了，她们怀里抱着孙子，整天笑逐颜开，反倒是她，女儿这么大，连个姑爷都没有，成了人们同情的对象。只不过，熟人，或者说知道她脾气的人，见了她格外要夸赞她的女儿，然后无关痛痒地问上一句："有对象了吗？"

按道理说，没对象也没什么可丢人的，但，女儿大了，没老公，对做妈的而言总不是一件光彩的事。宋玉如开始有意没意地给留心着了，暗中打探谁家有什么单身的适龄男子在北京。后来上公园晨练的时候认识一老姐姐，老姐姐的丈夫有个远房侄子在北京，年岁比唐微微大十个月，单身，在北京读博士，明年毕业，父母去世得早，家境贫寒，希望能在北京安个家。本来呢，宋玉如对这个老姐姐没啥兴趣，但一听说人家有个优秀的单身的远房侄子，立刻跟人家来了神儿，关系越走越近，假装无意地说自己姑娘在北京，也是单身什么的。那老姐姐一听，立刻提议，不如俩人先认识认识，合适呢，就肥水不流外人田了。不合适，将来做个朋友，互相给帮个忙，也好。

宋玉如怕在电话里跟唐微微说不明白，亲自北上督战。吃晚饭的时候，跟唐微微如此这般一说，哪里想到唐微微听了，脱口而出："既

然条件这么出众，怎么到现在还单身？”

宋玉如一句就给唐微微顶了回来：“你不是也单身吗？你条件也不差啊。”

宋玉如住下第二天就给人家那小伙子打电话，本来还想寒暄寒暄，结果小伙子更爽快，叫了声“阿姨”，然后直奔主题：“我婶儿都跟我说了，您女儿在北京工作，您把她电话给我，我约她吧。”

宋玉如忙不迭地把唐微微的手机号码给了那小伙子，正想问小伙子什么时候约唐微微的时候，小伙子说：“好，我今天就给她打。”电话挂了，宋玉如这心头叫一个高兴——爽快，这样的男人好。男人找老婆，就得这样。

唐微微接到“优秀单身博士男”电话的时候，正好在饭局上。是周正张罗的。王洋也在。唐微微端着个“落落大方”的架子，矜持，得体，优雅……

小伙子上来就自报家门：“我是刘军，你什么时候有空，咱们见个面吧。”

唐微微一愣，刘军，这个名字很陌生。

小伙子接着说：“我在××大学读博士，你妈妈跟你说了吧？”

唐微微脸当时就绿了。矜持、得体、优雅荡然无存。跟做贼似的，慌慌张张地：“啊，说了说了。这么着，你晚点给我打行吗？我现在不方便。”说完，迅速挂断。对面的王洋没说什么，倒是周正瞅她这副模样，说了句：“怎么啦？汗都下来了？什么事儿啊？”

唐微微掩饰，说：“没什么事儿，老家来一亲戚。”说完，端起面前的红酒杯。一分钟，甚至更短，她又找回了刚才的感觉——落落大方，矜持得体，优雅知性。

晚上到家，宋玉如满怀期望地问唐微微，约了没有，什么时候见面。唐微微大致一说，还没说完，唐母就已经急赤白脸地数落唐微微分不清主次。唐微微也急了，说："我就说现在不方便，让他晚点打，怎么啦？"

宋玉如大拊掌，说："什么叫现在不方便？有什么不方便的？你接个电话能死啊？"

唐微微不想解释，况且也解释不清楚。确实，她当时其实可以起身到外面接这个电话的，但她为什么没接呢？跟王洋坐对面有关系吗？

唐微微敷衍，说："妈，你别说了好不好？我那会儿正跟领导谈工作呢。"

"领导怎么啦？你就不能跟领导说等会儿，你先接个电话啊？"

"我能让领导等会儿吗？那是给我发薪水的人！"

"发薪水怎么啦？啊，就因为你接一个电话，他就把你开除了？"

宋玉如越说气越大，唐微微感觉自己脑袋都要炸了。对待老妈，经过几十年的斗争，唐微微已经总结出来一条颠扑不破的革命真理——跟老妈是没道理可讲的。跟老妈讲理，就是惹老妈生气。不如早早放下武器，缴枪不杀。

"那我不就是让他晚点打吗？差这几小时吗？又不是赶飞机，到点儿飞机就飞了！"

"这比赶飞机重要多了。飞机赶不上，可以改签。你这个错过，都不知道下一班在哪儿！你这样什么时候能嫁掉？"

唐微微听得头大，说："行了行了，我现在给他拨过去……"

宋玉如一脸惊骇："你给他拨过去？你约他吗？你一姑娘家！"

按照宋玉如的理解，唐微微即便是真的急着嫁人，哪怕就是急出人命来，也不能主动给那叫刘军的打电话。饿死事小，失节事大。主动给男人打电话，要求见面，约会，不止是掉价问题，而且简直是丢脸！

幸亏刘军的电话在十点半来了，否则，唐微微这一夜就别想消停

了。刘军开门见山，上来就说:“唐微微是吗？我是刘军，你看我们明天能见面吗？”

唐微微的车不对号，明天上不了街。她正想问换一天行不行，但一看老妈那一脸紧张，索性答应了。夜长梦多，都老大不小的，合适就处，不合适谁也别耽误谁。

出于礼貌，唐微微让小伙子定地方，小伙子竟然把地方定在自己学校内的一咖啡馆。唐微微实在难以接受，绕着弯说:“主要是白天要上班，那地方太远。加上堵车，如果要下班之后见面，估计得安排在八点以后。”

小伙子还算通情达理，最后他们定在上岛咖啡，算中间地带。

见面五分钟，唐微微就非常清楚地意识到这是一想通过婚姻改变命运的小伙子。

博士生刘军很直截了当地告诉唐微微，自己只喜欢精明强干的独立女性。问他为什么，他竟然说:“那些花瓶型的女人，白送给我，我都不要。有什么用？除了一张好看的面孔！”

接着“优秀单身男”刘军开始愤愤不平地抱怨:“我最讨厌女人问我家是哪里的，父母是干什么的，开什么车，有没有房子，一个月赚多少钱！她们太势利太物质，就怕付出，只想不劳而获。哪那么好的事儿？你不付出，我凭什么娶你当老婆？爱是付出。”

唐微微冷笑，心说:“爱是付出。你打算付出什么呢？”

博士生刘军仿佛猜到唐微微心里想的似的，对唐微微厚颜无耻地说:“我现在虽然什么都没有，但我可以把我的未来给你。我有博士文凭，专业又好，只要在北京有一个家，有一个你这样的老婆，我将来什么都会有的，现在我依靠你，将来你依靠我，所有的人都会羡慕我们的。我们是患难夫妻啊。”

唐微微气得差点笑起来，但她忽然有了心情，决定跟这个博士生开个小玩笑，于是期期艾艾地说："可是我的工作不稳定，到北京几年还在租房子，我一直想有一个家，哪怕这个男人没什么钱，我们一起奋斗，白手起家也好。"

博士生听了，竟然舌头像打了结一样，脑门儿上瞬间布满密密麻麻的汗珠子，半天，对唐微微非常诚恳地说："你知道，我是要找老婆，不是要找别的。在我的观念里，老婆一定得是能帮上我的。我在学校也有很多女孩子追我，叫我哥什么的，但我都没有答应。我家是外地的，爹妈病逝，家里也没什么过硬的亲戚，帮不上我，我得靠自己。我除了我自己，什么都没有。我研究了历史上大部分功成名就的男人，他们娶的女人都得是能帮得上他们的。我熬到这个年岁还没有结婚，就是想娶一个能帮得上我的女人。我一直在努力，本科完了读硕士，硕士完了读博士，我想那些能帮得上我的女人总也要嫁得风光体面吧？我好在是博士，也算让她们脸上有光吧？我很多同学，大学一毕业就成了家，生个孩子，然后一辈子就全扔在养家糊口上了，我不想过那种平庸的生活，我是一个有志向的男人，你明白吧？"

唐微微点头，说："明白。"

她本来以为她说完"明白"，俩人就该好说好散了，哪里想到，那博士生忽然冒出一句："你总有不错的女朋友吧？有没有符合我条件的，离婚都无所谓。"

唐微微问："有孩子的呢？"

博士生咬紧牙关，片刻，说："有孩子的也成，那就得经济条件再好一点，能帮我创业，我一直想做电影，做中国的伍迪·爱伦。"

"如果人家自己有公司，让你在她的公司做事，你看好不好？"唐微微决心逗一逗这个中国的伍迪·爱伦。

博士生双眼发亮，问："什么公司？要是小公司可不行。我可是博士，不能在那种私人小公司干的，要那种工作，我随便都可以找得到。”

埋单。博士生很迟缓地掏钱包，唐微微抱着胳膊，装雕塑。

唐微微回家跟母亲汇报了一下她千挑万选的“候选女婿”，宋玉如张口结舌，说：“现在还有这样的男人？”

后来，博士生刘军又给唐微微打过几次电话，都是敦促她替他落实“能帮助他实现理想”的老婆一事。有一次，博士生刘军来电话的时候，唐微微正跟余忠孝一起吃饭，唐微微随口就问：“喂，年龄比你大十岁可以不可以？”那博士生竟然说：“关键是条件。”

挂了电话，唐微微跟余忠孝把这个事儿当个笑话说了出来，余忠孝听了，说：“你们女人找一个比自己大十岁但经济条件好的老公，所有人都觉得很正常，还认为这个女人很幸福，怎么这种事情轮到男人，就无耻了呢？男女不是平等的吗？”

唐微微想了想，还真没找到合适的词儿。是的，男人爱女人，女人爱男人，都是有条件的，世界上哪里有无缘无故的爱？只不过，有的爱对方的身体，有的爱对方的容貌，有的爱对方的门第，有的爱对方的财富，当然，最高尚的是爱对方的心灵，最卑鄙的是爱对方的腰包……

余忠孝跟唐微微这么有一搭无一搭地来往一段时间以后，王洋忽然来找唐微微。唐微微心生暗喜——这说明，他心里还是有她的。他不愿意她跟别人，至少不愿意她跟余忠孝。

王洋给唐微微打的电话，非常简单，直奔主题，上来就是：“七点。丽都大堂。我开车接你。”

唐微微脱口而出：“可是我有车。”

“那就丽都大堂直接见面。”

挂了电话，唐微微非常后悔，为什么要说自己有车！如果没车，就可以和王洋一个车，一个车，就可以说点两个人的话。靳小令曾经对

唐微微说过，女人为什么要有自己的车？女人有车，男人想献点殷勤都难。

自从知道王洋是锦绣地产 CEO 以后，唐微微只跟王洋主动联系过一次，而且那一次还让她感觉极其糟糕，这之后她就强迫自己不联系王洋，即便是 MSN 上碰到，也是什么话都不说，甚至连个招呼都不打。这跟唐微微受的教育有关——在唐微微的观念中，人是不应该势利的。而最大的势利就是当别人有钱了富贵了，主动和人家去联络。当然，如果按照唐微微母亲宋玉如的观念，即便是王洋主动来联络，唐微微也至少应该拒绝三次以上。那样方能显出良好的家教以及富贵不能淫的坚贞。现在，如果唐微微的母亲知道，王洋一打电话约她，她竟然就答应了，不仅答应，还麻溜地自己开车过去，一定会批评她贱。以前，唐微微很怕母亲骂她贱，但很多年后，唐微微才发现母亲对她的教育基本是错误的——也许在母亲那个年代，女人是不能贱的。那个时候男人只能娶一个老婆，既然如此，谁愿意娶一个贱货？而且那些年代，离婚多难啊，老婆倘跟别人乱搞，男人岂不是很亏？但现在这个年代，结婚离婚是如此容易，既然这样，你矜持，有的是不矜持的。你矜持来矜持去，最后剩下的就是你啦。人家那些不矜持的，一句真爱无罪，反倒成了最纯洁无瑕的了——想了就做，做了就放下，放下就忘记。

唐微微原本那天晚上是有饭局的。靳小令张罗的。唐微微答应了王洋之后，就给靳小令发了短信，说晚上临时有事，过不来了。

一分钟不到，靳小令电话追过来，唐微微拒接，发过去俩字“开会”。

靳小令也发给唐微微俩字“无耻”。

无耻就无耻吧。倒退回几年，唐微微绝对不会如此重色轻友。在以前，别说女朋友，就是随便一个芝麻绿豆大的事，都排在男朋友的前面。王洋那个时候经常抱怨唐微微，说唐微微把他当“长工”。唐微微宿舍里所有女朋友的事，只要求到唐微微，唐微微都会找王洋帮忙。王洋跟唐微微说：我怎么觉得我不是你一个人的男朋友，她们都没男朋友啊？怎么遇到事儿都找你的男朋友？还有很多次，那个女朋友失恋了，给唐微微一打电话，唐微微立刻丢下王洋，跑去安慰正在哭泣的女朋友。王洋气得跟唐微微说："她失恋，我招谁惹谁了？你安慰她去，我找谁安慰？"唐微微一般丢过去一句"你少废话"，一溜烟走掉！

那个时候在唐微微的观念中，王洋是自己永远的爱人，这一生很漫长，他们在一起的日子也很漫长，不在这多一天少一天的。但现在，她知道，一生很漫长，但他们能真正在一起的时间却很短暂，所以，要珍惜，要格外珍惜。

唐微微到丽都大堂的时候，王洋已经到了。之前她看王洋从来没有那么顺眼，但那天她却意识到她丢掉的这个男人，正是她一直梦寐以求的。王洋一身阿玛尼，以前，在他们的年轻时代，他们曾经多么粪土那些一身名牌的男人啊！觉得他们很傻，把钱穿在身上。

红酒，烛光，乐队。唐微微梦想中的约会，王洋给了。唐微微忽然在心底里生出一丝奢望，如果王洋还爱她！只要王洋还爱她，她愿意放弃所有她所拥有的。但随即，她就在内心轻轻叹了一口气，即便她愿意放弃她所拥有的全部，那些在王洋眼里又算什么呢？她已经三十二岁了，一个三十二岁的女人，在这个城市里，一份年薪十万的工作，还是税前，一处小小的房子，还是按揭，需要二十年还清。即便就算她比现在成功千万倍，又怎么样呢？她有钱，王洋需要的并不是一个有钱的女人啊！那逝去的爱情啊！！唐微微从来没有自卑过，那是她头一次在王洋面前感到内心的自卑。她以前一直希望他富有，现在他富有了！

王洋开门见山,直接把话题切到"余忠孝"上。

王洋说:"余忠孝前两天来找我,你猜他跟我说什么?"

唐微微摇头。

王洋说:"他问我对你还有没有想法,要是没有,他就打算上了。"

唐微微微笑:"你怎么说的?"

王洋言简意赅:"余忠孝不适合你。"

唐微微挑衅:"哪里不适合?"

王洋冷笑:"我就看不出来他哪儿适合!"

唐微微也冷笑:"那谁适合?你有没有可以推荐的人选?"

王洋压着火:"你总不能饥不择食吧?余忠孝什么男人你不知道?你知道他离了几次婚?!"

唐微微也压着火:"离婚又不犯法!多离几次怎么啦?"

这一次见面,属于不欢而散。唐微微本来没有那么在意余忠孝,不过是以前认识,校友,好多年没见面,重新见到,吃个饭聊个天,如此而已,最多是有点暧昧,但既然王洋那么在意,唐微微就决定在意了。她不知道为什么,她有一种"顶风作案"的快感——她现在明白了,为什么有的人会"明知山有虎,偏向虎山行",用丽莎的话说,山上要没有虎,去干什么呢?就是因为有虎,才想去嘛!

她一回到家,几乎是刻不容缓地给余忠孝打了电话,余忠孝很亲切的声音,问她怎么晚上没有去靳小令的饭局?

唐微微随便找了个借口,然后俩人在电话里聊了聊天,像往常一样,东拉西扯。但跟往常不同的是,这次东拉西扯的不是股票投资生意,而是"家常话"。先是唐微微问余忠孝,怎么靳小令想起来做东请客啦。余忠孝说其实也不是靳小令做东,是一个朋友,曾经求过靳小令老公帮忙住院,现在痊愈了,为了答谢,请了顿饭。唐微微就说,既然这样,为什么要我们去呢?余忠孝笑笑,说:"你不知道?靳小令有点撮合咱们的意思。”

唐微微听了，反倒一时没话。余忠孝也不着急，耐心等了等，把话题转了。

唐微微第二天直接约了靳小令，她根本懒得兜圈子，上来就问余忠孝的事。靳小令被唐微微问得一愣，随即说：“他倒是跟我打听你来着，我就问他是不是对你有意思。”

“他怎么说？”唐微微问。

靳小令一笑，没直接回答，反倒反手一枪，直扎唐微微要害：“你对他有意思没有？”

“有怎么样？没有怎么样？”唐微微投石问路。

“有我就帮你们啦，没有，我就劝他死了这条心。”靳小令兵来将挡。

靳小令算是职业媒婆，她在婚恋网站，整天干的就是保媒拉线的工作，但她这次，一边是她曾经追过的男人，一边是她的闺密！唐微微忽然替靳小令感到那么一丝丝小悲哀：她心里应该还是有他的吧？

靳小令像看穿唐微微似的，故意说：“其实那会儿他们都传我追余忠孝，根本就没有。我们就是关系比较好而已。忠孝是个挺好的人，就是老被女孩子耍。”

唐微微以为自己耳朵听错了，惊呼：“他老被女孩子耍？谁耍谁啊？”

靳小令说：“男人长得帅，花钱又大方，哪个女孩子不喜欢？可惜，他老是喜欢那种万人迷型的，其实，每次都是女孩子辜负他。真的。这次我就劝他，踏踏实实成个家，好好过日子，像我和钱伟，多好？”

靳小令一提到钱伟，唐微微脑海里就闪出另一幕：“钱伟居然能在酒吧里跟女孩子亲昵成那样！”

靳小令见唐微微不言语，以为唐微微是动了心。靳小令的内心其实很复杂，她甚至觉得，如果不是自己有了老公，余忠孝应该是追自己的。她认为那天余忠孝忽然给她打电话，说要见见，其实含着这层意思呢吧。要不是钱伟表现得太出色，让余忠孝彻底死心，可能余忠孝会对她生出别的想法吧。靳小令一厢情愿地相信，余忠孝在经历过那些美貌的女人的伤害之后，最后发现，原来还是她这样长相朴素但睿智聪慧的女人靠谱。靳小令有点小私心，既然余忠孝早晚要找其他女人做老婆，那么还不如就自己的闺蜜吧，一来肥水不流外人田，二来，毕竟她还希望能跟他有点“关系”，是那种正当正常正确的关系。

靳小令自认为自己是幸福的，作为一个女人，三十多岁，她现在也算婚恋专家了，该有的事业有了，两年前出的书，至今还在畅销排行榜上挂着；该有的老公也有了，平心而论，比嫁给余忠孝体面多了。唯一缺憾的是——她常常感到郁闷。她看不起那些搞婚外情搞得呼天抢地的女人，用靳小令的话说，什么婚外情？无非是空虚寂寞找个男人陪而已。但又不好意思像男人似的，直截了当地承认身体需要！

靳小令做情感咨询，尽管她充分理解女人的动物需求，但是她断然无法接受，女人把自己的动物需求跟爱沾边。曾经有个女人找到她哭哭啼啼的，说自己爱上一个男人，无法自拔，这个男人花她的钱，没工作，动辄打她，她很痛苦，问怎么办？靳小令拉着一张脸，说：“离开他啦！”女人说，可是她爱他，也相信他也爱她，只是他脾气不好，因为长期失业等的缘故。靳小令单刀直入：“你爱他什么能说得具体点吗？”

那是一个丑女人。靳小令认为女人丑并不可怕，丑女人成功嫁掉的多的是，可怕的是，自欺欺人，自己骗自己——不过是需要一个男人而已，何必非要牵扯上爱呢！套用鲁迅前辈的话——地上本没有路，走的人多了，也便成了路；靳小令告诉那个丑女人——你们本没有爱，只不过做的爱多了，也便成了爱。

每个人的生活都有自己需要解决的问题，靳小令的生活也一样。

可能因为她见惯了不幸的女人不幸的婚姻，所以她能对自己遇到的问题有个正确的认识——在靳小令眼里，钱伟是个好丈夫，只是，工作太忙，即便是不忙，在家里，也很少跟她说话，她跟他说，他就听着，但很少有回应，跟听音乐会似的。还有，就是，可能跟他的职业有关，妇科医生。靳小令常常换位思考，倘或自己干钱伟的工作，天天给女人做妇科检查，估计也会厌倦和烦吧？怎么可能要求他回到家里，还对她兴致勃勃呢？靳小令想得很清楚，只要钱伟爱她，再生一个孩子，她这一生就九十分了，她不要求一百分。钱伟像一枚勋章，挂在她胸前，标志着她作为一个女人，在婚姻方面的成功，这就够了。靳小令是个理智的女人，她知道做女人不能太贪心，她是断然不可能接受自己跟除钱伟以外的男人发展感情的，即便是搞暧昧，也不可以。靳小令要的人生极其简单——她从来不会为了消遣而去做什么事情，她做的每件事情都是要有结果的。否则，她就会认为没有意义。当年，跟余忠孝就属于如此，一击不中，全身而退，你再帅再好跟我有什么关系？只要你不是我的那杯茶，或者我不是你的那杯茶，就谁也别耽误谁时间。靳小令才不会钻牛角尖呢！后来遇到钱伟，也是目标明确。认识就是为了结婚。如果不结婚，何必要认识呢？靳小令的理由很直接，茫茫人海，如果单纯是为了认识而认识，或者为了兴趣而结交，那么可以认识的人，可以结交的人多的是，我为什么非要对你好，把你放在心上，快乐着你的快乐，悲伤着你的悲伤？他们算闪婚。从认识到领证，四十天。

这是靳小令和唐微微的本质区别。她们虽然都理智，都聪明过人，但，靳小令更注重结果，而唐微微，则是需要过程的。靳小令必须要有承诺，甚至承诺还不够，还必须要有正式的合同。在她看来，婚姻就是契约，你不跟我签约，我凭什么要把你当做我这一生最重要的甚至是唯一的合作伙伴呢？靳小令跟唐微微说，物以类聚，人以群分，人和人的差距，就跟服装的品牌一样，虽然说有的大品牌也是从路边摊起家的，但一旦进了柜台商场专卖店就不一样了。用她的话说，她当初挑选钱伟，就是看中了他的“成长性”。一个男人，受过良好的教育，又相貌堂堂，还肯上进努力，这样的男人就是再差能差到哪里去呢？

靳小令反复说服唐微微，对于不可能有结果的男人，比如说王洋或者冯都，最好离得远远的。他们再好再优秀，跟你有什么关系？你可以拿他们开心解闷打发时间，但是，你得先解决掉革命的首要任务——嫁掉！在成功嫁掉之前，你不能花时间享受那些“开心果”类的男人，他们是你的饭后甜品，是你的下午茶，是你有空的时候的消遣，但现在，你没空！你得抓紧时间，集中精力，一鼓作气，拿下你的婚姻大事！

唐微微想，那就给余忠孝机会吧。靳小令的名言——给男人机会就是给自己机会。你让男人无机可乘，你又落什么好了？现在又不是封建时代，难道官府会给你立一大牌坊？

Yes, I do

Chapter 6

唐微微总是在男女的问题上掌握不好火候——她是动物园养大的。

她不会自己寻找配偶。

她丧失了这个本能。

她只能像大熊猫一样，必须依靠专家的帮助才能实现自己的“永久交配权”。而她生活的这个年代，这样的专家实在太少，即便有，又太不专业。

王洋到底还是约了靳小令一次。

按道理，唐微微跟他已经分手，他跟唐微微也没任何关系，但他还是受不了自己曾经的女朋友，跟一个他认为是流氓的男人交往！王洋了解唐微微，什么事越拦着她越干，但他又没有其他办法，他几乎气急败坏，但又无可奈何。凭着他现在跟唐微微的这种关系，他能怎么样？假如他想跟唐微微往前迈一步的话，他倒是有资格拦一拦，但问题在于，他不想。从十八岁到二十五岁，他们在一起纠缠了七年，他不想再搭进去七年了！

王洋对靳小令说不上有好感，但也说不上有恶感。他知道，至少在他和唐微微的交往中，靳小令从来没有起过什么好作用。

王洋的做事风格一向直来直去。只不过，他以前是个无名鼠辈的时候，他的直来直去饱受诟病。现在，这倒成了他的优点，人们管他这个叫“爽快”。他和靳小令的谈话非常“爽快”——他希望靳小令作为唐微微的闺密，应该尽到一个朋友的责任和义务，这个责任和义务就是阻止唐微微跟余忠孝来往。

靳小令也很爽快，她笑嘻嘻地：“我阻止不如你阻止。你只要向唐微微求爱，唐微微肯定会把余忠孝晾到一边的。”

王洋没电了，爽快不起来了，垂着个头，面沉如水，而且是那种被重度污染亟待治理的臭水沟的水！

靳小令见王洋这副德行，心底里一丝冷笑。仗着是老同学，毫不客气数落了王洋一通："我也知道余忠孝对唐微微不太合适，至少不如你合适。可是，连你，跟她有过那样情真意切的过去的男人都不愿意爱她娶她，你还指望什么样的更合适更好的男人爱她娶她呢？你们男人难道不计算一桩婚姻的性价比吗？明告你，唐微微还就只能将就了——她要是麦当娜、张曼玉，不将就可以，她就是一三十二岁的大龄女青年，过去叫'老姑娘'，现在叫'剩女'，反正都不好听，如果不肯硬着心肠骗不谙世事的小男生，就只有找那种一事无成还得岁数比她大好多的离异男！但凡男人有点资本，有点条件，不都是愿意找年轻漂亮的比自己小个十岁二十岁的？"

王洋哑口无言。他很不愿意回忆他和唐微微之间的事情，有的时候，他非常希望能跟唐微微推心置腹地说说话，不要带着怨气怒气，但做不到。有的时候，他也会想为什么别的男女分手之后还能成朋友，还能互相帮个忙吃个饭什么的，怎么他和唐微微就这么别扭呢？就说这个余忠孝，如果说上学的时候，他还有点光彩，还能蒙点小女生，现在他那两下子，但凡有点社会阅历的人就都知道，他混得不如意。而且他不属于陶渊明那类淡泊明志型的，也不属于"三十亩地一头牛"的热炕头型，他是"不吹牛毋宁死"型的，张嘴闭嘴就是跟哪个常委吃过饭，或者哪个省哪个领导跟他是哥们儿，这种人，唐微微怎么能跟？

王洋不想管不想管，还是又管了一回。这次他和颜悦色地找到唐微微，和颜悦色地跟唐微微说，他认为她应该找一个老实可靠的男人，不用太有钱，但富足殷实，有稳定的工作和收入，会疼女人，宽容厚道，年岁稍微大一点也不要紧。唐微微听了，问王洋："哪里有这样的男人？你给我领来，我立刻就嫁。”

王洋说：“这样的男人不是挺多的吗？我们公司好多人的丈夫都这样。每天接送孩子，老婆加班还接送老婆。”

唐微微说：“那他们不都是别人的丈夫吗？”

王洋说：“别人能找到，你怎么找不到？”

唐微微脱口而出：“因为我年轻的时候遇到的是你！我瞎了眼，运气不好！现在这些男人都做了别的女人老公，轮不到我了！我能轮到的，只能是被别的女人甩了的不要的一文不名想泡小姑娘都泡不上的老男人！”

这话说完，俩人重又陷入僵局。十分钟后，唐微微掏出钱包埋单，王洋竟然没有阻拦，也没有抢单，他一点表示都没有，任由唐微微结了账，然后说：“走吧。”

这次见面之后，唐微微对幸福的渴望愈发强烈。她忽然极其渴望有个家，有个疼爱自己的男人。这种渴望之前也有过，但从来没有像现在这样强烈。她当然不肯凑合将就，但她还真对余忠孝抱了幻想——至少余忠孝这样的男人，表面看一表人才，不过就是多离了几次婚而已。唐微微很仔细地问余忠孝的情史，余忠孝很耐心地解释给唐微微听，总之，每一段情史，都是人家女方辜负了他。余忠孝从来不催促唐微微作决定。他把俩人关系的主动权全部交到唐微微手里。这下，反而让唐微微很被动——事后，唐微微回想起来，这就是情场高手的高妙之处了。他把套做好，等着你伸脖子。这样，将来万一有什么，他也可以不负责任。你不能指责我做了套，谁让你伸脖子的呢？

靳小令对唐微微“迟迟不伸出脖子”，很是不耐烦。

“余忠孝能骗你什么？骗你色？您都三十二岁了！他要骗，骗点年轻貌美的好不好？骗你钱，人家有骗你的工夫，谈几桩生意签俩合同好不好？”

唐微微嘴上不反驳，心里老大不乐意。难道三十二岁的女人，连男人骗她都是一种抬举了？

即便是三十二岁了，唐微微还是需要男人主动男人殷勤的。实事求是地说，余忠孝给唐微微的感觉总体上说还是挺好的。余忠孝总是很忙，他们大部分时间都是打电话，有时候在MSN上聊天，一聊能聊大半夜。唐微微从来没有去过余忠孝家，余忠孝也没有邀请过唐微微。总而言之，给唐微微的感觉，余忠孝非常君子。对她耐心周到，每天都有数通电话，给她讲笑话，夸她，一起回忆一些学校的旧事，有的时候也会说一些自己的朋友，反正不是政府官员，就是福布斯排行榜前五十名的富人。

慢慢地，唐微微甚至有点后悔自己开始的时候过于谨慎。用靳小令的话说，谈恋爱这种事情，就像高速公路的出口，这个出口出去，就成家了，这个出口错过，就成朋友了。这“朋友”和“两口子”是挨得很近的两个出口，可一旦从“朋友”这个出口出去了，想要绕回到“两口子”那出口，且呢。古人说：花开堪折直须折，莫待无花空折枝。就是这个意思。人家余忠孝开始的时候对你挺上赶的，你慎重，得，人家现在跟你只谈人生，谈理想，谈往事，就是不谈感情，你被动了吧？

靳小令虽然不大看得起丽莎，她总管丽莎叫丽莎张，或者直接叫人家的原名“张红霞”，但她不厌其烦地教育唐微微，对待男女这种事情，得适当地跟丽莎张学习。用丽莎张的话说，别管真的假的，先把关系定位在“男女”上，然后咱再梳理。要是经过梳理，彼此都乐意，那就接着“男女”，要是咱不乐意了，作为女人，退一步总比进一步容易吧？随时跟对方道歉就好了。在爱与不爱这种问题上，被道歉的一方永远是受伤害的一方。

唐微微总是在男女的问题上掌握不好火候——她是动物园养大

的。她不会自己寻找配偶。她丧失了这个本能。她只能像大熊猫一样，必须依靠专家的帮助才能解决自己的“永久交配权”。而她生活的这个年代，这样的专家实在太少，即便有，又太不专业。

唐微微和余忠孝的关系就到了这么个微妙的阶段——哀而不伤，乐而不淫，密切但不亲密。如果这个世界上真的有“爱河”，那么唐微微和余忠孝就是两个经常在爱河边溜达，但绝对不先湿脚的人。唐微微矜持，余忠孝君子。连靳小令看着，都觉得他们累——她有一次问唐微微，到什么程度了。唐微微说：“什么什么程度，就是吃吃饭聊个天。”靳小令听了，说：“这个余忠孝，瞎耽误什么工夫？该干什么干什么，都老大不小了。”

该干什么呢？

余忠孝有一天忽然带着唐微微去看房子。虽然就是一套平装的房子，但家具什么的都齐备。唐微微跟余忠孝并肩站在镜子前，尽管余忠孝什么都没说，但脸上那表情，似乎在问唐微微，喜欢吗？

唐微微内心的幸福指数一路飙升。女人感受到爱情之后，既容易自信，也容易弱智。唐微微在跟余忠孝看过房子之后，不知道哪根神经搭错，居然大大方方地约了一次王洋，王洋也大大方方答应了。

还是在丽都，还是喝咖啡。见了面，都挺没什么话说的，又都挺客气。后来还是唐微微主动提的话头，很认真地征求王洋的意见，关于她和余忠孝。王洋冷冷地听着，很淡漠，听完，点起一根烟，说：“你自己的事你自己定吧。反正现在结婚离婚都容易。大不了再离就是。”

唐微微没想到王洋能把话说得那么绝，失望、愤怒、尴尬、恼火、辛酸，一时齐刷刷涌到喉咙口。她的第一反应是，王洋有女朋友了。否则，不可能对自己这么冷淡。

尽管脸上已经挂不住了，但唐微微还是强撑着。她半开玩笑地问

王洋:“说说你现在的女朋友吧？有几个？”

王洋最不愿意跟唐微微开这种玩笑,但又不愿意驳她的面子。只好说:“就一个,还没定。你见过的。”

唐微微立刻想到了那个“瓷娃娃”。她的内心被狠狠地扎了一下。但脸上反而越发笑容灿烂,说:“哦,就是那个啊,那个能当你侄女的？叫什么？”

王洋笑笑,说:“她不是给你名片了？”

唐微微:“什么叫还没定？”

王洋:“我追求人家,人家说要考虑考虑。”

唐微微忍不住哼了一声,说:“她应该还没毕业吧？”

“大四。今年毕业。”

唐微微夸张地重复了一遍:“大四？”

王洋:“大四怎么啦？你自己大几谈的恋爱？”

唐微微:“外地的吧？”

王洋知道唐微微接下来肯定要说难听的。他打断唐微微,说:“咱们也都是外地孩子,咱们那会儿也都挺不容易的,也挺希望能有个人帮一把的。她们也一样,我能理解,外地孩子,不容易。”

唐微微冷下脸,说:“是,找了你,就都容易了。”

王洋也冷下脸,说:“对啊,找了我,就都容易了。”

这次见面之后,唐微微莫名其妙情绪失控了好一阵子。后来,她听着刘若英的《后来》,想通了——“后来终于在眼泪中明白,有些人一旦错过就不再……”

王洋就是有些人,就是那些错过了就永远不再的“有些人”。他现在喜欢梅雨,喜欢瓷娃娃一样的大四女生……跟唐微微比,“瓷娃娃”年轻漂亮单纯,世界对她们是全新的,新得如同春天的第一场雨。

Yes, I do

Chapter 7

女人有钱真是好，女人有钱，男人就可以像夜莺一样，整宿在你耳畔唱歌……

余忠孝跟唐微微的关系说凉就凉了下来。余忠孝经常出差，不接她电话，她给他发短信，他要么不回，要么很简单地回几个字，诸如“开会”、“谈事”之类。余忠孝给唐微微的解释是他最近生意上遇到麻烦。

事实上，在生意遇到麻烦之前，唐微微就敏感地意识到他们之间有些微妙的变化——那是在余忠孝带她看房之后不久，告诉她那套房子是一个朋友委托他卖的，如果唐微微喜欢，价钱可以便宜，不过人家要求一次性付六十万，剩下的按揭。当时唐微微听了，心里略微有点不舒服。她笑笑，说：“我上哪儿给他六十万？除非你赞助。”

余忠孝很认真地说：“我真的可以赞助。你可以拿出多少钱？剩下的我来。”

唐微微感觉很怪，她试探性地问余忠孝：“你为什么要赞助我买房子？”她心里希望余忠孝说类似我爱你啊，我要娶你啊之类的话，没有想到，余忠孝停顿了半天，说：“主要是现在这种房子这种地段太难得了。要不是我这个朋友急等用钱，你就是想买也买不到的。”

接下来几天，余忠孝在MSN上只要见到唐微微，就问她那房子的事情，问得多了，唐微微就烦了，索性跟余忠孝说不买。余忠孝当时明显一愣，紧接着问为什么？唐微微有点恼火，说："我又不是没有房子住。"

余忠孝有点讪讪的，说："你不是要接父母来吗？"

唐微微听了，顿时心生反感。她心想如果你余忠孝真对我有意思，你就明说，明说之后，咱们该买房买房，我该花多少钱，你该花多少钱都可以商量。这现在叫怎么回事？你跟我算什么？男女朋友吗？买房为什么？是为我们结婚吗？你什么都不说，就一天到晚让我掏钱买你朋友的房子，还说赞助我，赞助我的钱难道是不要还的？

不过碍于面子，唐微微没有把这些话说出来，她对余忠孝依然抱有一丝小希望，她扔过去一把小梯子，看余忠孝是否顺竿爬。唐微微话说得也算艺术，她说："我问爸妈了，他们说还是让我先忙活自己的事，把自己嫁出去，嫁踏实了，再管他们。他们在老家住得挺好的。"

余忠孝没有接这个茬。只是说："过了这个村没有这个店，你没六十万，三十万总有吧？你再考虑考虑。"

这次，唐微微坚决不予考虑。这次事件之后，余忠孝冷了唐微微一段时间，然后就跟唐微微说自己生意上遇到困难。唐微微也硬下心肠，故意不问是什么困难。大约三天之后，余忠孝对唐微微说："那个要卖房的朋友，是他最好最好的朋友，现在遇上非常大的困难，他为了帮助她，挪用了点公司账上的钱，本来以为那房子很快就可以卖掉，没想到，办按揭过户非常复杂，一时钱拿不到，这两天公司要查账，他很头痛。"

唐微微霎时对余忠孝失去了兴趣——她并不是要在男人最难的时候离开的女人，但她是一个异常敏感的女人，如果现在站在她面前的是王洋，她就是倾家荡产也会鼎立相助，但是余忠孝，她必须躲得远一点。她对余忠孝原本就缺乏足够的信任——他两个多月来给她的点滴好感，在一瞬间荡然无存。她几乎想问余忠孝，他从哪里看出

来,她这么弱智?这才多长时间,怎么着还没怎么着,就先跟她借上钱了!凭什么?就凭我对你有好感?

余忠孝也几乎在一瞬间,洞悉唐微微的所有心理活动,让人佩服的是,余忠孝毫无羞惭,不仅没有退缩,反而一个箭步,登上道德制高点,他以一种很抒情的语速缓缓地说:"我一直特别想找一个女人,能够跟我同甘共苦的。能够在全世界都抛弃我的时候,依然站在我身边,相信我爱我肯为我做一切。"

这一幕,如果放在电影或者电视上,估计能打动一批月收入两千元以下没有受过太多教育且对感情的认识还停留在封建时代的女性观众,但,唐微微是谁啊?余忠孝的表演痕迹太重,有点戏过。唐微微不是导演,要是导演,当场喊停。当然,这要是换个女人,心理不够强大的,至少会觉得自己庸俗——余忠孝的这几句台词,给女人树立了一个榜样,女人应该是他说的那样的,能够在全世界抛弃他的时候,依然站在他身边,肯为他做一切。如果你唐微微能做到,那么你就应该赶紧麻溜地给我慷慨解囊,如果你做不到,那么你就不值得我爱,不值得男人为你赴汤蹈火,你也就是一个一般的女人,不高尚,不纯粹,而且没有脱离低级庸俗。

唐微微本来不想跟余忠孝针锋相对,但她实在是看不惯他那一脸的"道德优势",所以她瞄了余忠孝一眼,这一眼瞄得云淡风轻,岸远沙平。不就是对手戏吗?拣煽情的话说谁不会?唐微微也以抒情的语速娓娓道来的口吻慢慢地说:"我也一直特别想找一个男人,能够跟我风雨同舟的。能够在全世界都遗弃我的时候,依然站在我身边,相信我爱我肯为我做一切。"

棋逢对手,将遇良才,都是老中医,谁也别给谁把脉!余忠孝放声大笑,笑过之后,盯住唐微微,说:"我知道你为什么总找不到爱你的男人了。你太多疑。你不相信男人。这对你不好。"说完,长时间的沉默。

唐微微一个人回到家，躺在床上，以前这个时候，应该是她跟余忠孝欢声笑语的时候。余忠孝会给她打电话，会在电话里一直说到她困倦为止。但现在，自从余忠孝的那个朋友遇到困难之后，他们的关系就发生了变化——也许余忠孝说得对，是她太多疑了。想来想去，她主动给余忠孝打了一个电话，很坦率很直接地问，他需要多少钱？最迟什么时候要？

余忠孝在电话里非常激动，唐微微可以听得出来，余忠孝在拼命克制自己的激动，还说只要他的房子手续一办完，他立刻就能拿到钱，一拿到钱，他第一时间就给唐微微。那天，余忠孝在电话里陪唐微微说到睡意袭来，唐微微在朦朦胧胧，半梦半醒的时候，忽然升出一个想法："女人有钱真是好，女人有钱，男人就可以像夜莺一样，整宿在你耳畔唱歌。"

接下来的几天，余忠孝对唐微微的温度直线上升，宛如"大地回春"。唐微微虽然也很受用余忠孝对她的周到体贴，殷勤关心，但是她心里多少也有点不舒服，她总觉得余忠孝的"大地回春"跟她答应借给他钱有关系——而事实上，余忠孝为了消除掉唐微微的这些不快，也会有意无意地给她灌输一些"好女人"的想法。比如他会说，当一个女人爱一个男人的时候，就会想他所想，急他所急。再比如，他还会说，看一个女人是否真的爱一个男人，只要看她是否肯为他做事。如果她不肯，那么她还是不够爱他。有一次，他索性赤裸裸地说，女人要是爱一个男人，就会为他倾其所有。"顾我无衣搜荩箧，泥她沽酒拔金钗"。这种女人最可爱，男人要喝酒，她就把头上的金钗拔了去换酒，这种女人能让男人惦记一辈子。

唐微微忍不住一声冷笑，随口说："那是还有金钗可拔，要是连金钗都没得拔，就该穷急饿吵了。"

唐微微是为王洋拔过"金钗"的——他们住在地下室，她为他毫无怨言地拔过金钗。他要考研，她拔了“金钗”，他要学车，她又拔了“金钗”。每次，他都吻她，把她抱在怀里，对她说一车一车的甜言蜜语，她觉得那一刻自己是天底下最幸福的女人。他对她说，他一定不会辜负她的“金钗”，他一定会好好努力，为了他和她的将来。但是，当她的“金钗”拔光了，当他们的日子捉襟见肘，为几百元的房租而发愁的时候，他们还幸福吗？还甜蜜吗？那时她即便保持沉默，他还是认为她在给他脸色。他最后采取了人间蒸发，一走了之，他的理由是，他不连累她。

是的，女人要爱一个男人，不但会为他倾其所有，而且还会像白蛇娘娘一样，喝下雄黄酒！唐微微喝过一次了，对于喝过一次的女人来说，要让她再喝一次，就比较难了。

唐微微口头上答应了要借钱给余忠孝，但迟迟没有落实到行动上。尽管余忠孝已经把借钱的数额从三十万缩小到十万，但对于唐微微来说，十万也是个数目啊。她很想找人商量商量，而翻来翻去电话本，她发现只有一个人可以商量，这个人就是靳小令。

靳小令问唐微微到底想不想和余忠孝过日子？如果想呢，那在男人困难的时候，借给他钱，以后你在他生命中就占有了不可替代的位置。

唐微微说，我要是年薪一百万，我就不犹豫这十万了。可是我一年才挣十万啊！

靳小令批评唐微微，说夫妻之间是不能这么算的。比如她和钱伟，钱伟刚当住院医生的时候，一年工资奖金全加起来也就两万多元，买房子装修房子，都是她跟娘家借的钱。这叫感情！尽管现在钱伟赚钱多了，但钱伟家是农村的，七姑八姨，用钱的地方很多，靳小令从来就没跟钱伟计较过。为了钱伤感情，是最不划算的。感情伤了，就没了，钱花了，还能赚嘛！

唐微微不言声了。她不言声是因为脑海里再次浮现出钱伟搂着姑娘上夜店的一幕！假如靳小令知道，她还会这么振振有词地教育她吗？是的，钱花了是能再赚，但假如你把钱花在你爱的男人身上，而你爱的男人却把钱花在别的女人身上呢？你还会觉得自己特高尚特幸福特懂得感情吗？

看唐微微不言声，靳小令又把话说回来，她说："也是。我和钱伟是夫妻，你跟余忠孝没到我们这一步。按道理说，他不应该跟你借钱，他认识那么多有权有势的朋友！你说他是不是在考验你啊？我听说有钱人挺看重女人到底是不是能跟他们同甘共苦的。"

是啊。假如唐微微没有钱，不是年薪十万的白领，那么，就不会有人这么考验她。但这真的是考验吗？还是以考验的名义吃她软饭？

余忠孝再次降低了借钱数额。他现在只需要三万元了。这笔钱，唐微微是绝对有的，而且借出去也不太伤筋动骨，而且，她也再不好意思说不借，尤其是在余忠孝接连好一段跟自己"大地回春"以后，要唐微微直眉瞪眼地拒绝，她还真做不出来。

余忠孝虽然没有跟她明着谈婚论嫁，但话里话外已经"款曲暗递"多次了——他跟她讲述了自己所有的过去，假如他不打算跟她有未来，他何苦要说那些陈年旧事呢？他常常很晚给唐微微打电话，说自己的宏伟蓝图，难道仅仅是因为孤枕难眠？他也会问唐微微跟王洋之间的旧事，不是那种很让人讨厌的打听，而是很自然很善解人意的关心，让唐微微感觉很温暖很贴心。跟一个男人述说自己跟另一个男人的过去，既满足了倾诉欲，又满足了虚荣心，对于唐微微来说，即便，余忠孝不适合做丈夫，但做一个蓝颜知己还是够格的。

三万元就三万元吧。唐微微去银行取钱，约好晚上给余忠孝。刚一进银行，就接到王洋电话。王洋问她晚上有安排没有，她几乎是很骄傲地说"有"。

王洋"哦"了一声，问："重要吗？"

唐微微反问:“什么算重要？”

王洋不跟唐微微一般见识,直接说:“你什么时候有空,咱们见个面。”

“现在就有空啊。”唐微微没撒谎。大周末,银行坐满了人,她前面还有三百多口子呢!

王洋到的时候,唐微微还没有排到。王洋问唐微微还要等多久。唐微微没好气地说:“我怎么知道？银行又不是我们家开的。”

“我是说你上这儿干什么来了？”

“你说我上这儿干什么来了？我要是抢银行用排队吗？”

“你吃呛药了？”

唐微微不吭声了。王洋知道这就是唐微微“后悔”了。要唐微微开口道歉,说“我错了”,难死。王洋有的时候挺想跟唐微微掏心窝子地聊一聊,他觉得唐微微之所以这么老大还没有找到合适的男人,跟她这个脾气也有关系。男人也是人,即使是爱你的男人,你也不能要求他跟个昏君似的,一天到晚围着你转,哄你开心,你稍微一皱眉头,人家就给你满世界点烽火逗你乐去。

“是要取钱还是交费？”过了一会儿,王洋就跟什么都没发生似的,和颜悦色地问。

唐微微心里松了一口气,她还真怕就这么跟王洋僵下去。

“取钱。”

“多少？”

“三万。”

“早说啊。”王洋拉着唐微微进了VIP室,不用排队,进了就办。也就一分钟的时间,王洋把三万元现金堆到唐微微面前。唐微微僵着一张脸,格外肃穆。王洋说:“走吧,回头你还我。今天银行人太多,改天你取了给我。”

唐微微还是僵着脸,写了一张借条,给王洋递过去。王洋心里早笑翻了,但使劲克制着,一脸庄严地接过借条,收进钱包。

银行离唐微微家不远,王洋建议她先把现金放回家。车到唐微微楼下,唐微微想起来家里好多天没收拾,太乱。就改了主意。她不想带王洋上楼,毕竟不愿意王洋看到她一个人生活得这么邋遢。但已经到了家门口,不让人家上去似乎又不太礼貌。唐微微多机灵啊,抬手一指对面,说:“那家的冰特别好吃,我请你吃吧。”

“我请你吧。”

“别客气啦。”

“你几点有事儿?”王洋很敏感,注意到唐微微一坐下,就看了一眼时间。

“没关系。一个半小时够吗?”唐微微跟余忠孝约的是七点,现在是四点半。

“十分钟就够。”

实际上,用了二十分钟。这是一份关于余忠孝的调查报告。如果让王洋总结,三分钟就能把他这位大师兄的毕业十年说完——结了三回婚,全离了,找了仨老婆,一个不如一个,跳了四回槽,挣得一次比一次少。偶尔开的一辆奥迪,是他一哥们要卖的二手车,人家让他帮着跑过户手续。他所挂在嘴边的“三处房子”,分别属于他的三任前妻,他自己到现在还窝在爹妈家里。

当天晚上,余忠孝给唐微微打了一溜够电话,唐微微才露面,她迟到了一个半小时,刷新她有生以来所创下的最高迟到纪录。

唐微微面如土色,神情恍惚。余忠孝强打精神,给唐微微递过去菜单,让唐微微点吃的喝的。唐微微翻开菜单,一边看一边说:“这顿饭我请。但是我没办法借给你钱。”

余忠孝听了,像遭了雷击一样,呆在唐微微面前。半天,才游魂似的问出一句:“你说什么？”

唐微微把自己刚说过的话又重复了一遍,语气木然。

“为什么?！”余忠孝压着火。

“你为什么？”唐微微也压着火。

“什么叫我为什么?！”

“你不是认识那么多有钱有势的朋友吗？跟他们要三万元钱不难吧？你怎么就单单挑上我了呢？”

“不是你大半夜打电话给我,自告奋勇要借给我钱的吗?! 你要是不借,你早言声啊。你这不是耍人吗？”

唐微微惊呆了。原来有这么理直气壮向女人借钱的！缓了一口气,唐微微编了一句谎:“对不起,临时家里遇到点事儿,需要用钱。”她不愿意告诉他实情——实情是钱丢了——她恍恍惚惚从咖啡馆出来,一眼就看到王洋的车后备厢盖开着一条缝儿——她下车的时候,特意把装钱的双肩背扔到王洋的后备厢里。

有的时候,唐微微宁肯说谎,因为她讨厌把时间浪费在无聊的解释和说明上。如果要说钱丢了,就要说明是怎么丢的,要说明是怎么丢的,就要说到王洋,说到王洋,就要说到王洋为什么来找她,说到王洋为什么来找她,就要说出余忠孝不愿意让人知道的捉襟见肘的现状！而只要说出他的现状,那么很可能会激怒他,而激怒他的直接后果,很可能就是他压根不会相信唐微微说的话,也就是说,他不会相信唐微微的钱是真丢了！哪儿这么巧?!而他的不相信,势必会让唐微微更加火冒三丈。如果不是因为要借钱给她,她怎么会丢掉钱?!唐微微只要一想到这一连串的多米诺骨牌效应,她就头皮发麻,头痛欲裂,她就宁肯撒一个谎,反正是没有钱借给他,索性挑选一个简单的理由。而家里有事儿,是最顺手的理由。

大约一分钟之后,余忠孝调整语调,强颜欢笑:“我能帮你什么？”

唐微微愣住。一张脸，可以变得这么快——刚才还是失望和愤怒，转眼就写满温情和关切。

“你别跟我客气，有需要我帮忙的地方，尽管说。我跟你们那儿的省委书记是哥们儿。到底什么事儿，啊？”余忠孝又成为那个包打天下和蔼可亲的余忠孝。

这让唐微微非常非常地不好意思。为了避免余忠孝一再追问她家里到底遇到什么事情，唐微微只好反过来关心余忠孝为什么需要这三万元。余忠孝长叹一口气，对唐微微说：“你就别打听了。我有用就是。你要是方便就借我，不方便就算了，我再找别人。”

唐微微事后反复回忆那一幕，她甚至也有过短暂的自责——如果当时把钱借给了余忠孝呢？当然，按照丽莎的说法，把钱给了余忠孝的结果，就是余忠孝继续跟她借钱，一直借到她没有为止，然后不了了之；而如果不借钱，那就是迅速地不了了之。所以，丽莎的名言：“你可以骗我的人，但绝不可以骗我的钱。”

从那以后，余忠孝很长时间没有再找过唐微微，但他们的交往，让唐微微像吃了个苍蝇似的，难受恶心，又说不出来。倒是余忠孝像没事儿人似的，继续时不时跟靳小令见个面。有一次，据说余忠孝喝多了，对靳小令说：“他当时其实是想试试唐微微对自己的诚意。如果一个女人，把钱看得这么重，那么他无论如何也不会考虑的。”

这话，靳小令婉转地告诉了唐微微，唐微微听了，说：“噢，那你去问问他，现在我再借给他钱，算补考合格吗？你再顺便帮我问问，他这么着测试过几个女人？有几个合格的？”

有些事情就是这样，传来传去，就传走样了。余忠孝本来就是一个好大喜功的人，又爱喝两口酒，而且一喝就高，一高就爱吹牛。如果不吹自己和省委书记的关系，就吹跟女人的。从来都是女人追他，哪有他追女人还追不上的道理！有一回，他跟一帮老同学吃饭，说到女人，他说他最讨厌的女人，就是那种“又难上手，又难脱手”的。他并没有提到唐微微，但这话一传开，就传成唐微微就是余忠孝说的“又难上手又难脱手”讨厌极了的女人。

好事不出门，坏事传千里。唐微微气到忍无可忍，但又无可奈何。她能怎么办？难道登报贴小广告，到处说不是那样的？或者，到法院告余忠孝，说他诽谤？自己不是“又难上手又难脱手”的女人？

现在唐微微知道什么叫“声誉”了。“声誉”跟“健康”一样，当你拥有的时候，你不觉得如何，只有当受到威胁，或者面临失去，你才知道它的重要。圈子就这么大，老同学就这么几个，余忠孝这么一说，唐微微就是跳进黄河也洗不清了。当然用靳小令的话说，清者自清，这种人根本不必答理他，让他随便说去，爱说什么说什么，你接着过你的日子就是。但，怎么可能？就像睡觉的时候有蚊子，难道能说你睡你的，不就是蚊子吗？让它随便叮去，不要了你的命！

Chapter 8

有女朋友怎么啦？就是有老婆又怎么样？抢银行算犯罪，偷钱包算盗窃，喜欢别人的男人算爱情！是很高尚的！

丽莎在一个晚上忽然给王洋打电话，说自己头痛得不行。王洋能不明白是怎么回事吗？最近一段时间，丽莎有事没事给他发个短信来个电话，有的时候假借工作之名——当然假如丽莎长得不招人喜欢，那么也许对于王洋来说，要简单得多。男人对于丑女人，总是容易硬下心肠的，但对于像丽莎这样天生丽质的女孩子来说，就不大容易把脸一拉，扔过去一句："请你自重。"这跟咱打包饭菜一样，要剩的是海鲜鲍鱼，咱即使肚子吃饱了，也不忍吩咐服务员直接撤下去，如果剩的是大路菜，就没什么不好意思的了，眼睛都不眨就倒泔水桶里了。

王洋很委婉地告诉丽莎自己有女朋友了。他尽量说得浑然天成，生怕伤了丽莎的自尊。哪里想到，人家丽莎别看一脸涉世未深，但早是老江湖了。

"你为什么跟我说这个？"丽莎剜了王洋一眼，这一眼剜得，愁中见喜，怒中带笑。

王洋一时语塞。他还真没料到丽莎能这么问。一般的女孩子，最多也就是装疯卖傻地顺着王洋的话茬往下说——真的啊？干什么的？怎么认识的？什么时候吃喜糖啊？

丽莎料定王洋不会跟自己翻脸。要翻脸早翻脸了。只要王洋不跟自己翻脸，她就可以继续摸着石头过河。有女朋友怎么啦？就是有老婆又怎么样？抢银行算犯罪，偷钱包算盗窃，喜欢别人的男人算爱情！是很高尚的！

王洋找了唐微微，电话响的时候，唐微微正在网上百无聊赖“斗地主”。晚上十点左右，又没有男朋友，不斗地主干什么呢？靳小令来过几个电话，唐微微没接，自从“余忠孝”之后，她就懒得接靳小令的电话。尤其是这种晚上十点钟左右。肯定是老公值夜班，孤枕难眠呗。靳小令不知道出于什么心理，特别爱打听唐微微跟余忠孝的细节，几乎每次跟唐微微打电话，三句话就会绕到“余忠孝”上面，让唐微微不胜其烦。

靳小令最常用的一个句式就是“我觉得余忠孝还行，你们到底为什么啊？”

王洋这个电话，让唐微微犯下致命错误！她一看号码显示“猪”，大脑皮层瞬时短路——原驰蜡象山舞银蛇鹰击长空鱼翔潜底，一通乱七八糟之后，她顺手出了“对八”，刚出完，自己一声惊呼！她干了什么啊！她是在“斗地主”啊，她拆了一个“炸弹”，她有四张八，她居然出“对八”！

唐微微后悔不迭，发出一连串在王洋听起来很怪的动静，把电话那端的王洋搞得莫名其妙，以为自己打错了号码。

“怎么啦，你？”王洋在确认没有打错号码以后，小心翼翼地问了句。

这把牌是输了，不但输了，而且让搭档骂不绝口。搁平常，唐微微非得摔鼠标不可！她已经摔坏N个鼠标了！！她家里有一箱备用鼠标，不为别的，就为了前赴后继。丽莎知道唐微微这个毛病，她是她的助理，常常要为她去技术部申请鼠标。有一次，技术部的头儿问丽莎：“你们那个唐姑娘，怎么用鼠标那么废？”

丽莎说：“她没有男人嘛。所以她就把鼠标当男人啦，想摔就摔，摔坏了就换。”

呵呵。这世界上的男人要是能跟鼠标似的多好？备他一箱，高兴就摔，摔坏了就换！

唐微微的“鼠标”那天晚上躲过一劫——因为王洋来了电话，所以唐微微心情大好，她把身子往后一靠，一边下线一边问王洋啥事。

还没等王洋说完，唐微微已经火冒三丈：“她头痛跟你说得着吗？”

发火归发火，唐微微还是麻溜地关上电脑，换好衣服，甚至还略略施了点薄粉。

唐微微到楼下的时候，王洋的车已经到了。唐微微一上车，就忍不住接着冷嘲热讽。

“你们不是带她照过片子了吗？不是说没事儿吗？怎么过了这么久，忽然又疼了？”

“你又有助理又有秘书，谁不能送她去医院？偏要你亲自？”

唐微微说十句，王洋都不还一句。直到，王洋看唐微微越说越气，跟水漫金山似的，越漫越高，这才耐下性子，跟唐微微解释。王洋费了好半天口舌，滔滔万言，让唐微微一言以蔽之，总结为：“你就是想在她面前保持一个好形象呗！”

王洋脸“刷”地红了！呵呵，并不是做了贼才心虚，有的时候，贼因为训练有素，反而不会心虚，心虚的往往是没有做贼，但被人怀疑做了贼，或者被怀疑有贼心的。

王洋的贼心就是明知道丽莎喜欢自己，但还千方百计替她顾全脸面。又要自己全身而退，又不想伤及人家的一片冰心。王洋的这点贼心，唐微微尽收眼底。靳小令曾经多次提醒唐微微，做女人不能做太明白了，要学会装糊涂，尤其对于男人，谁的皮袍下没有小，偏你知道？你知道也不要紧，还偏要让对方知道你知道，你这样的女人，男人怎么敢爱？但唐微微还真就改不了这个坏毛病，她一见王洋脸红了那

么0.00几秒，就忍不住脱口而出:“你们男人是不是觉得有女人追，就说明自己有魅力？别管这女人是谁，什么档次，是不是花痴，只要是个女的，喜欢你们，你们就觉得特舒服特有成就感……”

“你不这样吗？你就非得让男人见了就闻风丧胆退避三舍，才舒服才有成就感？”王洋不还手是不还手，还手就是狠的，且直奔靶心。

“我至少有标准！至少不会是个男人追我，我就高兴得屁颠屁颠的！”唐微微临危不惧，迎刃而上。

“我看你跟余忠孝那会儿，也屁颠屁颠的。”稳准狠，短平快，如果唐微微是一条蛇的话，那么王洋打中的就是她的“七寸”。

这次，唐微微没话了。是的，身边的这个男人，对每一个女人都那么周全，生怕伤了她们，即便拒绝，也找一个得体的方式，唯独对她，不乱棍打死就算是客气了。当然，这也是她自找的，人家不还手，她围追堵截，人家还手了，伤不到她，她又变本加厉，非得人家打中她要害，十环！难怪，靳小令说她有“受虐倾向”。

午夜十二点。丽莎竟然穿着透明睡衣！唐微微顺手脱下自己的外套就给丽莎罩上了。

丽莎显然很惊讶怎么唐微微也一起过来了！唐微微刻薄归刻薄，但厚道也厚道。她尽量照顾丽莎的面子，按照路上跟王洋商量好的，说王洋找不到她家，所以问了自己，自己一听说，责无旁贷啊，就过来了。

唐微微知道丽莎想杀她的心都有！谁要你责无旁贷?!

透明睡衣，银制烛台，阿拉伯音乐，还有，味道诡异的香蕈……丽莎怎么也不好说自己还头疼了吧？有这么头疼的吗?!

倒是丽莎处变不惊，对着镜子，把头发随手那么一绾，绕了几绕，扎上，边扎边冲着镜子里的人说:“刚才特难受，泡了个澡，好多了。”

难怪。头发还是半干的，缠缠绕绕，让唐微微想起“海底女巫”，住在海底，海藻一样的长发，密麻麻，湿漉漉，男人只要碰到，那些头发就会像水草一样，越收越紧，越紧越收，直到男人再也无法挣脱……

那天晚上，是三个人一起下楼，在丽莎家附近的夜市热热闹闹地吃了一顿麻辣烫。之后，丽莎一扭一扭地回家，临进楼门，蓦然回首，灿烂一笑，隐隐绰绰的月色，骤然绽放的笑容，既模糊又明确，既出乎意料又合情合理。唐微微当时就想，这勾引男人也是个本事，就这一手，自己就是粉身碎骨零落成泥，也学不来。

王洋开车送唐微微回去的路上，唐微微问王洋，作为一个男人，是否觉得丽莎刚才那回眸一望特别心动？王洋不言语，无声地一笑，那笑容在唐微微看来，比他直接说出"是的，是很可爱"更让人恼火。唐微微气往上撞，追着问："如果她不光是对你这样，对别人也这样呢？"

"那也很好啊，至少我享受到国民待遇了。"王洋不愠不火，有点诚心跟唐微微逗气儿。

"刷"的一声，唐微微一张脸沉下来。

"你看你，怎么说拉脸就拉脸，比拉抽水马桶还快。"过去谈恋爱的时候，王洋喜欢故意惹唐微微生气，看她生气，再把她逗乐，是一件挺有趣的事。好久没这么干过了，也许是习惯吧，王洋不知不觉"重操旧业"。后来，王洋自己反思过，怎么跟唐微微就能这么着，怎么跟"瓷娃娃"就不成，跟"瓷娃娃"在一起，他仿佛永远自觉不自觉地扮演着导师、灯塔、指南针的角色。

唐微微继续冷着脸，王洋幽默未遂。不过，王洋并不气馁。他接着开他的车，边开车边用余光扫着唐微微。唐微微伸手放下车前风挡上的遮阳板，里面嵌着一面小镜子，唐微微对着那面镜子，练习"丽莎式"微笑。王洋忍俊不禁，乐了："你这儿干吗呢？龇牙咧嘴的。拜托，大半夜的，别吓唬人好不好？"

这次，幽默到位了。唐微微"扑哧"一声笑出来。

那些曾经快乐的时光啊……

“如果再回到从前，所有一切重演，我是否会明白生活重点……如果再回到从前，还是与你相恋，你是否会在乎永不永远，还是热恋以后简短说声再见，给我一点空间……”

午夜。夜凉如水。张镐哲的歌。歌声如诉。唐微微忽然非常非常想把头枕在王洋的肩上。事后，准确地说，很长时间之后，丽莎告诉唐微微，下次有这种想法的时候，一定要先枕上再说！千万别想，别过脑子。这种事情，都是说时迟那时快。枕上能怎么样？他能把你推开？就算他把你推开，也无所谓啊，你又没有吃亏。最多，不就是自尊心受了点小伤害。可这点小伤害跟咱平常工作生活中遇到的相比较，算什么啊？你去见客户，想拿单，不是照样可能被拒之门外？你去拍领导马屁，给领导赔笑脸，不是照样有热脸贴冷屁股的时候？男人不喜欢想多了的女人，女人一想得太多，就复杂，一复杂，就不单纯了。你得想枕就枕，想靠就靠，难道你非得等着他出胳膊来搂你吗？我告诉你，男人分两种，一种是负责任的，一种是不负责任的。负责任的，在伸手搂你之前，什么承诺啊誓言啊白头到老啊地老天荒啊都得想好，否则，他断然伸不出去这手。可这些个事儿是一时半会儿想得明白的吗？等想明白了，黄花菜都凉了！而不负责任的，你又不愿意让他随便得手。即便就是一时软弱，让他得手了，你这种性格，到头来肯定是你受伤害。

所以，丽莎的理论是，见到好男人，女人得主动。坏男人不用你主动，好男人因为需要深思熟虑考虑后果，所以需要你去打消他的顾虑，即便他对你没意思，是你会错了意，也不大紧，好男人嘛，难道他会到处炫耀你对他的爱？他的自尊心都不容许他那么做！即便你看走了眼，你投怀送抱，他辜负了你，又怎么样？谁没有看走眼的时候？而好女人往往因为不懂得这个道理，所以常常贻误战机，但对于身经百战阅人无数的女人来说，拿下这种男人相当于探囊取物。男人也有脆弱的时候，找准穴位，一针下去，良好的开端等于成功的一半。千里之

行，始于足下，男女之情，始于XX。好男人一般责任心强心肠软，不会太绝情，日久生情，养一条狗时间长了还有感情呢，何况是一个跟自己有过肌肤之亲鱼水之欢的女人呢？

这一大套道理，唐微微第一次听到的时候，那感觉完全可以用“震撼”来形容。她觉得自己很OUT——是的，她是个好女人，学习好工作好身体好。但，她不是一个对男人构成杀伤力的女人，不是一个让男人魂牵梦绕的女人，她尤其不是那种女人，那种即便男人知道她很危险很放荡依然离不开的女人——很早以前，她曾经问过王洋一个问题，为什么男人会喜欢卡门？卡门没受过教育，凶狠，动不动就打架斗殴，还走私，犯罪，并且不忠。王洋那时候只有二十一岁，回答得非常幼稚——他说：“那个小说大概是提醒世人，这种女人是洪水猛兽吧。”

呵呵，那时候，王洋不喜欢洪水猛兽。那时候，唐微微也认为，男人，只要是正常理智的男人，都不应该喜欢洪水猛兽。但很多年后，她发现，其实，男人还是喜欢洪水猛兽的，至少，多数男人都免不了这个俗。

唐微微感觉自己很累，脖子发硬。她真的很想靠在王洋的肩上——多年以前，那副肩膀她是那么熟悉。那时，她整天要靠在他的臂弯里。有的时候，在马路上走着走着，她会忽然对东张西望的王洋下命令：“搂我！快点着！这么不自觉，还要我说！”有的时候，王洋会故意抗命不从，低声下气地求她：“唐大小姐，您能行行好吗？奴才今儿能歇歇胳膊吗？这整天搂着你，都搂出肩周炎了！”

但，这不是多年以后了吗？唐微微能跟什么事儿都没发生过，再像以前似的，娇嗔地命令王洋把胳膊伸过来，搂住自己吗？她那时是女王，是他的女王，现在，她还是女王，不过是自己的女王，他已经不是她的奴才了。她不能再对他发号施令了。

唐微微心里升出一丝希望，希望王洋能拥她入怀。女人是水，水被岸围住，于是成了河流，水被山围住，于是成了溪流，水被陆地围住，于是成了江海……王洋是什么呢？是她的岸？山？还是陆地？别想入非非了，他跟她结束了，他是别人的堤坝，沟渠，避风港，他跟她没有关系了。

“你没事儿吧？脸色这么难看？”王洋总算注意到唐微微了。

“我……”唐微微还真是有事儿。她本来想忍着，但一张小脸忍得煞白，浑身上下，香汗淋漓。

王洋直接把车开到医院。急性阑尾炎。手术。

唐微微顺理成章住进王洋的豪宅——她单身，没人照顾，又做了手术，王洋好歹是她前男朋友，怎么也不好意思装看不见吧？

丽莎气得眼睛都反光了。她并不知道唐微微跟王洋过去那点事，在她看来，唐微微这一招属于“苦肉计”。显然，比她的“美人计”要高超和自然得多。

丽莎捧着鲜花来看唐微微，当着王洋的面，对唐微微半真半假半吃醋地说：“我怎么就没想到这一出呢！我这阑尾怎么就这么健康！”

丽莎提出要留下来照顾唐微微，王洋赶紧忙不迭地说自己的女朋友会过来。

事实上，“瓷娃娃”一天都没有来过。本来王洋不想跟唐微微说“瓷娃娃”的事，但唐微微是谁啊，王洋对她只能采取打不起躲得起的游击战术，一旦狭路相逢短兵相接，王洋只有“缴枪不杀”的份儿。

Yes, I do

Chapter 9

“瓷娃娃”跟王洋的这几招，在《女子兵法》里，叫“欲擒故纵”、“诱敌深入”、“以静制动”。会这几招的女人，绝对不是等闲之辈。

唐微微没花多少时间，手起刀落几个回合，就把前男友王洋的情史问个水落石出——他们竟然是在网上认识的。在两三年前吧，那会儿王洋无聊，经常在网上下棋消磨时间，算是棋逢对手，杀来杀去就杀熟了，天天约着固定的时间杀两盘。然后有一天，“瓷娃娃”忽然失踪，王洋挺着急，到处找她，大概找了一段时间，“瓷娃娃”又从网上冒出来了，跟他说是失恋了。他安慰她，安慰来安慰去，安慰了大半年，这中间，王洋的妈嫁了老外，老外没有儿女，王洋忽然就有了个“富爸爸”。再后来，俩人说要约着见个面。地方是“瓷娃娃”定的，就是那家相亲餐吧，与唐微微不期而遇的那次，是他们头一次见面。

“那她怎么成了你秘书？”

“哦，她大四，学的是文秘专业，需要个地方实习。”

“你们现在到什么程度？”

这问题算大规模杀伤性武器——属违禁之列。王洋犹豫了半分钟。尽管他内心觉得不应该继续由着唐微微问东问西，但一看唐微微那一脸的“坦白从宽，抗拒从严”，尤其是，她还刚做了手术，一只手还捂在刀口上呢！内心一软，王洋“老实交代”了。

他从来没有体会过这种感觉——唐微微既像他的哥们儿又像他

的亲人。在这之前,他从来没有尝试过跟一个异性谈论自己的情感生活。那种感觉吧,既紧张又轻松,跟做针灸一样。

“她知道我喜欢她,但她说她是慢热型的。要我给她时间。”

“除了上班见面,剩下的时间,她还要写毕业论文,准备答辩。不是老在一起,一周吃两次饭吧。我不想给她压力。”

“公司可能有人议论,但应该不知道。她挺注意这方面的。我也不想闹得尽人皆知。”

“她来过我这儿,也住过,但我们,没……没那种关系。她不是那种女孩……跟你们的丽莎不一样。”

“我也不知道喜欢她什么。就觉得她身上有一种捉摸不透飘忽不定的东西。”

在王洋叙述的过程中,唐微微屡屡生出一种要救王洋于水火的冲动。照着她的直觉,这个“瓷娃娃”绝对不是一个省油的灯。现在的姑娘,见到优秀男人,只要智商正常,有几个不动手的?“瓷娃娃”跟王洋的这几招,在《女子兵法》里,叫“欲擒故纵”、“诱敌深入”、“以静制动”。会这几招的女人,绝对不是等闲之辈。

唐微微跟王洋暴吵了一架。

原本她不想吵的——但看着王洋那么执迷不悟,她就忍不住了。一忍不住,她就“得得得”跟一串点着的小挂鞭似的:“在网上认识,跟陌生男人倾诉自己的失恋痛苦,完后又拿着劲,装矜,既不说不爱你,也不说爱你,就说需要时间,她需要什么时间?放长线钓大鱼呢吧?她是在熬着你跟她求婚呢!不见兔子不撒鹰!想什么呢!真不想跟人家有那种关系,上人家男人家住什么?盼着人家强暴你吧?完后好哭哭啼啼赖人家手上?”

王洋也火了。首先他规劝唐微微不要把人想得那么坏。尤其是不要把小姑娘想得那么坏。人家今年夏天才到二十二岁,又刚失恋不久，受过伤害，人家对感情，既渴望又害怕，这是很正常的。怎么叫装矜？其次，什么叫不见兔子不撒鹰？人家对性生活严肃不对吗？第三，我邀请人家到我这里来玩，晚了住下，怎么叫人家想让我上？你现在不是也住在我这儿吗？难道你也是盼着我强暴你？完后哭哭啼啼赖我这儿不走？

唐微微不言声了。她感觉刀口隐隐作痛。

王洋也觉得有点后悔。何必呢，为了一个不在眼前的女人，得罪跟前的这个？王洋想起余忠孝，那是一能把谎话说得出神入化让你不相信都不好意思的男人。他跟王洋说过，对付两个以上的女人，一定要遵循“就近原则”。谁在你跟前，你就迁就谁讨好谁，那个不在你跟前的，反正她也听不到，你何必要说她的好话而得罪了你眼前的这个呢？除非是你想要把眼前的这个赶走，那另当别论。

王洋过去跟“瓷娃娃”在网上聊天的时候，也曾说起过自己的伤心往事。那时候，他还没跟“瓷娃娃”见过面，而且心里还多少惦记唐微微，所以会说自己很后悔对不起前女友之类的话，也肯大方地说些前女友的好话。“瓷娃娃”问他是不是还爱前女友的时候，他会说爱。“瓷娃娃”问他既然爱，为什么不去找她呢？他说不知道找到了说什么好。再说也许人家已经有了新的感情生活，不想打扰人家。“瓷娃娃”说那要是人家没有呢？他说他了解他的前女友，估计她一辈子都不会原谅他的。现在王洋每每回想起这些事来，都会后悔——那个时候好傻！当然也不能说好傻，那时候他不过是一下岗女工的儿子，母亲给老外做保姆，他自己做着朝不保夕的工作，压根想都没想过会跟“瓷娃娃”有什么关系——怎么可能？爱一个比自己小一轮的女生？再说，人家刚刚失恋，自己就冲上去，那不叫趁人之危吗？准确地说，那时候，王洋和“瓷娃娃”在相互疗伤，谁能想到后来的事呢？但凡早一点想到，王洋也不会说那么多，以至现在给“瓷娃娃”一个“口实”——那时候他曾一时冲动，说过如果有一天，他有了很多很多钱，他一定要回去找曾经的女友。他离开她，是因为他不能给她幸福，当他可以的时候，他就会回去。现在他可以了，“瓷娃娃”问他：为什么不回去？你现在可以给她幸福了？她在哪里？要不要我帮你去找？

每当“瓷娃娃”这么说的时候，王洋的心里都跟针扎的似的——是的，现在，至少从理论上说，他可以给唐微微幸福了，但他却没办法给，也不知道怎么给。感情并不像酒，只要不打开，一直放在那里，就永远在那里，甚至更香更醇。感情更像是殉葬的丝绸，只要你不打开不触动，它就一直静静地埋葬在记忆深处那座以爱命名的墓穴，鲜亮如初。但是只要你挖掘，在见光的那一刻，那些薄如蝉翼熠熠生辉的丝绸就迅速氧化，你即便不错眼珠地盯着，它还是会在一瞬间，失去光泽色彩以及曾经的质感，然后，暗然无光，枯槁，一触成灰。你看着它，除了一声叹息还能怎样？

王洋上厨房给唐微微做了一碗鸡蛋羹。他现在学会“翻篇儿”了。唐微微不高兴，生气，情绪低落，他就躲开，不发生正面冲突，然后，到吃饭时间，他再跟什么事儿都没发生似的，做好鸡蛋羹，招呼唐微微去吃。

搁几年前，唐微微是不会让王洋轻易“翻篇儿”的。那时候她是他的女朋友，他想翻篇就翻篇吗？现在既然不是了，而且还寄人篱下，住在人家养病，那就得稍微自觉点，不能人家给台阶，自己不下，非得让人家抱自己下来。

唐微微窝一口气坐到餐桌边。王洋给她递过勺。唐微微眼眶里忽然就湿了。

他们那些贫寒的青春啊。她最快乐的时光，就是坐在王洋自行车后面，去自由市场……

她记起她做家教，赚的第一笔钱，九十八元吧，在她那个时候，算很多了。她说要下馆子，请王洋好好吃一顿。王洋说不，还是去自由市场买菜，他来做。他骑着车，带着她，她搂着他的腰，风吹在脸上，好幸福啊。唐微微叨叨唠唠地说要吃茶鸡蛋，要吃好多好多，还要吃鸡蛋羹，要连吃一星期。王洋说您就这点追求啊？到了自由市场，一个一个挑鸡蛋，等挑好了，又讨价还价，非要人家再饶几个。等过了秤，付钱的时候，唐微微用手一摸兜，眼泪“刷”地下来，钱包没了！王洋本来还要接着逗她，一看她那样，不敢了，赶紧摸出钱包——“在我这儿呢！在我这儿呢！”唐微微眼泪还挂在脸上，但嘴已经开始一瘪一瘪地笑了，她哭哭笑笑的，用小粉拳砸着王洋，问钱包怎么到了他那儿！王洋顺势把她搂到怀里，手一插就插到她背在身后的双肩背里，说：知道怎么到我这儿的吧？

卖鸡蛋的老太太看着他们，当即决定再饶他们几个鸡蛋。

现在，王洋装作没看见唐微微眼睛里的泪花。他知道唐微微一定是想起以前的事儿了，而且一定是和他有关。他本来想对唐微微说，过去的就过去了。但是，他说不出口，怕说了伤到唐微微，但他确实又不愿意听唐微微说那些旧事——旧事有甜蜜的也有悲伤的，要都是甜蜜，他怎么会离开她呢？但要提悲伤的，那又何苦？都过去的事儿了。

王洋半开玩笑地建议唐微微，该给自己找一个“做鸡蛋羹”的了。

当天晚上，王洋帮唐微微在婚恋交友网站做了注册——照王洋的意思，婚恋网站再不靠谱，大部分是骗子，那也总有几个靠谱的吧？怎么你就非得轮上骗子？你就轮不上好的呢？再说，你现在反正也是养病，上不了班，闲着也是闲着，骗子除了能骗你点时间还能骗你什么？你这么精明！

没错，谁骗谁啊！唐微微心一横，就上了网。这一方面是王洋怂恿，另一方面，她也确实想试一试——那么多人都在网上找到老公了，她又不缺胳膊短腿，怎么偏她就找不到呢？

首先要起个“网名”。唐微微不同意太庸俗的，什么“渴望真爱”了，“寂寞女人心”了，还有“我想有个家”，太急不可耐了，掉价。王洋给唐微微起了好几个，雅俗共赏的，像“等风的旗”、“甜蜜蜜”之类的，被唐微微当即否决。最后，唐微微自己起了一个，“之子于归”，王洋差点乐翻了，问唐微微：“您这是要找老公吗？”唐微微说：“我这怎么不是啊？之子于归，宜其家室。不就是歌颂男大当婚女大当嫁吗？”

王洋说：“你这不是给自己设置障碍吗？人家要是没读过诗经，不懂‘之子于归’什么意思怎么办？要叫‘之子于归’还不如叫‘桃之夭夭’呢！”

“OK，就‘桃之夭夭’吧。尽管还不是太满意，但先往下进行吧，等有了好的再改也不迟。”

接下来是照片。唐微微坚决不肯上照片，即便是加设密码也不可以。王洋苦口婆心：“男人是视觉动物，如果你不上照片，他们就会认为你很丑，至少不漂亮，否则为什么不给看照片？”唐微微回击：“难道你和‘瓷娃娃’认识，是因为先看到了她的照片？”王洋耐下性子：“我们不一样，我们是在网上玩游戏，打个牌下个棋聊个天，开始没那层意思。”唐微微冷笑：“你告诉我是哪个游戏室，我也去那儿打个牌下个棋聊个天！”王洋不急不恼，微笑着，不言声，过一会儿，指着下一项，说：“择偶标准，这特重要，你想好要什么样的？”

唐微微噼里啪啦一通敲，王洋一看，乐了：“有房有车有钱，没老婆没子女没情人，工作好相貌好身体好，招之即来，挥之即去，近之不逊，远之不怨……”

王洋一边按删除键，一边说：“咱能严肃点吗？择偶态度要端正啊。”

唐微微小眉毛一挑：“怎么不端正啦？我这都是大实话！”

照片的事儿不提了，自然翻篇儿，过渡到“择偶标准”。俩人又有说有笑的了！

王洋心中暗自感慨，在他和唐微微相爱的时候，他并不懂得这些，唐微微也不懂得这些，那个时候他们会为一丁点鸡毛蒜皮的小事儿连续争论数十小时，甚至冷战数天，到最后都忘记了究竟是为什么。其实，现在看来，多简单的一件事，只要避其锋芒就可以了。当然，避其锋芒也是一种功夫，就像武林高手，最高的境界并不是一招制敌，而是手无寸铁，任对方使出浑身解数，均一一避开。

HOW MANY ROADS MUST A MAN WALK DOWN,BEFORE YOU CAN CALL HIM A MAN？王洋有的时候也会替唐微微难过——他和她的时候，他太年轻，年轻不懂爱情，并不是说不懂得什么叫爱，而是不懂得如何去爱——他也想体贴她疼爱她哄她开心让她快乐，可是他那个时候，既没有能力也缺乏技巧。爱是一种能力，让对方感受到被爱则是一门课程。现在他学会了，掌握了，但时过境迁，物是人非。

王洋也常常感到矛盾，到底是应该像现在这样关心唐微微好呢，还是索性对她不闻不问？或者敬而远之？他也下过决心，说服自己，每个人的人生都要自己去面对，唐微微也应该自己去寻找属于她的幸福，找得到是她的福分，找不到是她的不幸，跟他毫无关系。但，他发现他确实无法做到熟视无睹——比如说，她阑尾发作，疼得披头散发小脸煞白，竟然还要亲自在自己的知情同意书上签字手术，那一刻，他万分难过。那张知情同意书上列了无数风险，王洋看得心惊肉跳，而唐微微连看都没看就签了。王洋提醒她，要不要念给她听。她摇摇头，长时间的剧痛，让她大汗淋漓，头发全都贴在额头，连说话的力气都没有，但她竟然还能对王洋微笑——王洋知道她是因为骄傲。假如她还是他的女朋友，她一定会靠在她的怀里，哭泣，喊疼，撒娇，要他抱着。但她不是了，于是，她只能咬紧牙关。她太骄傲，太倔犟，眼睛里是眼泪，脸上是笑容。他替她擦汗，她说谢谢；他把手放在她肚子上，她说不用。他感到心疼——心碎。他为她请了护工，但他还是把她接回了家，他无法忍受她手术后一个人孤零零地躺在床上，由一个陌生的护工照顾。他那个时候甚至想，假如这个世界上有情感超市，他会第一个冲进去，为唐微微“购买”一个全世界最好最好的男人，好好疼她爱她陪伴她，不让她受一丁点的委屈。

择偶条件经过反复磋商修订几易其稿，最后终于定了下来，“年龄三十二岁到四十二岁，身高一米七以上”，其他没有了，平淡无奇。唐微微本来还要加上一些诸如“体贴”、“幽默”、“懂情趣”之类的，被王洋制止了——王洋告诉她，这些词“太虚”。比如“懂情趣”，什么叫“情趣”？你们对情趣的看法一致吗？尤其是男女之间，对“情趣”的理解差异大了，赶上几个把“三 P”当情趣的男人，你认同吗？还有“幽默”，有的人觉得周星驰很幽默，但有的人就觉得那最多叫搞笑，怎么能叫“幽默”？钱钟书才称得上“幽默”。“体贴”也一样，你要他在你工作的时候不要打扰你，你管这个叫“体贴”，他可能认为一遍一遍给你打电话问你晚上想吃什么才叫“体贴”！

再接下来，就是“身高、体重、教育程度、月薪”，这些都无争议。争议的是“内心独白”。王洋替唐微微数易其稿，唐微微均不满意，唐微微自己写的，王洋又嗤之以鼻。依着王洋的意思，这内心独白吧，一定要诚恳，但又不能太诚恳。太诚恳，显得缺心眼。可是，如果太云里雾里的呢，又容易让有些好男人知难而退。王洋教导唐微微，男人实际上是很怕被女人拒绝的。你太云里雾里高深莫测的，人家男的就怕了——怕摸不准吃不透，都老大不小的，没闲工夫猜你的心思了。

作为参考，唐微微也“学习”了其他“竞争对手”的内心独白——有的独白真的坦率：“你有钱没钱并不重要，只要你强健，懂得女人，你就是我要找的男人。”

这是一个三十五岁的女人，网名叫“住别墅的小少妇”！还小少妇

呢，小骚妇好不好？

唐微微最后的内心独白是这样写的：我想找一个能给我做鸡蛋羹的男人。而且只给我做，不给别的女人做；而且，要做一辈子。

王洋说："得，等着吧，肯定一堆厨子上您这儿报名。"

Chapter 10

女人要想拿住男人，得智勇双全，以智为主，以勇为辅，最好是“柔弱胜刚强”。哪些事儿该问，哪些事不该问，该问的事儿该什么时候问，怎么问，这都是学问，古代作战讲究个天时地利人和，男女之间也一样，尤其是兴师问罪的一方，并不是你正义在手，就可以发兵，你也得懂得用兵之道。

连续几天，唐微微都沉浸在上网找老公所带来的新鲜好奇之中——这不上网不知道，一上网，才知道，原来有这么多孤男寡女啊！王洋现在只要下班，或者休息日，都会跑到唐微微边上，比她还情绪高涨。

王洋建议唐微微不要找那些“宝马香车急找老婆”的，压根别跟他们耽误工夫。王洋的理由是，凡是宝马香车的，都不急找老婆。如果他们急找老婆，都不用他们亲自急，他们刚露出点急的意思来，边上的人就给他们办了。

唐微微说那也不一定。照你这意思，乾隆就不必下江南了？这自己找的，跟别人送上来的，还是不一样吧？比如说你现在吧，给你张罗媳妇的一定不少吧？你怎么就非得盯着那个“瓷娃娃”？

凡是唐微微话头一扯到“瓷娃娃”，王洋立刻三缄其口。如果唐微微继续纠缠不休，王洋就会把脸上的肌肉调整到严肃状态，然后对唐微微温和地说：“咱不说别人好吗？”

根据王洋的“交代”，“瓷娃娃”最近在忙毕业考试，没空过来实习。另外，她打算考研，晚上周末都得上辅导班。还有英语要考八级，以及一大堆乱七八糟的证都得拿，反正是很忙。唐微微没话可说了，如此自强自立且青春貌美的女孩，她如果再挑毛病，那就是自暴短门，反倒露出自己的马脚，显得自己不客观不厚道不善良了。但有一天，唐微微自己在家，要写个什么东西，恰巧圆珠笔没油了，就上王洋的书房里找笔，找来找去，找到一张借条，借款人是“梅雨”。唐微微当时内心那个气啊！

按照她往日的脾气，她拿起电话就能给王洋拽过去，但这不是现在嘛！她已经越来越清楚地摆正自己的位置。首先，这是王洋自己的钱，王洋爱给谁花就给谁花，再说，她不是还给王洋打过一张三万元的借条吗？那三万元她多次要还王洋，王洋都说不急，一直拖到现在也没还。所以，她没有权利指责王洋借钱给梅雨，况且借款数目只有五千元，比她的三万少多了。其次，她现在跟王洋没关系了，而梅雨是王洋目前正追求的女友，虽然没有公开，但俩人之间的关系至少比她跟王洋要近，她没有资格指责王洋。作为王洋的前女友，是没有资格干涉前男朋友和后任女友的经济往来的。他即便送她金山银山，也与你无关。你要怨，只能怨自己认识他的时候，他是个穷小子，他能给你的，只能是他自己从牙缝里抠哧下来的茶鸡蛋，和吃牛肉面的时候，他舍不得吃全扣你碗里的那些切得可以透过光亮的牛肉片！

但唐微微还是生气——她认为至少作为王洋的前女朋友，她有责任有义务提醒王洋，这个“瓷娃娃”不简单，凡是能在还怎么着都没怎么着的时候，就跟男人张嘴借钱的女人，都不简单。

唐微微花了一下午的时间，反复给自己强化理由。直到，她完全说服自己，即便她跟王洋没有一层前男友前女友的关系，仅仅只作为王洋的朋友，熟人，她也可以提醒他留心吧？

王洋回来得比往常早了一点。“瓷娃娃”这几天考试，连电话都很少，王洋又不是一个特别爱应酬的人，更何况唐微微已经表示，再过两天，去医院复查完了，就回自己家。王洋寻思着，正好趁这几天，多陪陪她，如果能帮她落实一两个男朋友，就更好。

王洋一进门，边换鞋就边问唐微微，今天收获怎样？

搁往常，唐微微肯定迫不及待地向王洋汇报“战功”。王洋前两天已经亲自上阵，帮唐微微 PASS 掉好几个了。

“这个不行。长得太没文化，估计没上过学。”

“刘德华、周星驰不是也没上过学吗？”

“那他是刘德华、周星驰吗？”

“这个还成。有房有车名校毕业，不过怎么快四十了，还没结过婚？不是有病吧？”

“你自己再过两年也奔四张了啊。”

唐微微自己练习过好几遍，等王洋回来怎么跟他张嘴问那张“借条”的事——她想过好几个版本。比如说，先作点铺垫，讲讲网上看到的新闻，女网友跟男网友借钱什么的，或者，拐弯抹角地问他，怎么看待女人跟男人借钱这件事……

唐微微撅着个大嘴，无论王洋问她什么，她都没好脸，王洋有点挠爪，问:“怎么啦？你？又情绪不好？是不是你看上人家，人家没看上你？”

“她跟你借过钱没有？”尽管之前在心里预演彩排过无数次，但临到最后，唐微微还是直来直去，开门见山。她并不是一个沉不住气的女人，也算得上有勇有谋，但她的“谋”都放在工作上了，具体到男人这里，就只剩“勇”了。这一点，靳小令多次批评过她，女人要想拿住男人，得智勇双全，以智为主，以勇为辅，最好是“柔弱胜刚强”。哪些事儿该问，哪些事不该问，该问的事儿该什么时候问，怎么问，这都是学问，古代作战讲究个天时地利人和，男女之间也一样，尤其是兴师问罪的一方，并不是你正义在手，就可以发兵，你也得懂得用兵之道。

“你这是哪一出？”王洋心里当然知道唐微微演的是哪一出，但由于事发突然，他不得不以退为进。当然，他其实是可以跟唐微微暴跳

如雷，让唐微微夹上小包立刻滚蛋。你凭什么翻我东西？你管得着吗？你是我什么人啊？我借钱给谁关你屁事？

但，这些话，他根本连说出口的机会都没有。

“我可不是故意瞎翻。我是找圆珠笔，你那张借条就在笔台下面压着……”

“你的钱，你爱借谁借谁。我管不着，也轮不着我管。我就是想不明白，你比她大这么多，她要不是因为你有钱，她凭什么跟你瞎耽误工夫？”

这话是王洋不爱听的。以前王洋贫寒的时候，最恨女人嫌贫爱富见利忘义。尤其是那些找了“大叔”级男朋友的女生，格外让他鄙视——那些男人除了有点烂钱还有什么？他能把你凌空托举起来吗？能拉着你的手跟你一路疯跑傻笑吗？别说你喜欢成熟一点的男人，成熟的男人要是光有一把年纪没有钱，你会喜欢吗？但现在，王洋自己有钱了，他就认为女孩子，尤其是漂亮的年轻的女孩子喜欢有钱的事业有成的男人，是很正常的。而且他也不认为嫌贫爱富是缺点，嫌贫爱富怎么是缺点呢？——如果两个男人都爱你，他们其他条件都一样，一个有钱，一个穷，你为什么非得挑穷的那个呢？嫁人又不是扶贫！

王洋给自己倒了杯冰水，一饮而尽。“灰姑娘爱上王子，王子娶了灰姑娘，那才是美丽的童话。王子要是换作乞丐，灰姑娘就宁肯坐在厨房削土豆皮了。女人不都是这样？”

“我当初就不这样！”唐微微理直气壮。

“所以，你看你落什么好了？”王洋又给自己倒了杯冰水，不过这次他没喝，拿在手中。他话一出口，就知道说重了。但已经说重了，怎么办呢？这时候如果再加一句“对不起”，就更火上浇油。相当于你说一姑娘长得丑，人家不高兴了，你赶紧说“对不起”，这是对不起的事儿吗？

唐微微咬了半天嘴唇，一扭身，回自己房间了。在床边坐了一会儿，站起来嘁里喀喳开始收拾自己的东西，其实，也没什么可收拾的，几件换洗衣服，一个笔记本电脑，还有在医院照的片子以及一些术后药。女人就这么一套，一边收拾，一边心里盼着那个男人进来挽留自己，说点软话。

王洋靠在沙发上，抱着笔记本电脑，上网。

唐微微穿得漂漂亮亮，堂堂正正从屋里出来，威风凛凛走到王洋跟前，对王洋下命令：“送我回去。”

王洋抬眼一看，乐了：“哟，还抹了个口红。”

唐微微还真是化了淡妆。

“你送不送？不送给我叫车！”尽管被王洋看出抹了口红有点心虚，但口气上气势上不能输。唐微微居高临下不卑不亢，但这种居高临下不卑不亢是缺乏底气的，就如同人穷本来应该志短，结果你不仅不志短，反而还来一个“穷有理”，结果倒更加暴露了自己的软弱无力。

“送，送，你现在就要走啊？”王洋边说边继续在电脑上忙活。

“对。现在。”

“咱能先吃饭吗？我煲了鸡汤。”

鸡汤是晚上八点半才喝上的。从六点半到八点半这段时间，王洋把那张五千元借条的来龙去脉给唐微微讲了一遍。“瓷娃娃”的实习岗位是总裁助理，经常要陪总裁也就是王洋参加一些“请着正装出席”的酒会。她没那么多合适的衣服，就跟办公室同事借了一身，不巧又弄脏了，急得直哭，王洋要替她赔，她不肯，最后，打了张借条，借款五千元。

这个故事很简单，三分钟就讲清楚了，剩下的时间，都纠缠在细节的真实与否以及人物的内心分析上。照着唐微微的意思,“瓷娃娃”既然没有漂亮的晚装,何必去借呢?那不是虚荣是什么?这幸亏借的是晚装,要借的是莫泊桑的“项链”呢?那不是得一辈子当牛做马借高利贷去还?王洋微笑着,适当地点头,佐以偶尔加上两句较有分寸的注解:“那倒也不是虚荣。是礼仪。她总是代表我们公司吧?是我没想周全,应该给她置装费就对了。”

唐微微难过了。她的第一笔置装费给王洋买了一个手机!当时公司要她带着一批客户去美国考察,置装费两千多元。她只花了两百元,买了身打折的旗袍。搬了好多次家,扔掉好多衣服,但那件旗袍始终在她衣柜里挂着……

靳小令说得对,男人爱女人,但并不爱女恩人。

喝过鸡汤,王洋见局势有缓,赶紧趁着唐微微心情好,把主题切换到“网络征婚”上。

唐微微就坡下驴,很自然地拿出刚才已经收拾好的笔记本电脑,重新接上网线,上网。现在她三十二岁,再过两个月,她就三十三岁了,她已经懂得适可而止了。尽管她内心还是不痛快,但她竭力克制着那份不痛快,不让它冒出来。她内心深处有一个声音反复劝说着自己,那个声音对她说:“这个男人跟你没关系,他的钱也跟你没关系,他爱给谁花给谁花,他即便就是吃亏上当,也是他自己吃亏上当,你不要跟他生气,不要用他的错误惩罚自己。你应该寻找自己的幸福,马上就找,即便一时找不到,也不要气馁,你一定会找到的,上帝把门关上的时候,一定为你开了一扇窗,好好找到那扇窗,在那扇窗的后面,有你的幸福人生。”

唐微微今天一共收到十封信。有四个居然是比她大一轮以上的老男人!唐微微很火,太没自知之明了吧这些男人?有一个四十八岁的,竟然还大言不惭地在自己的择偶条件里写着:年龄不得高于三十五岁。太夸张了吧？您谁啊？

王洋知道唐微微有点借题发挥，不过，他自己也着实有这方面担心，就挺真诚地问唐微微："你说梅雨会不会嫌我比她大好多啊？"

唐微微说："这个问题你得问她本人，人和人不一样。要是那种特爱钱的女人，就不会。你花钱的时候，难道会注意钱的发行时间吗？你还是更在意面值吧？"

王洋笑了，反击："难道你花钱的时候不注意面值反倒注意钞票的印刷日期？"

"太可笑了吧？老公和钞票是一回事吗？找老公又不是收藏古币！越老越值钱！"唐微微一招制敌，王洋没话说了。

不知道是出于一种什么心理，唐微微还真跟那个四十八岁的视频了——那老哥们儿的网名叫"剑胆琴心"。"你好。""你好。""很高兴认识你。""我也很高兴。""能介绍一下你自己吗？""好啊。离异。有一女归女方。有车有房公务员。年收入二十万左右吧。还想了解什么？"

"你为什么非得要求女方年龄在三十五岁以下呢？"

"哦，我想再要一个孩子。如果女方年龄太大，恐怕对生孩子不利吧？"

"你不是已经有孩子了吗？"

"我想再要一个。"

"为什么？"

"我喜欢孩子。"

"是喜欢男孩吧？"

"呵呵。"

王洋劝唐微微算了——"他都四十八岁了，你就是快马加鞭地嫁过去，火速怀孕，生孩子，完了，他也五十岁了。你图他什么？就图给他生个孩子？然后，上有老下有小，全你一人忙活？你孩子十岁的时候，他都六十岁了，那时候，你四十出头，这边伺候他的晚年，那边照顾孩子的童年，你脑子没进水吧？”

唐微微眼神怪怪地盯着王洋，王洋心领神会，说：“您这位老哥哥要是美国总统，戛纳影帝，商业巨子，金融翘楚，传媒大鳄，诺贝尔物理学奖得主，我就不拦着你。”

唐微微乐了，话里有话：“那你呢？你算什么？”

“我？我才三十三岁好不好？不算老男人。正当年呢。”

“行行，你那‘瓷娃娃’比你小多少？你四十八岁的时候，她也就比我现在大点有限吧？你不怕委屈着人家？”

“我离四十八岁还有十五年呢。我们至少可以有十五年的黄金岁月。这跟你现在直接找一四十八的，差太远了，还怎么着都没怎么着，就退休了，晚年了，你不委屈？”

唐微微跟王洋推心置腹：“当然委屈了。正是委屈，我才劝你慎重。你找一那么小的媳妇，万一你老了，让她觉得委屈了，怎么办？”

王洋也推心置腹——“十五年以后的事，谁说得准？再说，大家如果能一起过十五年，这十五年都非常幸福美满，我也赚了。我不是不让你找这个四十八岁的，是他已经老了，他没有十五年了，他再过两年就五十了！你懂我的意思吗？男人五十岁，就是老头儿！五十岁的老头，需要的是保姆不是媳妇！！”

王洋建议唐微微找四十岁以下的。最好是丧偶，如果是离异，最好不要有孩子。

Yes, I do

Chapter 11

女人常常说男人没有一个好东西，那你们女人又有几个好东西？男人偷情，背叛老婆，不忠，吃软饭，说话不算话，女人呢？难道男人偷情不是在跟女人偷吗？难道男人背叛老婆不是为了其他女人才背叛的吗？假如这些其他女人是好东西，闪一闪让一让，义正词严铁骨铮铮，男人想偷情想背叛能上哪里偷情背叛呢？男人对感情不忠不义，女人如果各个都忠义，哪来的第三者？男人欺骗女人，上床之后说分手，谁规定上一次床就得上一辈子？再说，上床也是女人乐意的啊，难道一个巴掌拍得响吗？

经过长时间的并肩作战，他们共同圈定了要见面的第一批候选人。要知道，这第一批入围人选，是唐微微在王洋的亲自指导下，经过大海捞针似的筛选，又经过个别重点网聊，才确定下来的，当然王洋认为自己的指导是非常重要和及时的。毕竟男人比女人更了解男人的需要——王洋甚至几次忍不住亲自上阵，替唐微微捉刀，他实在看不上唐微微的网聊技巧——事后他多次批评唐微微“太不会聊天”！

“确定目标”之后，就该“定向爆破”了——有些事情不能总停留在网上，必须见面。而且既然要见面，晚见面不如早见面，这个年纪，要的是明明白白的感情。大家都没必要躲躲闪闪，也不必遮遮掩掩。起初，唐微微还有些不习惯，但她很快就习惯了，不但习惯，而且迅速适应。反正本来也不认识，认识就是为了结婚，如果看着不满意，或者处起来不愉快，以后不来往就是了。她事先做了足够多的自我保护，其中之一，就是特意为相亲置办了一个手机号码，是动感地带，就是那种没有姓名直接充值的手机号码。

恰巧周末。大龄单身如果再没什么事业可言，最难熬的就是周末了。有一阵，唐微微特别喜欢周末出差，开会，跟一大群人在一起。

按照一天三个的速度，中午一个，下午一个，晚上一个，周六周日，只能见六个。王洋跟唐微微约好，如果她看着不满意，那么半小时内，她就给他发短信，然后他给她电话，冒充他的领导，叫她去加班什么的。大部分人都是半小时内结束，少数不识趣的非要熬到唐微微使用"短信求助"，也是她那边电话一响，刚说两句，人家这边就特明戏地告辞。当然，也有几次，还没等她发短信，王洋那边就一个电话接一个电话地过来，搞得她非常狼狈。

"到底是我相亲还是你相亲？"

"那种垃圾男人值得你浪费时间吗？"

"怎么垃圾了？人家是学艺术的！"

"狗屁艺术。是找女人养呢。"

"那怎么啦？他要真有才华，我乐意养。万一养出个李安呢！"

唐微微相亲的地方是现成的。就是王洋他们社区的会所。唐微微开玩笑说："这相当于非本土作战，反正我以后也不住在这儿，即便有流氓无赖纠缠，也只能上这儿来纠缠，没有后顾之忧！"

"想得美！现在流氓无赖都不纠缠啦，纠缠的都是濒危稀有物种，您想赶上一个还不易呢！像我们上学那会儿，搞上一女生多难啊。从搭讪到拉手，不得好几个月啊？现在，谁有闲工夫跟您纠缠？这是网络时代啦，每个人的QQ上，MSN上都挂着好几十好几百号好友呢。一月轮过来一遍都不易。"王洋不放弃任何一个打击唐微微的机会。

因为是王洋他们的会所，所以王洋只要有时间，也会过来凑个热闹——只要唐微微相亲时间超过四十分钟，王洋就会忍不住好奇心，到会所喝杯咖啡。

唐微微多次提出抗议，认为王洋来会所喝咖啡，非常妨碍她的现场发挥。如果王洋不改正的话，那么她将来会考虑以相应的方式加以报复。王洋对唐微微的抗议，每次都"虚心接受"，但"屡教不改"。他的解释是，我总得替你把把关吧！网上什么人没有，万一你真被骗了呢？

照着王洋的意思，既然上网，咱就海选一把。稍微有点不满意的，咱都不凑合。但很快俩人就发现，尽管世界上没有两片完全相同的叶子，但其实男人跟男人差不太多，尤其是网上的男人，总不过那么几类。也有那些看着赏心悦目，条件好得上天入地的，但人家都要对方年龄在二十五岁以下。唐微微开始还劲头特别大，跟这个喝咖啡那个喝茶的，但很快她就失去兴趣——她发现大部分男人是通过网上相亲的形式，不花钱且合情合理地解决自己的性需求，他们有的第一次见面就提出“你家我家”，还说现代男女，又都三十多岁了，有什么可害羞的？还有的根本没见面，在电话里就迫不及待毛遂自荐，说自己功夫一流，无论是时长尺寸还是技巧经验，都是一等一的。

唐微微问王洋：“你们男人怎么这么无耻？”

王洋笑笑，说：“你们女人如果各个正经，我们男人怎么敢这么无耻？”

照着王洋的意思，女人常常说男人没有一个好东西，那你们女人又有几个好东西？男人偷情，背叛老婆，不忠，吃软饭，说话不算话，女人呢？难道男人偷情不是在跟女人偷吗？难道男人背叛老婆不是为了其他女人才背叛的吗？假如这些其他女人是好东西，闪一闪让一让，义正词严铁骨铮铮，男人想偷情想背叛能上哪里偷情背叛呢？男人对感情不忠不义，女人如果各个都忠义，哪来的第三者？男人欺骗女人，上床之后说分手，谁规定上一次床就得上一辈子？再说，上床也是女人乐意的啊，难道一个巴掌拍得响吗？更何况，说分手也不只是男人，也有男人一心以为可以“有情人终成眷属”，结果被女人一句“咱们不合适”辞了的呢，男人能说什么？

唐微微尽管伶牙俐齿，但这次还真有点理屈词穷。她自己是女人，她是知道什么叫“最毒妇人心”的。比如说，她就认为“瓷娃娃”不是什么善茬。换句话说，她并不认为“瓷娃娃”真的爱王洋——女人爱男人是哪种爱法？是奋不顾身，飞蛾扑火。她什么样？她是需要王洋帮助的时候，她总会让王洋知道，而且还得是王洋求着上赶着让她给个机会帮她！这一点，唐微微极其看不惯。她住在王洋这儿的时候，有一次，她借用王洋的电脑上网，结果刚巧碰到“瓷娃娃”在线，“瓷娃娃”不知道坐在电脑前的是唐微微，发过来一个大大的卡通图案，表示感谢。唐微微不用猜就知道，“瓷娃娃”一定是有什么又求到王洋头上，而王洋肯定又是雪中送炭给人家解了燃眉之急。后来一问王洋，还真是。“瓷娃娃”一个远房表哥博士毕业，想在北京工作，“瓷娃娃”跟王洋“咨询”，王洋就让那“表哥”来自己公司上班了。唐微微一脸轻蔑：“她怎么不跟别人咨询专跟你咨询啊？她就吃准了你！”

“举贤不避亲。我们公司本来也需要人才……”

唐微微现在知道什么叫“君怜无是非”！这男人要是喜欢一个女人，旁人最好闭嘴，如果非要表态，也要多说好话，哪怕他找的是一丑八怪，咱也得夸人家气质好。

唐微微边在电脑上继续浏览“候选丈夫”边感慨：“难怪古代忠君贤良会惨遭昏君陷害——男人喜欢什么女人，想立哪个女人的儿子当太子，你一个大臣，多哪门子嘴！活该！”

王洋知道她是说给自己听的，就接过去说：“你这脾气幸亏是生在新社会，你要是在古代，在后宫里面，就你刚才那几句，都够满门抄斩的了！”

唐微微的手停在键盘上，脱口而出：“你说的是你当了皇帝吧？”

王洋说：“我当皇帝不这样。我宅心仁厚。你要是赶上唐高宗这样的皇帝就惨了。”

这段历史，唐微微还真清楚。唐高宗李治宠过三个女人，王皇后，萧淑妃，还有武则天。他宠信武则天以后，就把王皇后和萧淑妃双双废为庶人，然后让武则天治她们的罪。武则天首先派人给了她们一通杖刑，打得皮开肉绽血肉模糊，之后，又剁了手脚塞到酒缸里泡着，最后，才是宣读唐高宗的诏书，也就是死刑通知书，将她们处死。

唐微微能够理解武则天，女人嘛，对自己的情敌肯定是恨之入骨的，但男人，怎么能这样对待曾经爱过的女人呢？人们常说，女人爱上男人的时候，智商会下降，其实，男人更可怕，他们宠幸女人的时候，根本没有智商！他们可以为女人，杀人或被杀。

唐微微喟然长叹，半开玩笑地说："幸亏废除了帝制。"

王洋听了，忍不住嘴损唐微微："就是在古代，就是有皇帝，也轮不到你进宫。你最多就是一小家碧玉，元宵节逛庙会，都不用担心被抢的那种。"

唐微微哈哈大笑，说："那倒是。旧社会，你这样的，估计打小就被送进宫里学怎么伺候主子了！"

王洋接不上了。呵呵，以前，王洋曾经说过，他最喜欢的朝代是康乾盛世。当时唐微微就问他，如果生在康乾盛世，你没当上皇帝，也没当上贝勒，你当了太监，还喜欢吗？

唐微微嘴太不饶人，完全不顾男人的自尊。当然，唐微微也有极其可爱的一面，王洋最近这段日子，也时不时地想起跟唐微微以前的一些"情趣时刻"。

比如，唐微微上"园林课"的时候，王洋曾经大发感慨——这当员外比当皇帝还惬意。皇帝树大招风，稍一昏聩，就亡了国，搞不好，还丢了性命。还是当员外好，弄一园子，养一帮家丁，看谁家姑娘漂亮，就重金买来。

王洋正说到兴头上，忽然看见唐微微板起了脸，赶紧嬉皮笑脸地说："你看你小脸板的。我说的是重金买来，给你做丫鬟，服侍你。"

唐微微冷笑，说："服侍我？不要！"

王洋:“怎么能不要呢?你是我夫人啊。”

唐微微:“谁要做你夫人?给你做管家婆黄脸婆,不要!”

王洋:“那,姨太太?”

唐微微:“滚!”

王洋:“那你要怎么着?”

唐微微:“我?我——要,艳帜高张。”

“成,那我就买个地方官当当,亲自治你的罪……”

“你打算怎么治啊?”

“重责一百杖,发配到老爷家后花园,伺候本老爷睡觉!”

板着的脸笑靥如花……

呵呵,唐微微那个时候是多么容易快乐啊!无论为什么事情不高兴,只要几句话,甚或,就是抱一抱,说一句“别生气了”,就不生气了。

说心里话,王洋真的希望唐微微快乐——他真的希望唐微微能找到一个可以让她快乐的男人。她本是一个有趣的女人,只是,就像一个非常好非常好的棋手,但是,缺乏一个对手,再漂亮的棋艺,也施展不出来。

Yes, I do

Chapter 12

你守身如玉，你洁身自好，你宁缺毋滥，在男人那里，他们认为你是“不知彼不知己”，不知彼，说难听点，就是不懂男人，不了解男人，对男人没有吸引力；不知己，那就等于说你没有自知之明，缺乏对自我的正确认识，癞蛤蟆想吃天鹅肉，高不成低不就，自己条件不怎么样还挑三拣四！

经过几轮相亲之后，除掉“花匠”、“流氓”、“无业游民”以及各类把找老婆当做找贴身保姆的大叔级男人外，现在只剩下两个值得再接再厉深入交往的。

第一个。三十三岁。未婚。软件工程师。冯东海。据他自己说，是由于忙事业，耽误了感情。但王洋猜测，是因为他工作太忙，女朋友无法理解，导致分手。王洋认为这种被几任女朋友反复修理过的男人，要胜过生瓜蛋子。男人是这样，当第一个女朋友为他冷落她感到委屈的时候，他会委屈，会认为这个女朋友不善解人意，男人在打拼嘛！但是当第二个女朋友也这样的时候，他可能会认为自己运气不好，怎么接连碰到的都是这种不懂事的！但是当他多碰到几个，他就会明白，女人就是这样的，至少正经女人是这样的，正经女人就你一个男人，你不陪她谁陪她？人家又不是应招，你招人家就来，不招也不跟你恼。

第二个。三十九岁。丧偶。图书策划。杨年华。成熟、恬淡、宽容、理性、温和有趣，喜欢读书音乐电影。欲觅三十五岁以下，性格温良之女子为伴。

杨年华非常黏人。自从跟唐微微见面之后，几乎天天跟唐微微打三小时以上的电话，每次都把手机打得滚烫。王洋非常配合，尽量在唐微微打电话的时候，不出声，连电视都不开，或者干脆躲在书房一个人上网，继续任劳任怨地为唐微微在网上打捞新的结婚对象——万一有更好的呢？既然已经上网了，就别那么死心眼了。但王洋确实很难忍受杨年华的电话，没完没了——他有正经差事吗？他不上班啊？

起初，唐微微对杨年华并没那么上心，但，好女怕郎缠。一个大男人，天天夸你，见不到就说想你，见到就说爱你，时间长了，谁都很难挺得住吧？更何况，杨年华几乎随叫随到，别管什么时候，只要唐微微需要出门，杨年华一定车接车送。王洋站在阳台上，从高倍望远镜里仔细端详过这个杨年华——开一辆别克君威，车收拾得干干净净，人也算利索，多数时候，无论接送，都是坐在车上，很少下来。只有一次，他送了唐微微一大捧花，那次，他下了车——不算高大魁梧型的，中等个儿，发际线有后退的迹象，虽然不明显，但，怎么说呢，王洋心里替唐微微委屈——他了解唐微微，唐微微从来就不喜欢这种款型的男人。上学的时候，他们有个老师就是这么一副容貌，跟学生搞了婚外恋，老婆大闹课堂。唐微微当时就对王洋说："他那个样子还能搞婚外恋?！能有人嫁他就不错了！！"

刚开始上网找对象的时候，王洋老批评唐微微"高不成低不就"，"心比天高命比纸薄"，网上这么多男的，怎么就没一个你看上眼的呢？现在，王洋知道了——唐微微连杨年华都肯敷衍，已经是"委屈"了。

王洋猜测，杨年华送那么大一捧花，除了表达爱慕之意以外，应该还有另一层意思：他在暗示唐微微，或者说，在给唐微微一个理由，让唐微微请他上楼——那捧花，对于一个女人来说，太大，一般女人会请男人帮着拿上去的。但唐微微没有，她像世界名画里的女神似的，把花托在肩上。杨年华问：需要帮忙吗？唐微微笑笑，说："不用。我自己可以。"

王洋家在二十四层。唐微微不知道王洋在不在家，要是在家就好了，她可以先把花放在走廊，然后去喊王洋帮忙。正琢磨着，电梯到了，门一开，王洋站在门口……

“你一直在阳台上看我们？”

“我没那么无聊。刚巧拉窗帘。看到。”

王洋是特意给唐微微当“苦力”的，用王洋的话说，您刚手术没多久，万一累出个好歹，这男朋友还没落停，不是又得苦了我？唐微微刚想反驳，手机就响了。是杨年华。唐微微下意识地看一眼王洋，王洋特迅速特绅士地做了一个“请”的姿势。

唐微微躲到小屋接电话去了，留王洋一个人在厅里伺候那些个花花草草。王洋从来没有想到，他和唐微微有一天会成为这样一种“关系”，像哥们儿、亲人、兄弟姐妹，但又胜似哥们儿、亲人、兄弟姐妹。

“进门了？”杨年华的声音很温暖。其实，唐微微原本对杨年华并没有太大兴趣，但，杨年华很善于“体贴”，比如说经常会发个短信“干什么呢”、“想一起吃饭吗”之类。

男女之间，这些小玩意有的时候挺重要的——他会让对方感觉到你在关心她。当然，后来王洋告诉她，有一类男人，这一辈子啥都不专业，就“关心”女人专业。掌握这门专业的男人，本领高强的，基本可以直接吃女人饭，本领差的，至少能保证自己不缺女人。唐微微就问王洋——“男人为什么要骗女人呢？”王洋眨巴眨巴眼睛，反问：“女人不是也经常骗男人吗？”唐微微一甩头发：“我就没骗过。”王洋一咧嘴，皮笑肉不笑：“所以你还单身嘛！”

王洋教育唐微微——女人聪明不是毛病，但问题在于，您老跟个灯塔似的，亮堂堂的，男人怎么跟你谈恋爱？古诗怎么说的，“等闲妨了绣功夫，笑问鸳鸯二字怎生书”，那是真的忘了吗？那是假装忘了，给男人一个机会，跟自己亲近呢！“欲得周郎顾，时时误拂弦”，人家姑娘故意弹错，而且不止一次弹错，为的是啥？为的是让心上人周郎过来给自己指导琴技！你倒好，心明眼亮，啥啥都自己搞定不算，还能顺便给男人开个提高班，你说做你的男人多没成就感，你压根就不需要他！

唐微微说也不尽然吧？《聊斋》是谁写的？还有《白蛇传》？男人不是也喜欢比自己强的女人？

王洋说："那是书生的性幻想，而且还得是那种连个功名都没考取的怀才不遇型。我记得你上学的时候不是也挺招男孩子喜欢的吗？小男孩都喜欢聪明伶俐啥啥都能搞定的女生，跟那种女生在一起，小男生有一种成就感。"

唐微微目光如炬，王洋觉得自己的脸都被照红了——他索性干笑两声，对唐微微说："要不，你搞姐弟恋吧，你这样又聪明又能干的女性，肯定一群涉世未深的弟弟喜欢。"

别说，唐微微信箱里还真收到好几封"弟弟"的来信，从二十一岁到二十八岁，不等。弟弟们嘴都特别甜，而且对自己的傲人身体都极其自信——不仅自觉主动地把自己的照片发过来，而且都注明身高体重，甚至胸围臂力，跟选美似的。王洋冒充唐微微的时候，曾经好好"调戏"过这帮"弟弟"——当然最后的结果，是把王洋气得直冒鼻涕泡。"弟弟们"有直接的也有含蓄的，但无论直接还是含蓄，都是炫耀自己年轻，可以陪伴姐姐，对姐姐好。王洋故意在MSN问那帮"弟弟"——你打算怎么对姐姐好啊？"弟弟"们恬不知耻地说——姐姐要我怎样我就可以怎样啊。王洋告诉唐微微，这真有感情吧，年龄不是问题，但这如果连面都没见过，直接奔着有房有车"姐姐"去的小男生，就得警惕。唐微微听了，抿嘴一乐："那换作直接奔着'大叔'去的小女生，就不必警惕了？"

王洋笑笑，沉默是金，不接茬了。他了解唐微微，他只要胆敢再接着她的话茬说，无论说什么，唐微微就得说到他和"瓷娃娃"上。

唐微微跟杨年华在电话里唧唧歪歪聊了一个多小时。

"干什么呢，现在？"杨年华问。

"没，没干什么……你呢？"

“在你家楼下。”

唐微微惊出一身汗。这么长时间，还在楼下。唐微微从窗户里往外看了一眼，还真是。唐微微跟杨年华，无论是电话还是别的，唐微微都一直保持内紧外松。就是那种说的每句话听上去都很轻松，但脑子里始终绷着根弦。她知道杨年华在干什么，他在拿话挤她，慢慢地加温加压，他已经开始说道——“好想看到那些花在你房间里的样子。你会放在哪儿呢？卧室？梳妆台？”

唐微微只好装傻，顾左右言他。她知道杨年华是在等她发出邀请，但她不能。慢说屋里有一个王洋，就是没有，她也得加一个小心。到目前为止，她只知道他是图书策划，在一个她从来没听说过的公司上班。公司在哪里，他什么情况，有没有其他女朋友，父母做什么的，经济状况如何，她都不清楚。

杨年华也识趣。把话题往前送了几次，见唐微微不接，就没往深里说。

“你到底喜欢不喜欢他？你要是喜欢他，就得抓紧。知道怎么叫‘抓’——‘紧’吗？”王洋伸手在空中一“抓”，然后，拳头一握，做“紧”状。

现在，客厅里全是花。王洋把那一大捧花，拆开，化整为零。餐桌、博物架、鱼缸、阳台、百合、玫瑰、蝴蝶蓝，还有蓬蓬勃勃的勿忘我……

这个百花盛开的夜晚。唐微微跟王洋说了自己的隐忧——他这随叫随到，跟无业游民似的。另外……

另外的事，唐微微不好说了。她总觉得杨年华有点“虚”——这个年纪谈恋爱，还跟二十多的小伙子似的，不由得让她起疑心。她没事儿，是医院给她开了病假条，他怎么也这么闲？有那么多时间陪她谈情说爱？

“你问他了吗？他怎么说？”

他说他骨子里就是一个浪漫的人。他还说他从见我第一眼就喜欢我。他说工作不重要，重要的是生活。

听起来也全对。无懈可击。但……哪儿不对呢？

“你们……你们到什么程度了？”王洋笑眯眯地问，满脸善意。

“什么都没有。连手都没拉过。”

“这么纯洁？”

“对。但是我觉得他在等我主动。”

“那你要是喜欢他，就主动点呗。”

“我凭什么？！”唐微微眼睛“刷啦”就立了起来。

“瞪什么眼啊。你谦虚点。这还没让你赶着马车带着嫁妆呢。我是说，你得给他一点暗示。老话怎么说的，这母狗要是不摇尾巴，公狗绝不能上。狗都这样，何况人呢？你得让他明白，你喜欢他，他心里要是连这点把握都没有，他不敢往上冲，真的。”

“那你跟瓷娃娃，她给你什么暗示了？”

王洋不说话了。

不过，王洋说中了一件事情，在那束花之后，杨年华消失了——如月过柳梢，过去就过去了，一点牵连都没有。唐微微心里纳闷，一个对她这么黏糊的男人，怎么能一夜之间，就干脆成这样？她有点担心，怕他出了什么事，主动给他打了电话，他接了，她没什么话，随便寒暄了两句挂了。他也就没有再给她打。

王洋教育唐微微：见过猎豹追猎物吗？追上就追上了，追不上，或者太费体力，就放弃了。人家都把花送到你家门口了，你还不请人家上楼，装傻，换作我，我也不追了。

唐微微说：“你少废话。你当时追我追了多久？”

王洋呵呵一乐，说：“我那会儿多大？他这会儿多大？我追你的时候，不到二十，我不怕累，我有体力，我还不喜欢那些一追就到手的。可你那哥们儿，都奔四张了，搁在动物世界里，即便是雄狮，也是老雄狮了，再追个羚羊斑马什么的，费劲了，只能抓个野兔山鸡受伤的瘸

腿驴啊什么的。”

那他就逮野兔山鸡受伤的瘸腿驴去吧。请两次饭，送一把花，就想搞定一个女人，太便宜吧？唐微微不干，她也不能接受，她再想把自己嫁掉，也不能这么挥泪大甩卖吧？西蒙·波伏娃，作为一个女权领袖，尚且说过，女人追求爱，实际上是追求被爱。唐微微寻思，您作为一个男人，连追求女人都不肯下点工夫花点本钱，我嫁给你，还能指望什么“被爱”？

唐微微把重点转移到“冯东海”上。这也是王洋的建议——不要跟杨年华浪费时间。他那个岁数的男人，知道什么是好，什么是坏，什么是自己想要的，什么是自己不想要的。如果你真是他想要的，他绕一圈，还会绕到你这里来。

唐微微不服气：“什么叫他那个岁数的男人知道什么是好，什么是坏？历史上那些昏君，都知道哪些女人好哪些女人坏吗？要是都知道，还会亡国吗？”

“所以嘛，如果他活到快四张了，还不知道什么是好什么是坏，你还要他干什么？你真想要个昏君啊？”

唐微微小脑袋瓜一歪，一脸的调皮：“我真想要个昏君。昏君多好啊，只爱你一个，爱得昏天黑地倾国倾城，江山也不要了，儿女也不顾了，‘一骑红尘妃子笑，无人知是荔枝来’。”跟王洋在一起，唐微微有的时候会不自觉地回到“初恋岁月”，很自然地“少女”那么一两下，比如撅个嘴啊甩个头啊什么的。她跟其他的人，尤其是男人，无论如何也不会——这一点，是后来被丽莎发现的，丽莎发现之后，就对唐微微说：“你这不是也挺会勾搭男人的吗？”

言归正传。显然，这个王洋钦定的“冯东海”不是昏君。他根本不肯把时间花在不相干的女人身上。他既不爱打电话，也不喜欢发短信。他不会像杨年华那会儿似的，整天黏着唐微微，早上打个电话问“起了吗”，然后，是“干什么呢”，再然后就开始聊，聊到中午就顺理成章地吃饭，一顿饭一消磨就是两三小时。用王洋的话说，杨年华显然比冯东海更会“谈恋爱”，既善于进攻也善于撤退。只不过杨年华的进攻不是那种年轻小伙子的强攻，他是有步骤有策略的，他采取一种“围而不取”的战术。整天围着你，要你自己弹尽粮绝开门揖盗。只是，他的对手是唐微微，而唐微微又有王洋这么个参谋，所以他久围不下，只好三十六计，走为上。这是王洋的分析。唐微微惊讶地望着王洋，对他几乎有些陌生——王洋“呵呵”一笑，说：“你连这些都不知道啊？兵书曰：知彼知己，百战不殆；不知彼而知己，一败一负；不知彼不知己，每战必殆。你就属于既不知彼又不知己，所以到现在还没把自己风风光光地嫁出去……”

唐微微不高兴了——“原来男人是这样想问题的！！你守身如玉，你洁身自好，你宁缺毋滥，在男人那里，他们认为你是‘不知彼不知己’，不知彼，说难听点，就是不懂男人，不了解男人，对男人没有吸引力：不知己，那就等于说你没有自知之明，缺乏对自我的正确认识，癞蛤蟆想吃天鹅肉，高不成低不就，自己条件不怎么样还挑三拣四！”

唐微微暴怒。后来王洋也觉得自己有点过分，说话太恶毒，但他给自己找了一个“充分理由”——他之所以要这么恶毒攻击前女友，是为了她好——响鼓不用重锤，但“唐微微”这面鼓，必须重锤！王洋甚至认为，唐微微之所以至今在恋爱方面如此“低能”，跟自己当初对她太好有关。这给她一种错觉，男人爱女人，就应该像他当初那样。可当初，当初他们认识的时候都是十七八岁啊，他们都是彼此的初恋！

那天要不是考虑到唐微微的心理承受力，他差点要对唐微微说出更狠的话：“您不能要求男人还像追十七岁的少女那样追你啊！您三十大几了，在一个市场经济时代，您不能再搞‘酒香不怕巷子深’那一套了，您好歹也得懂得点营销策略啊——您虽然不必满大街吆喝做广告，但您总得想点办法让人家注意到其对您发生兴趣吧？”

王洋连续几天亲眼目睹唐微微在“交友”方面的笨拙——不要说

调情，她根本就不知道怎么跟男人搭讪！更不要说怎么让男人主动跟自己搭讪了！！唉，她这样的姑娘，谁娶回家谁幸福，但，互联网时代，首先是"眼球经济"——您在网上，谁也不认识谁，人家凭什么注意到你？你连张照片都不愿意上！好容易上的几条"鱼"，还是王洋帮着给钓上来的。当然王洋最后悔的，是那条叫"杨年华"的鱼——三十九岁，丧偶，图书编辑，他在网上征婚用的名字叫"非诚勿扰"。

他可真是"非诚勿扰"，对唐微微穷追猛打一气，忽然说撤就撤，"去如春梦了无痕"——那些个他送的花，还摆在客厅、卧室、餐厅……送来的时候，含苞待放，现在花期已过，渐渐凋落，而他再没有联系过了。

王洋怕唐微微上套，一边把那些花收拾了扔掉，一边对唐微微进行"紧急战地培训"："你千万别答理这种老男人。这就是无耻男人的无聊手段，先对你好，特别好，好得上天入地，然后，抽不冷地给你来一个'情感截肢'，让你心里'呼啦'就空一块，你要是受不了呢，你不就得上赶着找人家？这事就跟做买卖谈判似的，谁上赶谁让步。"

唐微微一听，当即就说："开什么玩笑，我又不是小姑娘，跟我玩这套，滚一边去。"

"所以，咱们赶紧着'冯东海'。都什么年代了，还指望着女人独坐窗前，睹物思人，见着那些可爱的花儿衰落，猜着送花儿人的心思——女孩的心思你别猜，男人的心思你更别猜，尤其是老男人的心思！"王洋趁热打铁。其实，开始杨年华狂追唐微微的时候，王洋还琢磨过，觉得杨年华这么个岁数，开一君威，看上去也不是太有钱，或者说，平常男人吧。唐微微虽然是有点"低就"了，但可能正是这种男人，才懂得珍惜吧？对于他来说，唐微微就是天上掉下的大馅饼，他应该能对唐微微好吧？只要能对唐微微好，也就行了。如果真结婚，他可以送唐微微一笔大嫁妆。俩人过日子不是问题。但现在，杨年华玩这一手，王洋就想算了——至少这个男人不老实不诚恳不值得托付。

王洋力荐"冯东海"，督促唐微微跟冯东海再见上一面。

Chapter 13

敢情男人想找老婆，就是想建立一种新型的“生产关系”。

冯东海跟唐微微第一次见面，就说明白自己想找老婆，明媒正娶三媒六证的那种。唐微微当时还觉得他可能是在传递一种信息，即他不是玩玩，是当真的。但，见到第二次，她就意识到，什么叫想找“老婆”。敢情男人想找老婆，就是想建立一种新型的“生产关系”。

冯东海说得很直接——他公司里也有好些男人，成天换女朋友，或者脚踩好几只船，在他看来，纯属浪费时间。为什么要做那些没有意义的事呢？夹到碗里才是肉，娶回家的女人才是你老婆。对自己的老婆好，老婆才会给你生孩子，孝敬你父母，在你年老体衰的时候，给你端茶递水。那些花花哨哨的女人除了花你的钱，陪你上床，能给你干这些吗？

唐微微初听这些话，心里也是一暖，觉得可算碰到一踏实男人了。但，她没有想到，这踏实男人才见面第二次，就跟她约婚期。她吓一跳，这太快了吧？冯东海目光炯炯，语气诚恳：“咱们成家吧，生孩子，过日子。你给我当老婆，给我生孩子，我给你当老公，我养家，做你的顶梁柱，你孝顺我爹妈，我孝顺你父母，让老人老有所靠，安度晚年。”

“可是，我们还不了解啊？”

“我们要一起过下半辈子呢，结婚以后，有的是时间了解对方。我爸妈结婚前连面都没见过，不是照样一辈子过得安安稳稳？”

“万一过不好呢？”

“不会的。”

“万一呢？”

“那再离婚呗。咱们婚前财产做个公证。”

“为什么要这么急呢？”

“我三十三，你说话也三十三，都不小了。我爹妈说了，结婚是简单的事，只要两个人，心往一起走，劲往一处使，日子没有过不好的。”

“既然这样，适合你的女人应该很多，怎么拖到现在？”

“我以前没有基础。婚姻这个东西，没有物质作基础，就没有保证。你没钱，没事业，哪个女人肯跟你？就算在一起了，也是争吵。你费尽心机累死累活讨好她，她还觉得委屈。后来我想明白了，像我这种‘经济适用男’，最好找‘简单方便女’。那种天天要做面膜，一周要买几次衣服，一月要做几次发型，一季要买几款手袋的，我实在伺候不起。”

全是实话。冯东海的确像他自己说的，标准的“经济适用男”，样貌平平，个子平平，反正就是那种扔在人堆里就找不出来的。不过，用王洋的话说，这总比那种又丑又胖，人群里特扎眼的强吧？

冯东海的意思是闪婚——他是学计算机的，他用他那善于计算的脑子算过，幸福与否跟结婚速度快慢没有本质关联。照他的意思，人和人都是差不多的，只要你把人分成类，那么，在同一类里，选择一百个样本和一千个样本，统计结果的差别是可以忽略不计的。这跟你去饭馆点菜类似，您要是兜里就一百元，您点出大天来，也就那么几样家常菜。所以，既然你唐微微要选择的无非是跟你岁数相当、有正当职业、诚实可信的男人，那么，你谈一个冯东海，和谈十个冯东海，也没什么大区别，所区别的就是，如果你谈十个，你要花更多的时间而已。

出乎唐微微的意料，王洋倒不反对“闪婚”。他一脸坏笑，跟唐微微说：“你要是觉得合适，就赶紧结呗。万一人家改主意了怎么办？”

唐微微说：“这倒好，杨年华好歹还送了花请了饭。这位，啥都没有，直奔主题。”唐微微问王洋：“我就这么着答应他，然后呢？”

“然后该干什么干什么啊！”

“该干什么呢？连手都还没拉过呢！你们男人可以这么娶老婆回家吗？即便是追一只花母狗，也得追一阵子吧？”

王洋不忍告诉唐微微，男人还真的是可以这样娶老婆回家的——如果这个男人特别特别急于成家的话。只要看着过得去，各方面情况也都合格，最多做个财产公证，然后就可以了。男人就是这样，尤其是冯东海这样的，三十三岁了，一直单身，你让他再饥一顿饱一顿的，谈个情说个爱，他就不乐意了。他要的是生活，日子，是每天回到家，有一个亲切熟悉的女人，这个女人至少跟他是有契约的，是他法律上的老婆，要跟他过一辈子的，以后要跟他有孩子，是他孩子的妈！

靳小令一针见血地指出，唐微微之所以举棋不定，是因为王洋——你不能把谁都跟王洋比，也不要再对王洋有什么指望。你这一辈子总不能永远生活在后悔当中。再说，你也没什么好后悔的，怪自己什么？怪自己那时候年轻不懂爱情？

唐微微说：“我没拿谁跟王洋比，我是真的觉得冯东海太实际了——这才见了两次面，他就要定下来，还要见他父母，太快了吧？”

靳小令撇撇嘴，说：“快什么快？余忠孝那时候慢，你不是还抱怨，说他不积极吗？你就是麻烦，太快了，不行；太慢了，也不行。你当人家都是你肚子里的蛔虫，知道你什么时候想快什么时候想慢啊？这两人谈恋爱就跟跳舞一样，得磨合，找到步点。不能你这是慢三，人家那边是华尔兹。你得让人家明白，你是要慢三。人家要是不会，你得稍微耐心一点，带带人家，教教人家……你看你这什么表情？得得，我知道了，你肯定又要说凭什么我要带他？他是男人，他就应该什么舞都会跳，我想慢三，他就应该慢三，我想华尔兹，他就应该带着满场转圈！那种男人不是没有，可是，人家凭什么跟你跳啊？！"

她们说这话的时候，是在唐微微自己家。唐微微已经完全行动自如，没有任何理由再住在王洋家，再说，最近一段时间，"瓷娃娃"好像考试差不多都结束了，电话又密了起来。唐微微想，自己总得自觉一点，就拎包回来了。

收拾得差不多了，靳小令就让唐微微给她看看她的候选人资料——唐微微想，这都已经上网征婚了，还有什么藏着掖着的，看就看呗。上了网，点开网页，冯东海在线，杨年华也在线。呵呵，这年月，谁会在一棵树上吊死？

唐微微的手机响了，是冯东海。冯东海很少给唐微微打电话，他工作忙，事业心强，即便打电话，也是三言两语，比如什么地方见面什么的。他第一次给唐微微打电话，问唐微微能不能发一张照片给他看，唐微微拒绝了，不过是那种不完全拒绝，有点"欲拒还迎"的意思。她说："照片毕竟不是真人，难道你看了照片就不看真人了？如果你对我的资料有兴趣，想知道我的相貌，那不如直接见面好了。咱们约个地方，我开车过去，你要是看不上眼，你冲我摇摇头，我一脚油门开车就走。"冯东海当即同意。他事后对唐微微说："他就喜欢这种爽快的类型，节约时间，效率高。"而实际上，这套"应对的词儿"是王洋教她的。王洋告诉她："女人固然应该矜持，但快餐时代，速度还是很重要的。男人之所以想要你照片，主要是怕你长得太寒碜，耽误他时间——男人就是这么肤浅，这不用论证。否则为什么当红女模特能赚那么多钱？她们不就是花瓶吗？再说，太平盛世，好看的花瓶就是比果腹的粮食贵啊！”——总之，王洋告诉唐微微：“你既然不给男人看照片，那么你就要给他一个更具有诱惑力的解决方案，比如‘见面’，还亲自开车过去，端对端服务！”

冯东海这个电话照例很直接——他说他最近一段时间，集中见了一个排的女人，再多见也没什么意义，无非是再多吃几次饭，多喝几回咖啡。约会也是有成本的，对于他这样尚在奋斗中的男人，他必须节约成本，提高效率，他需要尽快确定下来。经过初步筛选，现在有三个女人相对合适，他不知道应该怎么选。第一个是唐微微，但唐微微的问题是无法答应他在一个月之内结婚，而他不愿意久等，怕夜长梦多；第二个是刚毕业的大学生，比他还急于结婚，但问题是经济条件比较差，而且，做着一份朝不保夕的工作，没有正式户口，而且居无定所；第三个是一小学老师，什么都一般，工作一般，收入一般，相貌一般，但人很好，会做饭收拾家务，估计是一贤妻良母，而且将来如果做了母亲，他们的孩子上学也相对好办一些，可以省一大笔赞助费。

冯东海问唐微微的问题是：第一，唐微微是他自己认为跟自己最般配的，但他不愿意等。所以，他想跟唐微微“讨价还价”一下，彼此能不能都让一步？两个月可不可以？两个月的时间，他还可以考虑，再长，就不行了。他的理由是，一个女人喜欢不喜欢一个男人，愿意不愿意跟一个男人，是在最初见面的十五分钟里就可以完全定下来的。如果两个月还定不下来，那其实就是不合适，即便将来在一起了，也是勉强凑合过日子。第二，假如唐微微不让步，那么他想请唐微微帮他作一个选择，剩下的两个，应该选择哪一个呢？

唐微微哭笑不得。她跟冯东海说，她的女友是著名婚恋专家——靳小令还真是急人所急，特“八婆”地跑去见了一面冯东海，回来就对唐微微说：“他这样的，过两年，你想要都轮不上你了。岁月不饶人，你说话也三十三了，即便立马生孩子，您都是高龄产妇了。您还想什么呢？”

“结婚是一件多简单的事情，为什么到你这儿就这么复杂呢？”

唐微微想了半天，张不开嘴。她是想说，冯东海不够爱她！但又怕遭到靳小令的“耻笑”——“爱，你要怎么样才算爱？见了你就啃你抱你，整天往你办公室快递鲜花？每个人爱的方式不一样！整天给你甜言蜜语的不一定是真爱你，他跟你这样，跟别人也这样！他们是妇女用品，他们的人生意义就是让女人高兴开心！这是他们的成就感和幸福感的来源！！”

皇帝不急太监急——唐微微越举棋不定，靳小令越火冒三丈，她几乎是脱口而出：“别骗自己啦。亲爱的唐微微同学，你还在爱着王洋——你必须忘记他，把他从你的心里挖掉，你才可以重新开始，否则，你就老死闺房吧！”

这一次，唐微微反应出奇强烈。她跳到半空，矢口否认：“跟王洋一点关系没有啊！我是觉得，那个冯东海，他要是真认为我不错，为什么就不能等一等呢？为什么非要那么快就结婚？”

“如果你真认为他也不错，又有什么可犹豫的呢？怎么就非得等来等去，你还想等什么呢？等鸳梦重温？旧情复燃?！”靳小令语速跟冰雹似的，噼里啪啦，不仅快还带着力度，当即把唐微微的气焰给打压下去。

“你不是经常在电视上报纸上教育广大妇女对婚姻要慎重吗？要路遥知马力，日久见人心？怎么到我这儿就得有个人娶我，我就得赶紧地麻溜地不假思索地应承下来？就因为我三十二啦？”唐微微口气上缓和了，但内心还是一百个不服气。

“你马上就三十三啦好不好？三十三大龄未婚和三十三离异单身，对于男人来说，离异甚至还要更好一些。离异说明什么？说明你曾经有过男人乐意把你娶回家，但如果一直没有结婚，只能说明你被剩下了，从来没有男人娶你回家！”

“难道有男人娶很了不起吗？”唐微微大光其火。

“至少比没嫁出去强吧？”靳小令火上浇油。

“那是我不愿意委屈自己！”唐微微自卫反击。

“别人不这么看！别人会认为你是想委屈自己，都没人给你这份委屈受！”靳小令宜将剩勇追穷寇。

唐微微仰面大笑：“不就是嫁个人嘛！多大点事儿啊！砍头只当风吹帽，脑袋掉了碗大的疤。与人方便自己方便。好，嫁就嫁！”

唐微微单刀赴会，开车直奔冯东海家——冯东海是个实惠的人，跟唐微微见面，尽量约在星巴克。唐微微要杯茶，他可以什么都不要，就坐在唐微微对面，一点也不会有什么不好意思。冯东海的房子在通州区，以前通州叫县，算北京的郊区，现在改区了，但其实还是挺远的。唐微微一路开车，感觉都快到河北了。

冯东海并没有下楼站楼门口迎接唐微微，唐微微是自己上去的。一套两居的房子，干干净净，家具全是宜家的——厨房里有鸡鸭鱼肉，一看就是刚买的。冯东海说：“这都是特意为你买的。”唐微微心里一暖，觉得冯东海还是蛮体贴的，也不是一点不会来事儿，但这点暖意刚起了个头，就被“速冻”住了。

唐微微站那儿有点发傻，冯东海一边帮她系围裙，一边挺不见外地说：“我这人不挑剔，你做什么我吃什么！”

唐微微咬了咬嘴唇，跟挤牙膏似的挤出笑容：“我不会做菜。”

冯东海愣了愣，说：“呀，那可怎么办？你得学啊。这不是说，抓住男人的心，要先抓住他的胃吗？”

“那你知道抓住女人的心，要先抓住她什么吗？”侠女本色，威风凛凛。

一周之后，冯东海打电话给唐微微，说要请唐微微吃喜糖，他要结婚了，新娘是小学老师。

唐微微哭得稀里哗啦——她自己也不知道为什么要哭！

王洋的电话就在这个时候打了进来——唐微微吸溜着鼻子，带着哭音："喂……"

"怎么啦，微微？"已经很多年很多年，王洋没有叫过"微微"这个名字了。他再见唐微微以后，要么不称呼，要么就连名带姓地叫。连他自己也诧异，为什么一听到唐微微的哭音，竟然就会鬼使神差地叫出"微微"来。

王洋很快就开车过来了。唐微微整天丢三落四，丢在别的地方丢也就丢了，但丢在王洋家里，总是不妥的——尤其她丢的还是整套植村秀护肤品。这种东西吧，王洋让司机给送过来，多少有点不合适，如果叫快递呢，好像又显得见外。再说，即便叫快递，那也得先跟唐微微打个招呼，总不能直眉瞪眼喊一快递就直接给人家递过去吧！

王洋到的时候，唐微微已经容光焕发，流光溢彩。王洋一瞬间以为自己刚才产生了错觉——如果不是唐微微的眼睛还有点红有点肿。王洋心里有那么点难受了。那句话怎么说来着？坚强是用来掩盖脆弱的。唐微微并不坚强。他了解她，她曾经那么柔弱，整天依偎在他的怀里，靠在他肩上，动不动就哭，就落泪，就撒娇，那时候她的腰好细好细，不到一尺七吧？深吸一口气，双手合十，就可以把她整个环起来，她的小身子像一株纤弱的树苗，被他的双手环扣着，娇喘吁吁又无法挣脱。呵呵，她的青春啊，忧郁、伤感、快乐，想哭就哭，想笑就笑——而她现在，则不得不坚强，像一株木棉，无论风雨，不哭泣不抱怨，还得绽放满树的花朵，笑对人生！王洋忽然有一种冲动，他特别想把唐微微抱住，让唐微微在他怀里再哭一次，然后他抚摩着她的头发，安慰她，吻她。

"谢谢你啊。"唐微微一边大大咧咧地接过"植村秀"，一边没心没肺地一脸傻笑。那种笑容吧，在别人看来，就是笑容，但在王洋看来，多少有点辛酸。一个女人，遇到难受的事，连个说的人都没有，连哭都找不到人哭——何苦呢，微微？你要这个刚强做什么？

“你没事儿吧？”王洋问得很小心，生怕伤了唐微微那颗骄傲而敏感的自尊心。

“没事儿啊！你有事儿？”呵呵，王洋是问她有什么伤心事儿，她倒好，直接岔到“有什么事儿”的“事儿”上了。

王洋知道追问也问不出什么，索性直截了当：“你刚才哭了吧？”

唐微微笑容灿烂。

王洋皱皱眉头，说：“跟我就别来这套了。到底遇到什么事儿了？跟我说说，能帮我一定会帮的。”

“真没遇到什么事儿。”唐微微嘴硬。

“没遇到事儿你哭什么？”

“我喜欢哭啊，那是我业余爱好。我这么多年，没事儿烦了就哭一会儿，哭能使人健康，眼泪可以把体内毒素带出去。知道为什么女人寿命比男人长吗？因为女人爱哭。”这种词儿，唐微微张嘴就来，一套一套的，嘈嘈切切错杂弹，大珠小珠落玉盘。

“你相亲相得怎么样了？”

“不怎么样。”

“冯东海……”

“他要的是厨娘老妈子兼生育机器。”

“男人跟女人在一起过日子……”

“除了做爱就是做菜，对吧？”

这话要是别人说的，王洋非得笑个狗窦大开不可，但，话从唐微微嘴里出来，王洋就笑不起来了。以前的那个唐微微，那个白衣飘飘的唐微微，那个不笑不说话、害羞沉默，柔声细语的唐微微如今竟然

如此口无遮拦浑然不吝。王洋被惊着了。

唐微微笑笑，她的“相亲手机”又震了——现在唐微微对相亲的兴趣已经降至冰点。她尽管习惯自嘲，习惯不以为然，甚至习惯把相亲失败没下文，以及冯东海这类事件当一笑话说，其实，她内心深处，时时感到一种挫败感。刚开始上婚恋网的时候，她还有那么点新奇，但很快她就没有什么兴趣了。现在，她十天半个月都懒得上一回。她把原因归结为自己工作比较忙，没那么多时间挂在网上“老公老婆”地喊。再说，她也不习惯见面没多久，就“你家我家”，那么急不可耐。当然，如果不“你家我家”，很多又基本没下文。有下文的，比如说冯东海，又指向性太明确——她当然不是不可以洗衣做饭，她是可以的，她跟王洋漂在北京的那几年，难道不是她洗衣做饭吗？靳小令很负责任地为她分析过，为什么跟王洋可以，跟冯东海不可以？答案只有一个：跟王洋的时候她岁数小，她以为爱一个男人就是为他做一切事情。但现在，她成熟了，她首先要求平等。你还没有让我爱上你，就让我先为你洗衣做饭，凭什么？难道就因为我三十三岁了，急于嫁人，你就可以这样？你以为你是谁？谁想当你老婆，还得先“厨艺展示”?!

电话是那个有一段时间没信儿的杨年华打来的——他就像从来没有离开过一样，亲切随和家常的声音语调：“干什么呢？”

有的人的声音是有磁性的，如同磁场，会让你心旌摇荡。王洋说得对，杨年华这个岁数的男人，知道自己要什么，他觉得你好，绕一圈他还是会来找你的。至于为什么要绕一圈，是因为他们懂得一个道理，文武之道，在于一张一弛。男女之道，亦复如是。你死死抓牢，双方都绷着，都累。你松一松，猛一发力，跟拔河似的，没准儿就得来全不费工夫了。

唐微微光明正大地看了王洋一眼，王洋也正光明正大地看着她。

唐微微忽然觉得在前男友面前接相亲电话，好像有一种格外的自豪感、满足感——这就像穿一件漂亮衣服，大晚上穿出去没人看见。总觉得没意思，如果刚巧穿上，刚巧下楼，刚巧不经意间被一个自己在乎的人看到，那种感觉要比打扮得漂漂亮亮去参加人家的生日PARTY，爽得多。

“有没有空一起吃个饭？”杨年华发出邀请。

“现在几点啦？”唐微微看表，晚上七点。

“不管几点，你要是没吃，我就请你吃饭；你要是吃了，我就请你吃冰。好久没见你了，挺想你的。”杨年华的这种直接，透着诚恳，更难能可贵的是，还有那么点小浪漫小温柔。同样的话，有的人说出来，听着恶心，有的人说出来，就熨帖。

“你怎么这么久都没和我联系？”这是最不应该问的，但唐微微还是问了。她永远犯“兵家大忌”——王洋曾经不止一次“教育”过唐微微，永远不要问男人为什么这么久没有和你联系，以及类似问题。他这么久没有和你联系，肯定是有原因的。如果他离不开你，爱得你要死要活，一日不见如隔三秋，他可能会这么久没有和你联系吗？这又不是远古洪荒时期，你的那个男人也不是大禹，整日忙着治理泛滥的洪水，过家门而不入！这是太平盛世，有手机有网络，他要想和你联系，他总能跟你联系上，至少一天一个短信是不难的吧？他没有跟你联系，只能说明一件事情，就是他不想，或者压根没想起来要和你联系。

“见面再说，好吗？”这一招极其高明。如果闪烁其词，会让人讨厌；如果直接说了，会失去神秘感。

唐微微看看王洋，王洋在低头发短信。唐微微想，大概是发给“瓷娃娃”吧？一咬牙，答应了。不就是吃一顿饭吗？又不是鸿门宴！即便就是鸿门宴又怎么样？咱该吃吃，该撤撤！

放下电话，王洋那边抬起头来。唐微微说：“我现在有事儿啦。”

王洋有点光火，尽量克制着自己，说："微微，你不要乱来……"

唐微微心里感动得鼻涕一把眼泪一把的，但脸上则是吊儿郎当玩世不恭："我？我去约个会，怎么就叫乱来？"

"是那个开君威的吧？图书编辑？"

"是啊。"

王洋"刷拉"站起来，对唐微微："他不是跟你没联系了吗？"

唐微微："是啊，这不是刚刚联系上！"

王洋："我看不出来跟这种人还有什么联系的必要！他想联系就联系，不想联系就不联系，他拿你当什么了？"

唐微微："他拿我当什么，我也拿他当什么。平等互惠。"

王洋："你不是那种女人。"

唐微微："你怎么知道?!"

王洋忍了忍，调整好情绪，把越来越大的音量控制在正常分贝之内，嗫嚅着说："你要是闷，烦，想找个人聊天，可以找我。"

唐微微不领情："我是要找老公，要找一个随时随地随叫随到的男人！"

王洋耐住性子："那不能是这么个找法。"

"那应该怎么个找法？上游戏室玩游戏，QQ 聊天？"

王洋不吭声了。他如果再敢多接一句，唐微微马上就会把"瓷娃娃"拎出来——他现在还真有点后悔当初跟唐微微说得太多。唉，他为什么要告诉唐微微，他和梅雨是在网上认识的呢？

王洋跟唐微微一起下的楼。到了停车场，唐微微发现没带车钥匙。唐微微问王洋能不能捎她，王洋稍有犹豫，唐微微立刻说："你带我出小区就成。我打车。"

"不是。我建议你还是回家拿下钥匙，开车的好。开车方便一点。"王洋的潜台词是，如果你不开车，你吃了饭就得跟人家一个车，跟人家一个车，那人家想开哪儿就开哪儿了。

唐微微当然听得懂王洋的潜台词，她今天还就置上气了。她说："靳小令早就指出我这么多年相亲失败的原因了，开车去，开车回，一点机会不给人家！"

王洋不吭声了。他开车把唐微微送到宵云路的鹿港小镇，看着唐微微风姿绰约地进去，心里那感觉还真是怪怪的。作为一个成熟男人，站在男人的立场，他还真无比客观地对唐微微进行了"切片式"分析——唐微微像一块和氏璧，包在石头里面了。而现在的人，宁肯在商店买那种完全不值钱的缅甸玉！

对王洋这个说法，靳小令曾经当着王洋的面，好一通揶揄："你既然知道她是块玉，你怎么不收藏？"

"呵呵。"王洋当时的回答是，"我不懂玉。也不善收藏。我就是一个凡夫俗子，喜欢美食美酒美女……我喜欢现成的。"

王洋现在很乐于把自己打扮成"浪荡公子"。如果穷丑一把年纪，"浪荡"就叫臭不要脸，但又有钱又帅还年富力强，"浪荡"就会成为一种性格，而且还是人见人爱的性格。是啊，假如您家徒四壁，居陋巷，衣食无着，您要是喜欢美食、美酒、美女，那不是很没自知之明吗？您配吗？但如果您富有、英俊、事业有成，您凭什么不能喜欢美食美酒美女呢？难道非得"一箪食，一瓢饮，曲肱而枕之"，才叫高尚吗？那叫不思进取！王洋的亲爹就是这么一主儿，让他和他的母亲受尽世态炎凉，而且他还不允许他们抱怨，哪怕是稍微有一点不高兴，都不可以，好像兜比脸干净是一件很体面的事儿似的。

Chapter 14

唐微微被打了预防针——她现在懂得，第一，不要听男人是怎么说的，要看男人是怎么做的；第二，不要看男人偶尔怎么做，要看他长期怎么做。换句话说，一个男人偶尔讨好你一次并不难，难的是他一直讨好你而不讨好别的女人！

唐微微那天去跟杨年华约会，有一个意想不到的收获——她居然邂逅了“瓷娃娃”。事实上，是杨年华“帮”她邂逅的。唐微微习惯到了地方先自己找人，找不到再打手机。杨年华还是挺显眼的，他收拾过了，头发是刚吹的，衣服是新熨的。他一个人坐在那儿，一看就是等人，不过他的眼睛就好像被什么牵着似的——唐微微走过去，坐在他对面，他猛然意识到，赶紧收回目光。唐微微扭过脖子，顺着杨年华收回目光的方向逆流而上，只看了一眼，就定住了。世界上竟然有这么巧的事——角落里坐的俩人，她全认识，一个是“瓷娃娃”，另一个面熟，想了想，想起来了，就是那个她妈妈宋玉如不远万里从老家赶来给她张罗过的优秀单身博士男！她暂时想不起他的名字，但记得他跟她说过要做中国的“伍迪·爱伦”。

杨年华见唐微微跟被施了魔法似的，脖子扭着，定在那里，就很温和很绅士很耐心地坐在对面，等着观察着，直到唐微微自己回过神来，把脖子转回来，才递上一句：“认识啊？”

唐微微笑笑，一边翻菜单一边没没头没脑地问杨年华：“你说他们俩什么关系？”

杨年华半真半假地：“我过去替你问问？”

唐微微合拢菜单:“还是我自己问吧。”

唐微微把点菜的重任交给杨年华,自己站起来,施施然走过去,中国的“伍迪•爱伦”首先意识到“有情况”。他抬起头,从他的表情,唐微微知道他一定是想起来了。“瓷娃娃”以为唐微微是过来跟自己打招呼的,赶紧布上一脸的“他乡遇故知”。“呵呵,现在这位‘伍迪•爱伦’投身影视,正打算找资金做剧本呢。”

“你们怎么认识的?”唐微微有一个习惯,凡是想知道的事情,绝不肯拐弯抹角。

“我们是老乡。认识好多年了。”“瓷娃娃”回答得滴水不漏。现在的年轻小姑娘真是厉害啊。她不想让你知道的事情,她总能很得体地不让你知道,这套本事,到现在唐微微还没有完全掌握。有一次,乔娜有意无意地问她,是不是跟王洋本来就认识,唐微微竟然跟被“捉奸在床”似的——其实有什么呢?你看人家丽莎多大方,凡是不想回答的问题,一句“我不告诉你”,再佐以一个鬼脸,完了。

唐微微回到座位上,杨年华深情地看着她,目光中充满喜爱。幸亏唐微微已经在王洋的指导下,有了一定的情场阅历,知道对于有的泡妞高手来说,这一套“目光中充满喜爱”的本领属于“入门级功夫”。任何男人,只要盯住女人的眼睛或者面部,时间稍微久一点,就能够让这个女人感觉到自己被喜爱。当时,王洋还亲自示范给唐微微。

唐微微被打了预防针——她现在懂得,第一,不要听男人是怎么说的,要看男人是怎么做的;第二,不要看男人偶尔怎么做,要看他长期怎么做。换句话说,一个男人偶尔讨好你一次并不难,难的是他一直讨好你而不讨好别的女人!

“你父母都是做什么的?”唐微微尽管和这个杨年华见过几次面,但从来没有实质性的交流。也就是说,唐微微从来没有问过杨年华的父母、收入、家庭、经济状况。她并不是不关心这些问题,而是不知道怎么才能获知这些必要的信息。她请教过王洋，王洋皱着眉头想了半天，告诉唐微微，这些问题的答案应该由男人主动告诉女人，而不应该由女人来问。那么他如果不主动呢？王洋说，不主动就说明有问题，就不要答理他，OK？

按照王洋的意思，杨年华这种三十九岁丧偶的男人，根据他的种种表现和诸多细节，如果不是一个老花花公子，也是一个龌龊中年。他如果条件好，怎么会跟你浪费时间？他三十九岁了，估计跟余忠孝差不多，想找一个相对年轻，又有经济基础的女人做老婆，给他生孩子带孩子，兼伺候他上了年纪的爹妈和他自己！

“我父母都是普通人，他们都很善良，非常好。”杨年华的回答等于没有回答——你还是不知道他父母是干什么的，身体状况如何，是老年痴呆还是瘫痪在床？是工人还是农民？是下岗还是无业？有没有退休金？需要不需要儿女照顾？

“你老婆是怎么……死的？”

“以后我再告诉你。”

“你一直没有女朋友吗？”

“没有喜欢的。”

唐微微不说话了，低头吃“恋爱冰砂”。

“你……怎么会没有男朋友？要求高吧？”交换发球权。现在轮到杨年华提问了。

唐微微笑笑，说：“我要是要求高，能和你见面吗？”

杨年华心中暗自嗟叹——够刻薄！

“呵呵，我有那么差吗？”杨年华眉角眼梢都是笑，和蔼可亲——够大度！

“你要是有那么好，怎么会轮到和我约会？！”唐微微不买账，一个反抽，抢回。

“你也很好啊……”杨年华从容拦截。

“这不用你说。我当然很好！”唐微微封死。

兵来将挡，水来土掩，几个回合以后，关系反倒亲近了许多。男女之间就是这么奇怪，要么，怎么说不打不相识？唐微微占了上风，心情大爽，而对面的杨年华，目光中则渐渐流露出一些“胜券在握”的意思。凡有经验的男人都知道，如果一个女人肯跟你过招，那么说明她至少肯“夹”你——女人是很冷酷的一种动物，从某个角度上讲，比男人更冷酷。男人对不喜欢的女人，好歹是肯敷衍的，而女人，对于不喜欢的男人，向来是话不投机半句多。杨年华是有经验的男人，而唐微微偏偏是很各色的一种女人——尽管大部分女人都期待男人搞定自己，但是假如你还没有搞，就一脸“势在必得”，那就是对她的不尊重了——尤其是唐微微这种类型的，她会逆反，会偏不让你得手。尽管这对她自己也没什么好处。

“周末你有安排吗？”杨年华笑容可掬。

“有。”唐微微不卑不亢。她其实什么狗屁安排都没有，但她就是要和杨年华较这个劲。

杨年华调整战术，稳住阵脚。他从兜里摸出一盒中南海，点上，然后，放慢语速：“我挺喜欢你的……本来呢，不想给你打电话了。我岁数大，又结过婚，你肯定不乐意。但是，我想，怎么说呢？试试看吧，你要是身边没合适的，你就先拿我将就着，咱们处一处，实在不行，做个朋友也好，你说呢？”

诚恳、务实、温情脉脉、彬彬有礼……

唐微微上了杨年华的车——车是新刷过的，干干净净。

很长时间以后，有一次，杨年华有一搭没一搭地问唐微微，那次吃饭遇上的俩人跟她什么关系。唐微微知道他是在问“瓷娃娃”和中国的“伍迪•爱伦”。当时唐微微跟杨年华已经比较熟络了，她想了想，说了一半的真话——她承认中国的“伍迪·爱伦”曾经跟自己相过亲，但至于“瓷娃娃”，是她的前男友的现女友，这层关系，她隐瞒了。

杨年华听了，一笑，说：“是你没看上他，还是他没看上你，还是相互没看上？”

唐微微不假思索：“他没看上我。”

“不可能。肯定是你心里先没看上人家！”

唐微微对杨年华产生了好奇，强烈的好奇。他怎么会知道？她刚才故意说人家没看上自己，是为了免去多余的“口舌”——如果说自己没看上人家，那么别人就会问“为什么啊”；如果是人家没看上自己，就不用说理由了，而且对方也会知趣地不再多问，最多帮着骂两句对方有眼无珠。

杨年华也不多解释，接着问唐微微：“你看不上他什么地方啦？嫌他小地方来的，没见过世面？土？还是急功近利？”

唐微微更惊讶了。他怎么会知道他是小地方来的？

后来，他们更熟了一点，杨年华告诉唐微微，这很容易，你只要观察一个人的细节就可以。比如那个中国的伍迪·爱伦，他看菜单的紧张，咀嚼时张着嘴，买单的时候假装抢单但最后还是让人家姑娘结的账……还有，最关键的，他身上那种既自负又自卑的劲儿，自负是因为他曾经鹤立鸡群，自卑是因为现在他是鹤了，但周围全是长颈鹿！

“那我凭什么看不上他？人家是博士毕业呢。”唐微微有的时候很矫情。

杨年华笑笑，把一只胳膊搭在唐微微肩上。

呵呵，女人要的是臂膀，是亲热，是温暖，是胸膛。唐微微觉得自己有些爱上杨年华了——他的气息，他的味道，还有他的循序渐进，以及懂女人……

唐微微现在知道什么叫“懂女人”了——懂女人就是要懂得女人

什么时候要什么，甚至要在女人还不知道自己需求的时候，他就已经捕捉到了。唐微微就需要这样的男人，懂她，比她还懂她，然后给予。

唐微微体会到一种被爱的感觉——那种感觉非常地好。她可以随时随地给杨年华打电话，她再也不怕周末了。至于王洋，她偶尔也会想起来，但，也就是偶尔想起来，然后要求自己尽快忘掉。

她曾经比较多事儿地跟那个中国的“伍迪·爱伦”打过一次电话，假装疯魔地说：“那天那女孩真漂亮，你女朋友？”她打电话，并不是还想和“伍迪·爱伦”如何如何，而是想了解“瓷娃娃”——她也不知道为什么，对“瓷娃娃”有着超乎寻常的兴趣。

“怎么可能?! 那种又傻又缺心眼又漂亮的姑娘可是抢手货，怎么可能落到我手里呢？”

“伍迪·爱伦”还挺有意思，在电话里问唐微微那天是相亲去了吧。唐微微跟“伍迪·爱伦”没什么不好意思的，直接就承认了，还问伍迪·爱伦那人怎么样。

“伍迪·爱伦”停了停，说：“你跟他还不如跟我呢！他三十九岁了才有一辆破君威，手表是西铁城的，穿的鞋背的包都是大路货，你图他什么？”

“那我跟你，又能图你什么呢？”

“呵呵，我比他年轻。他三十九岁了，该定型了，我才三十三岁，还有成长空间呢。你不把眼光放长远一些？”

“也许你到他那个岁数连辆破君威都没有呢！”

这种话，唐微微以前是说不出口的，太伤人太不留情面太势利眼。但现在，经过一段时间相对集中的高强度的恋爱实战，她已经掌握了“长驱直入”的要领——大家都是来自五湖四海，为了一个共同的目标走到一起，不就是“天要下雨，娘要嫁人吗”？何必拐弯抹角浪费时间？心里怎么想的就怎么说，能接受就继续处，不能接受就马上滚蛋!时间是最宝贵的,何必浪费时间在那些不宝贵的人身上——她在跟人相亲时，被问得最多的一句话就是:“你想找个什么样的？我行吗？”

冯东海在告诉她要娶那个小学老师之后，还殷殷地又找了她一次，把她约出来，特别推心置腹特别苦口婆心特别掏心窝子地跟她说,她还有机会。她可以拦住他,不让他娶那个小学老师。

唐微微感觉好生奇怪:为什么要她去拦住他？难道他是脱缰的惊马？自己非得扮演挺身而出的女英雄,舍身拦一下子？

当然,她很快就搞明白了——冯东海是以这种方式告诉她,他自己很抢手,如果她不抢,那就是别人的了。

唐微微从内心深处非常反感冯东海的这种“伎俩”——你要是喜欢人家小学老师,你就娶人家;你要是不那么喜欢,你就别娶,再接着找自己喜欢的。你要是喜欢我,你就踏踏实实地跟我处;你要是不喜欢我,拉倒。凭什么让我去另一个女人那里抢你？把你拦下来？有病!

冯东海见唐微微木着一张脸,就唠唠叨叨地论证,他思前想后,觉得还是唐微微更好。尽管那个小学老师很贤惠,很善良,但他内心里更倾向于唐微微——“为什么呢？我有什么好？又不会做饭,又不会伺候男人？”唐微微开始拿糖,这是她的拿手好戏——刁难自己的追求者。靳小令曾经认真而严肃地批评过唐微微:“己所不欲，勿施于人。你自己喜欢这么被男人对待吗？喜欢人家就喜欢,不喜欢就不喜欢,拿糖算什么？欲擒故纵？声东击西？”不过,王洋则认为,女人适度地拿个堂是对的——凡是那种你一拿糖就立刻撤退的男人，你百分百搞不定他。所以,不如早早请他滚蛋,免得留有后患。

冯东海为唐微微描绘了一下他们的未来生活，于是，唐微微知道——男人其实比女人更算计，冯东海一定是用他那一百四十的智商反复测算过N次关于“到底应该娶什么样的媳妇性价比最高”这一命题。首先被无情地 PASS 掉的是那个刚毕业的大学生——她什么都没有，除了年轻，而婚姻是长线投资，至少是中长线投资，完全没必要投资在一项逐年递减的项目上，比如“年轻”——她很快就不会再年轻了。而他看不出她的未来——冯东海自己在北京打拼多年，他知道能混成他和唐微微这样的，是少数。其次，就是唐微微和小学老师。小学老师对他上赶，他可以用很小的成本得到，不必承诺婚礼的隆重，并可以按照他的时间表成婚生子，但投入低收益也低，他和小学老师的未来是看得到的，而且未来的家庭支柱责无旁贷的是他。再加上气质啊带得出去，带不出去以及男人虚荣心的考量，唐微微明显更胜一筹，只是，唐微微好像比较难搞定，需要投入更多的运营成本。

“咱们结婚以后，我想把我爸妈接过来。我的房子比较远，让我爸妈住，我就住在你那里。咱们上班的地方不远，都在 CBD，可以一起上班，一起下班，家务你要是不喜欢做，咱们可以请小时工。”冯东海想得还挺美，这刚哪儿到哪儿啊！唐微微心里不爽。

做生意有一个原则，谈交情就不要谈价钱，谈价钱就不要谈交情。如果又要谈价钱又要谈交情，那咱就把交情先折合一下，看值多少钱。以前，唐微微很怕和熟人做生意，现在她不怕了——她会对熟人说，你最好找别人，找我就是这个价格。熟人如果说，咱们关系多好啊——唐微微就说，正因为咱们关系好，你才不应该压我的价啊。别人给我十万，你应该给我十五万才显得咱们关系好对不对？

她这样脾气，已经让她失去好几个朋友——最开始，她也痛心，但后来一想，也好，总好过整天为朋友做“义工”吧？

现在，唐微微完全冷静下来，她不是不能接受男人算计女人，她能接受，她唯一不能接受的，是拿“感情”说事——她问冯东海：假如她没有这套房子，而是那个小学老师有，是不是他就会认为小学老师更合适一点？或者说，他就会觉得更爱那个小学老师一点？或者，说得更直白一点，他是否就会认为把自己的感情作为投资，投资到那个小学老师身上更值得一些？

假如冯东海“懂女人”，懂得唐微微说这些话的“心思”，那么他本来还是会有机会的——唐微微无非是在强调，你不爱我，你爱的是我的房子！如果他能把房子和他对唐微微的感情掰扯清楚，他还是有可能绝处逢生的。可惜他不懂，他不仅不懂，还自我感觉良好，他当即拉下脸，对唐微微冷冷地说：“不就是一套房子吗？有什么啊？难道我没有房子吗？人家小学老师到我家，一进门就洗衣做饭，还说要赶紧生孩子，把我爸妈接来好好孝顺，一家人住在一起。人家还比你年轻，才二十七岁，也比你乖巧。对我，人家生怕自己配不上我……”

唐微微原本一直觉得冯东海是块“鸡肋”——也曾多次自我检讨，认为是自己要求太高，不现实，但现在她知道了，原来自己在冯东海那里才是一块真正的“鸡肋”！她知道也许这一生再也找不到她和王洋那时候的感觉了，那种感觉，就像她的十七岁一样，已经永远永远永远地一去不复返，但是，她不能欺骗自己，她可以妥协，但不是向冯东海妥协……

Chapter 15

靳小令每次一说到这些，都是一脸的“我骄傲我自豪”——女人为什么要花男人的钱？我就从来不花我们家钱伟的钱。女人应该让男人干他们自己喜欢的事情，而不应该把男人沦为自己的提款机、银行、长期饭票。

呵呵，道理是这个道理，但亲爱的女人啊，您知道您的男人喜欢的事情是什么吗？假如他喜欢的事情是陪着年轻的小姑娘数满天繁星呢？您还会觉得您为他的所有付出都是值得的吗？

“冯东海”之后，唐微微心态上反而放开了很多——以前，她根本无法想象会和中国的“伍迪·爱伦”偶尔吃个饭聊个天，完全没必要嘛。她跟他价值观不同，而且根本不打算要嫁给他！但现在，她会了。谁规定的，女人必须只能和那些可能跟自己有未来的男人吃饭聊天？太功利了嘛！丽莎说得对，都什么时代了？女人也需要休闲工具！有老公的时候，咱严格要求自己也算是守了“妇德”，没老公，为谁守？再说，女人没必要“眼睛里揉不得沙子”，只要这沙子不在你眼睛里。比如，丽莎从来不去想“老爸爸”不跟她一起的时候，在干什么，是不是跟别的女人也像跟她一样，送那些女孩子礼物，陪那些女孩子逛街，对那些女孩子发短信，说好想好想你——花时间想那些干什么？他又不是她老公！只要他和她在一起，是高兴的开心的，就OK。今后，她不属于他，她享受掉他的好，然后她找一个更合适自己的，比如王洋，然后，就可以把“老爸爸”还给她的黄脸婆，让他们搀扶着夕阳红去吧。

唐微微以前是绝对不能同意丽莎这套“学说”的。她头一次主动跟“伍迪·爱伦”打电话约饭局，是想探听点关于“瓷娃娃”的事，他们不是老乡吗？但慢慢地，再接着有事没事吃个饭聊个天，就跟“瓷娃娃”没关系了。随着见面频率的加快，唐微微发现自己还是很乐意跟

"伍迪·爱伦"吃个饭聊个天，甚至看个话剧打个球的——他的确是很好的"休闲工具"。唐微微不仅享受到跟他相处的很多乐趣，而且还居然发现了他很多可爱的品质——他并不那么讨厌，不仅不讨厌，还很天真。尽管他也有点算计，但他把所有的算计都摆在了桌面上。这一点，要比冯东海可爱。他不厌其烦地说服教育唐微微，自己实际上是她的最佳丈夫人选。他认为幸福并不需要多少钱，他是一个物质欲望极低的男人，而且保证非常专一。他跟唐微微分析，照着唐微微现在的行情——逼近三十三岁，想找一个非常优秀的男人基本算是天方夜谭，并不是说非常优秀的男人都要找年轻漂亮的美眉，"瓷娃娃"那样的，也有好风韵犹存这一口的，但那其实要求更高——多少您得有点知名度吧？您别老说台湾大亨郭台铭找了一个三十多岁跳舞的，也没啥名气，人家是跳舞的啊，你有人家的身段和功夫吗？非常优秀的男人是"绩优股"，是"现钞"，是"硬通货"，竞争非常惨烈，看过《动物世界》吧？一只猴王，率领着一群母猴子，换句话说，你唐微微得跟一群母猴子竞争！所以，中国的"伍迪·爱伦"向唐微微倡议，得跟李安太太学习，养了李安六年，让李安在家带孩子做饭琢磨电影，结果李安现在成了世界著名导演。

"伍迪·爱伦"生怕自己表达不清，或者唐微微听漏了什么，还特意起草了一份书面"恋爱 & 结婚合同"。合同明确规定，如果有一天，自己出息了，保证跟唐微微不离不弃，夫贵妻荣。如果没出息，唐微微也不亏——他给她做饭当司机替她做好后勤，让她衣来伸手饭来张口。将来有了孩子，还做孩子的超级奶爸……

"伍迪·爱伦"跟唐微微说："现在月嫂什么价你知道吗？好一点的，一个月要六千块呢！难道我还不如一个月嫂吗？我能比月嫂伺候你伺候得更好更体贴更让你身心愉悦。"边说边把胸脯拍得山响——哇，还真是有两块能拍得响的胸大肌。

唐微微把这份合同拿给靳小令看。靳小令认真看了两遍，说："单纯从经济上算，你倒是不吃亏。两个人过日子，添双筷子的事。但问题是，他有没有穷亲戚？那些穷亲戚要花的钱办的事可是无底洞。今天上学明天看病后天找个工作……当然，如果你们感情好，也不应该算计这么多，但问题是，假如你真跟他结了婚，他违约怎么办？如果他吃你的喝你的住你的还花你的钱泡别的妞你怎么办？你们这款合同的最大问题是没有违约责任，而且也无法追究违约责任。比如他违约了，你怎么追究？你只有选择离婚！离婚他还可以要求分走你的一半财产！！这事儿就跟去银行签贷款协议一样，银行可以贷款给你，但你必须要有抵押，他拿什么抵押？表面看，你们结婚，他得到一个老婆，你得到一个丈夫，看上去很平等，其实，你亏大了。你前面多少年的积累全跟他共享，房子、钱、人脉、社会身份，那都是你苦苦奋斗，一个人孤军作战，舍弃掉多少风花雪月儿女情长换来的；而他身无分文，连个正当工作都没有，居无定所，凭什么跟你签这份合同？就凭他红口白牙说的'对你好'？什么叫对你好？他拿什么对你好？说穿了，他的对你好，也就是抱你了亲你了跟你上床了！而且这个好，能好多久还值得商榷！"

靳小令怕唐微微心活，特意从电脑里调出一个文件夹，文件夹的名字叫"软饭男"——"你自己看看吧。全是！婚前都答应得好好的，咱们女人嘛，孤枕难眠寂寞难耐的时候，可不就觉得有个男人，只要对咱们好，疼咱们爱咱们也就成了？最不济，只当花钱养了个全职保姆！可一结婚，不用多长时间，人家就全不干了，什么收拾房间洗衣做饭，油瓶子倒了都不会扶！整天除了躺沙发上看电视就是跷着脚打游戏，你能怎么着？离婚吗?！所以啊，占小便宜吃大亏！"

一席话，慷慨激昂掷地有声！靳小令很难理解，女人为什么要一个吃软饭的男人，他们有什么好?！她家里有老公，她当然不理解——

吃软饭的男人，自然有吃软饭的本钱。否则，女人为什么肯让他吃呢？而事实上，在唐微微眼里，靳小令的老公要比“软饭男”至少恶劣二十倍，“软饭男”好歹还陪伴你了，但嫁一个钱伟这样的男人，除了获得一个“成功嫁掉”的荣誉称号，还落什么了？他跟靳小令结婚，什么都要靳小令倒贴，只不过因为有一件“爱情”的外衣，就不叫吃软饭而叫为爱付出了！施比受更快乐！靳小令每次一说到这些，都是一脸的“我骄傲我自豪”——女人为什么要花男人的钱？我就从来不花我们家钱伟的钱。女人应该让男人干他们自己喜欢的事情，而不应该把男人沦为自己的提款机、银行、长期饭票。

呵呵，道理是这个道理，但亲爱的女人啊，您知道您的男人喜欢的事情是什么吗？假如他喜欢的事情是陪着年轻的小姑娘数满天繁星呢？您还会觉得您为他的所有付出都是值得的吗？

当然钱伟有一个特别好的职业掩护，他是医生嘛，他要值夜班，他要抢救，他要上手术，所以他不接靳小令的电话，节假日不休息，全都非常非常正常。唐微微住院的时候，见过那个被钱大夫搂着上夜店的姑娘，她是护校的学生，刚巧在急诊实习——她给钱大夫打饭，他吃完了，她去给他收拾，甚至她会拿出消毒纸巾给他擦手，这样他就免得亲自去洗手了。唐微微当时半开玩笑地对钱伟说：“你们医院的护士还干这个呀？”钱伟笑笑，说：“我们家小令都不吃醋，你吃哪门子干醋？”说这话的时候，王洋也在，后来王洋狠狠数落了唐微微一通，警告她这叫干涉别家内政，是很可耻的。唐微微当即柳眉倒竖，说：“他家里一个，家外一个，不可耻，我看不顺眼反倒叫可耻？你们这都什么逻辑?!”

王洋就跟唐微微掰开了揉碎了说：“你知道什么叫两口子吗？像希拉里跟克林顿就叫两口子。两口子就是风雨同舟，患难与共。你一

个外人说什么三道什么四？没准儿靳小令什么都知道，她自己的老公，什么德行，她不清楚吗？她默许，她乐意，有这种女人！只要这个男人，人前人后给她面子，她无所谓。不就是一个小姑娘吗？还是免费的，即便就是花了点钱，就当是玩了爽了乐了。你跑去一说，得，人家脸上挂不住了，你把人家家庭拆散了，你说你是不是可耻？”

唐微微愣那儿半天，眼珠子都不会动了，等大概能动了，她问王洋：“你说那小护士图什么？长得那么漂亮，而且又年轻，她肯定知道钱医生有老婆对吧？靳小令跟她老公可是上过好几次电视，模范夫妻呢。她不会不知道吧？”

王洋说：“怎么会不知道呢？肯定知道。你说你们那儿的丽莎图什么？她不是也整天跟人家有老婆的男人混吗？”

唐微微说：“丽莎混到钱了啊。钱伟有什么？要是真离婚，可能连房子都得判给靳小令。他就一无所有了。”

王洋顺嘴就说：“你看你这种想法多庸俗？噢，女人跟男人在一起，就非得图点男人什么？人家年轻小姑娘没你这么世故，人家就是单纯的崇拜、喜欢、爱，成吗？”

唐微微越挫越勇：“人家小姑娘就是单纯的崇拜喜欢爱，可以！那你一个已婚工薪男能给人家什么？你连婚姻都给不了，凭什么无偿享受人家的单纯的崇拜、喜欢、爱啊？”

王洋俩眼一瞪，说：“这怎么叫‘无偿享受’？谁无偿享受谁啊？我们男人就白给啊？无论从哪方面说，也叫‘两厢情愿’吧？你说小姑娘追着崇拜你、喜欢你、爱你，你跟人家说了，你有老婆，人家说不在乎，人家还说不会破坏你家庭，只要你答应她，有时间的时候陪陪她，给她打打电话，发发短信，就成。你要是再拒绝，说不成，也得特心硬吧？唐微微，我跟你说啊，你是真不了解男人，你这样，想嫁出去，难点！你看看你的竞争对手，这种护校的小姑娘，多体贴，多温柔，多会关心男

人？还特别有牺牲精神，能做到全心全意为男人服务……人家再加上岁数小，年轻的优势，唯一美中不足的，就是比你少了点存款，少了点工作能力，但那东西，对男人来说，真的不加分！”

“照你的意思，我就嫁不出去了？”

“你得改。”

“我不改。我凭什么改？我就这样，以后找一个小男生，单纯的崇拜我、喜欢我、爱我的，然后照顾我追随我关心我，以我的快乐为快乐，全心全意为我服务的……”

“成！那你得拼命挣钱。”

“凭什么我得拼命挣钱？钱大夫有钱吗？不是照样骗小姑娘?!你那时候有钱吗？我不是照样跟你‘两厢情愿’了？”

话说到这个份儿上，王洋就只有闭嘴了。是的，唐微微，在她是小护士这个年龄的时候，她比小护士更单纯——钱大夫好歹还是大夫，对于小护士来说，还可能意味着些什么，毕竟他是一个成熟的男人。而王洋，那个时候，他有什么？颠沛流离，不名一文，甚至连哄女人开心都不会！

呵呵，女人跟同龄的什么都没有、什么都不是的男人，真的是很亏啊。男人的好，需要年头，就跟好酒一样，但是酒酿好了，喝酒的却往往不是酿酒的人！

Yes, I do

Chapter 16

乔娜说："微微，咱们共事这么多年，我知道你怎么回事。看见你，就像看见我自己十年前。在我是你这个岁数的时候，也很怕男人骗我，图我什么，但到了我现在这个年龄，我就不怕了。我告诉你我怕什么吧，我怕自己没什么给男人图的！"

“我爱你”、“你是我的最爱”、“答应我好吗”、“嫁给我好吗”、“我是这个世界上最爱你的男人”……

每天，唐微微都会收到无数来自“伍迪·爱伦”的求爱短信，那种感觉，说实话，挺好的。而且，“伍迪·爱伦”还会时不时在唐微微加班的时候，亲临加班现场——找一个地方一坐，一边很安静地听MP3，一边看书，看的书也都是挺有品位的，什么《古罗马风化史》之类。

而且，最绝的是，“伍迪·爱伦”找唐微微的时候从来不提前打招呼，有几次，恰巧碰上杨年华，狭路相逢勇者胜。他就坐在那儿，该干什么还干什么。他——至少从外形上比杨年华拿得出手多了。他有这个自信。男人与男人之间，有的时候，比的就是这么直接。跟女人和女人一样，年轻漂亮的女人，往往并不把上了年纪的女人当盘菜，就跟丽莎似的，她跟那些家有贤妻的老男人交往，并不觉得亏欠了他们的老婆什么。谁让你老了？我就是比你年轻啊，比你好看啊，皮肤比你光滑啊，曲线比你美妙啊，怎么样？！你老了，黄脸婆了，松弛了，谢了，就应该有自知之明。我不抢你老公，不拆散你家庭，已经是我仁义了！善良了！你该对我感恩戴德了！！

有一次，有一个女人到办公室堵住丽莎，破口大骂。丽莎不动声色，直接打电话把那女人的老公叫来——当着那男人的面，对人家老婆说："你老公已经很不错了，你这样的泼妇，换了别的男人早不要你了。你应该感谢生活，感谢命运，尤其要感谢我，随便换个别的女人，哪还有你什么事儿？也就是我，厚道。"

说完，袅袅娜娜，亭亭玉立。倒把那男人跟老婆搞得灰头土脸，面无人色。所以，后来唐微微总结，如果自己的男人跟别的女人如何如何了，要么忍着，要么离掉，千万别去找人家那女的，绝对自取其辱。

杨年华很识趣，只要"伍迪•爱伦"在，就会主动跟唐微微说："你有客人啊，那我先走了。"走了，很平静。之后，该来还是来，该打电话接着打电话。反正绝对不会短兵相接，血溅沙场。

有一回，杨年华事先打的电话，问能不能一起吃个饭，唐微微答应了。但杨年华来的时候，她手头有点活儿没完，就让杨年华上来等等。就这么寸，杨年华停好车，上了楼，"伍迪•爱伦"刚巧也来了——杨年华一看，转头就走。唐微微不好意思，赶紧追出来，还没等唐微微张口，杨年华就先说了："不用解释。你单身，有选择的权利！"

唐微微本来有点小内疚，但杨年华这么一说，她就不内疚了——"难道你杨年华就一棵树上吊死了？你那征婚资料不是也天天在网上挂着呢吗？"

杨年华咧咧嘴，伸出手在唐微微肩上拍了拍，故意换上庄严的表情并配合相应的语气："你要是希望我去跟你那哥们儿决斗，我这就过去！毫不犹豫。"

唐微微接不上茬了。杨年华上了电梯。电梯门徐徐关上。杨年华给唐微微留下一张高深莫测的笑脸。

好雨知时节，当春乃发生；随风潜入夜，润物细无声——这就是杨年华。他从来不给唐微微任何压力，他给她的，永远是她所需要的。当然，王洋很鄙夷这种男人，他说："那是因为他没有自己的事儿。他那样一个老男人，三十九岁，开一破君威，他凭什么给你压力啊？他要是给你压力，你不是早请他滚蛋了吗？”

还真是！冯东海就是“前车”。王洋曾经动过念头，要去找找冯东海，亲自指导一下这个计算机专业的“榆木疙瘩”——“唐微微很容易搞定的，你花点时间，跟她慢工出细活，日久生情，慢慢熬出来的汤才浓，娶个老婆，哪能跟泡方面便似的？就是方便面也是煮的比泡的好吃吧？”

现在，王洋跟唐微微时不时能碰到，两家公司是重要生意伙伴嘛，再说，唐微微好歹也在设计师这个圈子博了点江湖虚名。什么地产论坛啦，城市峰会啦，新楼开盘啦，唐微微也都能混个叨陪末座。

唐微微最近一段时间好像比过去更会打扮了——这得益于冯都。冯都常常会在唐微微加班加到面无人色的时候，给她送来一盒面膜。如果要去见客户，或者开重要会议，冯都甚至会亲自替唐微微打电话预约发型师。冯都告诉她一个重要原则：你工作好能力强是起码的，但你不能因为工作好能力强，就不修边幅。你看希拉里同志，人家能力一点都不差，但人家也注重着装打扮不是？

所有人都感觉到唐微微漂亮了——包括王洋在内。

“微微，谈恋爱了吧？”周正大着嗓门，当着一群人的面问。这是亚洲财富论坛，来的全是有头有脸的人物。

唐微微脸红了：“听谁说的？”

“还用听谁说？说是一小伙子，挺帅的，整天上办公室找你。有这事儿没有？”

王洋就在边上，端着杯香槟。唐微微想王洋肯定听到了——奇怪的是，她心里感觉不仅不尴尬，反而挺痛快的——唐微微笑容灿烂得如日出东海。

“干什么的？怎么认识的？”周正仗着跟唐微微熟，问起来没完没了。

第二天在酒店吃早餐,自助。王洋端着盘子,很自然地坐在唐微微边上,然后,一边往面包上抹着黄油一边很自然地问唐微微:“昨天招待酒会上周正说的那个老上你办公室找你的小伙子是不是叫刘军?”

唐微微有点得意:“你怎么知道?”

王洋嘴角动了动,似笑非笑:“如果是他,不靠谱。”

唐微微猜到了:“你家‘瓷娃娃’跟你说的?”

王洋:“别管谁说的……”

唐微微:“她凭什么说我的事?”

王洋:“她没说你的事。”

唐微微:“那你怎么知道?”

王洋:“她跟我说,那个刘军,一心想当中国的‘伍迪·爱伦’……”

唐微微接口:“那怎么啦?人家凭什么就不能有梦想?有梦想又不可耻!”

王洋鼻子里哼了一声:“有梦想是不可耻,但谁有钱就追谁,还是挺可耻的。”

唐微微强词夺理:“你不是说嫌贫爱富不算缺点吗?”

王洋以柔克刚:“嫌贫爱富不算缺点,但,吃软饭就算缺点。”

唐微微“嘿嘿”冷笑:“那傍大款呢?傍大款算本事?!”

绕一圈,又绕到这儿了!王洋一口面包噎在嗓子眼里,连喝了两口水,才能说话:“梅雨没有傍我……”

唐微微胜券在握:“对,她是爱你。行了吧?怎么她跟你就算爱,‘伍迪·爱伦’跟我就算吃软饭呢?”

王洋深叹一口气,看看唐微微,唐微微竟然像一只好胜的小母鸡。他真是不忍心告诉她真相,但想来想去,还是说了:“他并不是只和你一个。”

唐微微嘴硬:“他单身,我也单身,又没有山盟海誓,他当然有选择的权利……”

“他是和乔娜。”

乔娜?!乔娜今年应该四十二岁了吧?她比“伍迪·爱伦”整整大了八岁哪。

唐微微花容失色:“你胡说!不可能!你怎么知道?谁说的?”

当然是梅雨说的,用脚后跟想都能想明白。

“刘军曾经问过梅雨——我们公司或者跟我们公司有业务往来的,有没有那种高薪女主管,单身的。梅雨就开玩笑说,有啊,乔娜,是我们的生意伙伴,高级客户经理,就是年岁大一点……他就缠着让梅雨介绍,说只要认识就好,成不成无所谓。梅雨没管,他们不知道怎么认识的,反正梅雨上礼拜在街上撞到他们,挺亲密的……后来,他可能是怕梅雨乱说,就给梅雨打电话,嘱咐她……”王洋不动声色,娓娓道来,说话的时候,低着头,看着盘子。

唐微微有的时候比较二百五。直接从早餐厅就奔回房间收拾行李了——王洋一再劝她冷静,别冲动。

“你从哪儿看出我不冷静、冲动了?”

“你如果冷静、不冲动,怎么会改签机票?”

“我乐意。”

唐微微边说边从卫生间把化妆品什么的全扔到化妆包里,又转身拉开衣柜,怒气冲冲地把衣服拽下来,乱七八糟地塞进旅行箱……

王洋忽然伸出一双手臂,死死地扣在唐微微的胳膊上——这个突如其来的动作,让唐微微“戛然而止”,定格。

抓牢的手,总要放开。唐微微到底还是改签了机票——“我不爱那个王八蛋,我改签机票不是为了找他算账,我不能看着乔娜掉到坑里。”这是唐微微给出的理由。

王洋习惯性冷笑——“愚蠢!你脑子进水了?!乔娜,长了毛比猴还精的女人，能掉到坑里？！”

王洋说得对！唐微微后来非常后悔自己没有听从王洋的劝告——她真是傻透了。她后来把自己关在卫生间，对着镜子，把自己骂了个狗血喷头！

唐微微拉着旅行箱，风驰电掣般连家都没回就赶回公司，推门就进了乔娜办公室，乔娜正满脸幸福地打一个电话——唐微微猜测，这个电话肯定是跟“伍迪·爱伦”。

唐微微是懂得职场规矩的，按照规矩，她应该先跟乔娜打个电话，然后再上她办公室找她，如果事情急，也可以直接去找，但遇到现在这种情况，赶上人家那边打电话，至少应该先退出。但唐微微今天就不打算规矩了。倒是乔娜很给唐微微面子，她提前结束了电话，对电话那头说：“我现在有事儿，一会儿打给你。”语气温软甜蜜，恋爱中的女人。

乔娜尽管已经四十二岁了，但，保养得很好，算得上是中年美妇。

唐微微一脸的风尘仆仆，乔娜看一眼日历，说：“咦，你今天就回来啦？”

唐微微打开天窗说亮话：“你跟刘军好了，有这事儿吗？”

乔娜脸不变色心不跳：“有这事儿啊。”

王洋说得对。这种事，你以为是火坑，人家认为是幸福的港湾！己之砒霜，彼之蜜糖。你马不停蹄地赶来是为了阻止，你觉得你很高尚，很无私，人家认为你是妒忌，是不甘心，是失去了才知道珍惜！！

“你觉得他是真爱你吗？”话一出口，唐微微就后悔了。人家俩爱不爱，跟你有什么关系？自己什么时候变得这么“八婆”了？！不仅“八婆”，而且弱智，这种愚蠢透顶的问题也问得出来！

女人有了男人以后，可能都会勇气倍增吧。乔娜从容淡定地一笑，说：“你跟他的事儿我都知道。他都跟我说了，我不介意。你也别介意……”

唐微微目瞪口呆：“他，跟你说什么了？我可没有，我不是！我有男朋友，真的……”唐微微语无伦次，她心里狠狠地骂自己是弱智、脑子进水、白痴，后悔没有听王洋的，人家俩现在是什么关系，马上就要结婚了！未婚夫未婚妻，你唐微微算外人！

乔娜看唐微微这副窘样，倒是不忍心折磨她——大家毕竟是一个公司的，虽然没有情同姐妹，但也毕竟多次共同作战并肩御敌于千里之外，现在何必为一个男人搞得如此这般？不值得。乔娜大大方方，拉唐微微坐下，说：“看你这样，多小家子气！我知道他最先是你妈介绍给你的，后来常来办公室找你，你老晾着人家，一来二去，就让我捡了个便宜。现在后悔了吧？”

“他没工作。”

“我知道。”

“他比你小。”

“我给他看我身份证了。”

唐微微彻底没话了——她能说什么？能说他是图你养他吗？这句难听的话，是乔娜自己说出来的。乔娜说：“微微，咱们共事这么多年，我知道你怎么回事。看见你，就像看见我自己十年前。在我是你这个岁数的时候，也很怕男人骗我，图我们什么，但到了我现在这个年龄，我就不怕了。我告诉你我怕什么吧，我怕自己没什么给男人图的！”

职场女强人，铁骨铮铮，即便明知道身边的男人不可能陪伴终生，但依然如故——怕什么呢？有什么可怕的？咱又不是没有单身过，大不了，再单身呗！

乔娜说得很直接：“如果他能陪我一年，那我就享受了一年；如果他能陪我两年，我就享受了两年；如果陪我五年以上，我就赚了。我已经四十二岁了，再过八年我就五十了。如果他能让我有一个孩子，他走就走了，我跟孩子过就好。这世界上，谁能陪谁一辈子呢？我前夫比我大五岁，我嫁他的时候我二十四岁，他二十九岁，七年以后，他出轨，理由是审美疲劳。所以，既然找什么样的男人都不一定能跟你过一辈子，那就找一个让自己舒服的，以后分开也就没什么遗憾。就像我老公，享受完我的青春拍拍屁股走人，他赚了。再说，人生是分阶段的，我到五十岁的时候，难道还会需要男人吗？我要儿子就够了。”

乔娜跟唐微微也算裸裎相见了：“我这个岁数再想碰到合适的男人很难了。你这样的‘白骨精’都还没着落呢，我一四十的离婚女人，想找什么样的啊？跟你说实话吧，前一阵，我前夫还真来找我，想跟我复婚。我不是没试过，试了，不行。主要是我受不了——凭什么啊？您钱包空了身子虚了一身毛病还兼一事无成。吃完饭，筷子一撂就坐沙发上看电视还特理直气壮——我心里那个火啊，噌噌噌地往上蹿。他赖着不走，说你反正也没男人。我气得当天就给刘军打了电话……你不介意吧？”

唐微微尽管知道不该问，但还是问了——“你怎么有他的电话？”

乔娜一笑，点起根烟：“我忘记了。”

其实，她记得。她盯上“伍迪·爱伦”不是一天两天了。她也琢磨过，对“伍迪·爱伦”下手是否合适。但她就是这么一个人，只要她想要的，就没什么合适不合适。朋友能做一辈子吗？当然，尽管男人也不能陪你一辈子，但对于乔娜来说，男人是排在朋友之前的，尤其是排在唐微微这类朋友之前的。唐微微不过是她办公室同事而已。再说，据她观察，唐微微跟“伍迪·爱伦”还什么都没没有呢。

不怕贼偷，就怕贼惦记。没有做不到，只有想不到。只要起了心，机会遍地都是。

乔娜的办法很简单，而事实上，这种事情，越是简单的办法越奏效。跟笑话一样,太冷的笑话,太有文化太有内涵的幽默,有的时候反而不如热热闹闹的"二人转"。这就是为什么小沈阳、赵本山比钱钟书、乔伊斯更有"票房"的原因。不能说钱钟书、乔伊斯不风趣不幽默,但,不如小沈阳、赵本山直白。

男女之间的事情也是如此——您这儿还"此曲有意无人传",人家那边早就"隔座送钩春酒暖"了。乔娜的"隔座送钩"是当着唐微微的面儿的。有一次,趁着"伍迪•爱伦"来找唐微微,乔娜找了个由头张罗着请大家吃饭。唐微微哪有那个心眼儿啊,既然乔娜请客,吃就吃呗。反正下班高峰,哪儿都堵车,有人请饭再好不过了。

酒过三巡,菜过五味,乔娜提出周末到她家烧烤——她新装修的别墅。唐微微一向是路盲,不辨东南西北,一个劲儿地问路,乔娜就装作不耐烦地说:"我把地址发你们手机上。"说完,很自然地问了各位电话,其中包括"伍迪•爱伦"的,然后很自然地发过去地址。

就是这样,身无彩凤双飞翼,心有灵犀一点通。

周末,除了"伍迪•爱伦",没有人去乔娜家——她没有再邀请,大家也就没当回事。更何况,本来工作就忙,好容易有个周末,谁愿意跑那么老远?乔娜没有再力邀,众人也就不提了。

所以,那个周末,只有"伍迪•爱伦"一人去了乔娜的别墅。他和唐微微本来也不是恋人,所以也没必要每个周末都在一起,即便不在一起,也不需要事先请假或打招呼。更何况,那段时间,唐微微忙得上天入地,脚后跟打后脑勺。她的工作性质如此——用靳小令的话说,唐微微的工作性质跟爱情很像,不知道什么时候来,也不知道什么时候去,反正来的时候轰轰烈烈,去的时候悄无声息。唐微微的工作就是这样,接到活儿了,加班加点,冯都又舍不得进人,也是,万一项目完了,进一堆人,都养着吗?

干柴烈火，久旱甘霖——冬雷震震夏雨雪，天地合。

乔娜问“伍迪·爱伦”：“打算跟唐微微怎么说？”

“伍迪·爱伦”说：“我跟她没什么。”

乔娜说：“我知道你和她没什么。她喜欢王洋，锦绣地产的CEO。”

“伍迪·爱伦”嗤之以鼻：“她也不照照镜子。”

乔娜说：“你可别问她去，她以为谁都不知道呢。”

“伍迪·爱伦”：“我早看出来了。”

呵呵，“天地合”之后，一般女人都无法免俗，即便是乔娜这般久经沙场阅人无数的女战士。她可以不再像怀春少女那样纠缠着男人，问“你爱我吗”，也可以不必像半老徐娘那样悲悲切切，要良人给自己一个承诺。她很简单，俩人既然已经如此这般，该发生不该发生的都发生了，那么接下来要讨论的就是“怎么办”或者“何去何从”的问题——是百尺竿头，更进一步，演绎一出“上邪，我欲与君相知，长命无绝衰”，还是“从今以往，勿复相思，相思与君绝”？

乔娜一向打开天窗说亮话，她跟刘军摊牌——两个选择，A.他依然可以追求唐微微，今天的事情，只当没发生过；B.跟唐微微说明白，从此跟她在一起。

“伍迪·爱伦”没有立刻给出选择——他半真半假地问：“没有其他选项了吗？”

乔娜打开钱包，从里面抽出身份证，递到“伍迪·爱伦”手里：“看仔细了，我比你大多少。”

“伍迪·爱伦”接过来，还真是非常认真地看了看，之后还给乔娜。那天俩人没有就未来作更深入的探讨——他们说随缘吧。而所谓的随缘，其实就是“顺其自然”——只要乔娜有空，就会给“伍迪·爱伦”发短信，短信内容很简单，就一个“？”。

“伍迪·爱伦”接到的问号多了，去乔娜家就勤了——反正唐微微那阵总出差，飞来飞去，“伍迪·爱伦”时不时还是会给她发个“想你了”、“小心点”、“早点睡”这样的短信，他从来没有告诉过唐微微，他那时已经跟了乔娜，而且他还提出追加一个选项——C.结婚。

他跟乔娜说，如果不能结婚，他就不如继续做唐微微的“休闲工具”，也许有一天，唐微微就动心了；如果能结婚，他就跟唐微微快刀斩乱麻。他要的是婚姻成家稳定的可以依靠并可持续发展的男女关系。

“伍迪·爱伦”仰头看着乔娜卧室天花板上的水晶吊灯：“我想要个家。我很孤单。很怕孤单。我在北京已经搬了十三次家了……”

乔娜枕在“伍迪·爱伦”的胸大肌上。她根本没有问“伍迪·爱伦”，到底爱她什么，也没有问他，更爱她还是唐微微。她已经四十二岁了，不是不相信爱情，而是她太了解什么叫“床上说的话”——无论男人还是女人，凡在床上说的话，基本上和在酒桌上说的一样，不能说是谎言，但假如你信以为真，那就是你脑子进水了。是啊，你在床上问他(她)：“我好吗？”“爱我吗？”他(她)难道能说不好不爱？尤其是，假如你们刚刚那样完了，那得多厚的脸皮才好意思说出“不”字来啊！

“你爱我吗？”最后还是“伍迪·爱伦”忍不住，先问了乔娜。

“如果不爱，为什么要和你在一起？”乔娜的手指甲长长的，划过来划过去。她也是过尽千帆，屡败屡战。

“既然爱，为什么不结婚？”“伍迪·爱伦”的手很粗糙，这是他从前艰苦生活的见证。现在这双粗糙的手，握住了乔娜的长长的纤细的手指，让她动弹不得。

“呵呵，既然爱，结婚不结婚又有什么关系？”

“没关系是吧？”“伍迪·爱伦”把乔娜的手立起来，自己的手指轻轻地穿插进乔娜的指间。

十指连心，纤细的手指被夹在粗壮的手指之间，稍一发力，乔娜疼得叫出声来。

“好痛！”

“嫁不嫁我？”

“真的好痛。”

“看样子还不很痛。”

……

“你宁肯痛死，也不跟我结婚吗？”“伍迪•爱伦”温柔地揉捏着乔娜的手，他还是懂得什么叫“恩威并施”的——刚才是“威”，现在是“恩”。

“不是不跟你结婚，是我……不想结婚。”乔娜撒了一个小谎。如果身边这个“恩威并施”的男人是比尔•盖茨、贝克汉姆、皮特•布拉德呢？她还会说不想结婚吗？

“为什么？我是真的爱你，想和你成家。”粗糙的手，像砂纸，在乔娜的手指背上轻轻打磨。

如果是以前，乔娜听到这话是会感动的——很久以前，乔娜认为，一个男人肯娶你，就说明你是他的最爱，但到了她现在这个年纪，她已经明白，不见得。就像她的前任丈夫，当年老房子失火一样爱上一个“单身公害”，却跟她说，他和那个“单身公害”只是玩玩，并不真爱。他爱的还是她，他不会跟她离婚的。

她也曾迷惑过——相信他的这套鬼话。对自己说，他还是爱我的，否则他为什么还回这个家？为什么不跟我离婚？为什么我一说离婚他就痛苦万状。如果不是冯都跟她说穿，她可能还会继续骗自己——冯都说：“乔娜，别骗自己了。你问问你自己，即便你的丈夫把你当了老婆，把那个女人当了玩具，说明什么？能说明他更爱你而不是更爱她吗？别信男人说的玩玩，没动真情。一样玩具你不喜欢，你会搭时间搭钱去玩吗？他不跟你离婚，不说明他最爱的是你。那是一个中年男人的自私和贪婪！！”

是的，他不和她离婚，他求她，说爱她，她是他唯一的爱，他要跟她生孩子并把孩子抚养长大。她拒绝了，声泪俱下但拒绝了——“我现在不想做你的老婆了，我发现做你的老婆是一件很枯燥很无趣还很吃力不讨好的事。如果你还爱我，像你现在说的，口口声声说的爱我，就把我当你的小蜜二奶玩具什么都行，就是不要把我留在‘老婆’的岗位上——我不想跟你一起还房贷，不想看你爸妈的脸色，不想给你洗衣做饭收拾房间将来还有带孩子，我都不想了，我现在就想做你的臭婊子，玩玩多好，为什么要做老婆？真爱我，就不要让我做老婆，就玩玩好了——像你玩那个女人一样玩我——刷卡、旅游、吃饭、礼物、听音乐、看电影、性！”

乔娜的丈夫听得张口结舌魂飞天外：“我不会娶她的。那就是玩玩。那种女人，怎么可能娶回家当老婆？”

乔娜说：“拜托。我现在就想做那种女人。让你这种男人娶回家有什么意思？跟你，与其做你老婆，不如跟你玩玩！玩玩还不用洗衣做饭，还不用给你爹妈养老送终，做你老婆有什么好?!”

乔娜曾经发誓，再不结婚——“不是再不，是永不。如果有男人爱她，可以，但要结婚，她就会说：为什么要结婚呢？我们这样不是很好吗？”

“不好。这样不好！我三十三岁了，我要结婚！要光明正大！”“伍迪·爱伦”执意。

“我给你我家的钥匙，你可以随时来，想来就来。”乔娜迂回。

“不！我要做你的丈夫。你不能随便离开我。不能想分手就分手。”“伍迪·爱伦”坚持——他的经验告诉他，他耗不起。在他三十岁之前，他从来没有这样对一个女人死缠烂打，分手就分手，再找一个很容易。但现在他知道，对于他这样一穷二白的男人，找女人很容易，但要找一个家，很难！女人常常说青春只有一次，但难道男人的青春有很多次吗？男人的青春也只有一次！他很清楚，像他这样，如果混到四十岁，还什么都没有，那就什么都没有了——不要再幻想有女人爱他，即便有女人愿意跟他，也一定是为了搭帮过日子！所以，他必须要有承诺，要有家，否则，他图什么呢？跟她们混，陪她们度过寂寞时光，等她们找到更好的树杈子，对他说：如果有来生，我一定嫁你？！

呀呸。他不要来生，他要今世，要现在！他明告诉乔娜——他没有兴趣做女人的“情人”、“伴侣”，那不是他的人生目标。他的人生目标是找到一个值得爱的女人，风雨同舟、荣辱与共。恋爱是游戏，他不想游戏人生。

乔娜听了，一句话，窝在心口没说出来，那句被生生咽下去的话是：“你也想，你只是没有资格。”

乔娜是江湖中人，她懂得让步、妥协，她知道要想得到自己想要的，就要让别人也得到他想要的。爱情，一尘不染的爱情，即便是童话传说里也不多见吧？否则灰姑娘为什么要嫁给王子而不嫁给隔壁卖炊饼的阿三？而卖身为奴一贫如洗的董永为什么要跟七仙女喜结良缘而不是娶员外家长工的女儿？这就是美好的爱情——美好的爱情，一定是一种交换。美貌和权势交换，身体和财富交换。王子得到灰姑娘的美貌，七仙女得到董永的身体，这叫大团圆。如果灰姑娘和隔壁阿三，董永跟长工的女儿，那叫什么？叫悲惨人生！

乔娜想得很清楚，她之所以不肯跟“伍迪·爱伦”结婚，无非是担心他觊觎她的“身外之物”。但是，假如她连这点“身外之物”都不肯让他“觊觎”的话，他又为什么要在万千之中选择她呢？他很诚实，如果做“休闲工具”，他就宁肯做唐微微的，但如果是乔娜，那就必须是“丈夫”，是“老公”，是有法律关系的，否则，他不肯。那么，各退一步吧。

乔娜在唐微微没有签署的那份“恋爱 & 婚姻合同”上签了自己的名字。

Yes, I do

Chapter 17

在商业上，倾销是一种罪，属于不正当竞争，是要受到惩罚的，但是在感情上呢？年轻女孩子，喜欢上事业有成的已婚男人——她宣布什么都不要，只要他这个人，这算不算"倾销"？人家一个杯子卖十元，你说我一分钱不要，白送，你高尚吗？你在扰乱市场秩序，是无耻！同样道理，人家结婚十年，风雨同舟，白手起家，你上来就宣布我什么都不要，我就要你这个人，叫什么？叫让爱做主？！

西式婚礼。草坪上，一排一排桌子，桌子上铺着雪白的桌布，风一吹，格外浪漫。这是一个结婚的季节，所有的人都成双成对。唐微微事先考虑到自己可能会落单，特别叫上杨年华，反正他一直随叫随到。乔娜的婚礼，丽莎起先是断然不去的——但后来稍一琢磨，不让她去都不行。她怎么可能放过任何一个能接触到钻石王老五的机会呢？即便不是钻石王老五，结婚了有家有老婆也无所谓啊，她说了，我就是喜欢聪明成功事业有成的男人，这有什么错吗？哪条法律规定女人不可以去爱已婚事业有成的男人的？

唐微微懒得跟丽莎理论——她管丽莎这套理论叫“倾销”？，在商业上，倾销是一种罪，属于不正当竞争，是要受到惩罚的，但是在感情上呢？年轻女孩子，喜欢上事业有成的已婚男人——她宣布什么都不要，只要他这个人，这算不算“倾销”？人家一个杯子卖十元，你说我一分钱不要，白送，你高尚吗？你在扰乱市场秩序，是无耻！同样道理，人家结婚十年，风雨同舟，白手起家，你上来就宣布我什么都不要，我就要你这个人，叫什么？叫让爱做主？!

唐微微远远看着王洋，呵呵，那个“瓷娃娃”穿着漂亮的小礼服，唐微微想这身小礼服应该是王洋出的“置装费”吧？丽莎在这种场合非常乐意陪在唐微微边上，因为只有陪着唐微微，她才可以自由自在地做出很多可爱的动作——丽莎是“体操运动员”，而唐微微则是她的“高低杠”、“平衡木”，否则，她那一身本领如何发挥得出来？比如拉着唐微微的胳膊，“咯咯咯”地笑，做纯情状，再比如睁圆了眼睛，即便唐微微说的就是一句今天天气真好，她也要张大嘴，露出一口做了烤瓷的牙齿，那一嘴的牙据说花了两三万，不找机会露出来岂不是很亏？

丽莎的眼睛带着钩子，钩来钩去，当然主要还是钩王洋——唐微微明告诉丽莎：“别钩啦，省省力气吧，人家边上有个‘瓷娃娃’呢。”丽莎笑笑，说：“那怎么啦？也许他们以后会吵架呢？也许他们有一天发现不合适呢？这跟咱们做生意一样，人家哪怕有了长期合作伙伴，咱们该联系不是还联系？难道你会因为这个客户已经被人家做了，你就不去结交了？他这单生意被人家做了，下一单不见得吧？”

丽莎是拿出了“生意场”上的游戏规则——大家竞争嘛。他今天是你的客户、伙伴、战友，明天可能就是我的。咱们比服务比诚意比耐心比实力嘛！

婚礼极其肉麻——其中最不忍卒睹的一个场面是“俯卧撑表演”。司仪靳小令邀请现场男性嘉宾上台，与新郎同场竞技。当然是友谊第一，比赛第二。在此起彼伏的加油和数数声中，丽莎故作单纯地问唐微微：“他们为什么要比俯卧撑啊?!”

唐微微没好气，也是忍无可忍，说了一句：“拜托，好不好？大家都是水，您何必要装纯净水呢？”

爆笑——这种笑声是很容易吸引“眼球”的。王洋隔着桌子往这边看了几眼，丽莎尽管心中不爽，但既然王洋往这边看了，说时迟那时快，立即以迅雷不及掩耳之势，非常职业地更换了表情：方才还是愠怒的脸这一刻已经是春风拂面，春暖人间。

大家都喝了酒，喝了酒又在婚礼上，就多少有点放肆。丽莎尤其人来疯，借着酒劲，拿唐微微开涮，当然也是借机报复："你们知道唐微微为什么没有男朋友？作为她最亲密的女友，我告诉你们，凡是她的男朋友，只要一见到我，就无一例外都会喜欢上我！"

唐微微尴尬。想发火又无从发起——丽莎那神情，很调皮的。你能跟一个调皮的女生认真吗？

"我怎么从来没有喜欢过你？我一直很喜欢唐微微的。"杨年华拔刀相助。

"那是你自卑。觉得自己配不上我！"丽莎理直气壮。

"我也没喜欢过你。"这次是王洋。王洋出手了，相当于武林盟主出场。

"那你喜欢过唐微微吗？"丽莎挑衅。

"当然喜欢过。唐微微是王洋初恋女友，但你，好像连候选都不是吧？"靳小令早看不惯丽莎的嚣张。

杨年华的目光直接就落到王洋脸上；而"瓷娃娃"则先是看看唐微微，然后又看看王洋，她到底世面见得少。她以前多少也觉得唐微微有点问题，但那时候，她最多是想，唐微微可能癞蛤蟆想吃天鹅肉吧！心里多少对她的单身有些同情——谁让她眼光高？但现在她知道了，原来，敢情，她的男朋友是她的前男朋友！难怪，但凡是唐微微的事儿，王洋就这么上心！

新娘新郎入了洞房，天下没有不散的宴席——该散的都散了。

唐微微上了别克君威，瓷娃娃上了奥迪Q7。王洋换车了！

别克君威在前面，奥迪Q7"刷"地超过，没影儿了。

杨年华一直沉默。唐微微找话说，杨年华也不搭腔。唐微微想，有什么了不起的！也赌气不说话。

车到唐微微家楼下，杨年华一脚刹车。唐微微推开车门，下车。

上网，算命，抽签——月老灵签。唐微微刚对着电脑拜了三拜，还没来得及抽呢，就有人按门铃——谁？

从门镜里往外看，好大一束花！不会吧？这么快?!月老也太灵了，刚拜了拜啊！

“叮咚”,“叮咚”,“叮叮咚咚”……

唐微微打开门——是杨年华！

对视。良久。

“不请我进来吗？”杨年华的目光中充满柔情。

唐微微侧过身子——其实，靳小令早说过，唐微微需要哪种男人？她需要那种不那么尊重她个人意愿的男人！生米煮成熟饭，然后再说这一切是因为我爱你！她就是这么一个敬酒不吃吃罚酒的女人。男人好生生追求她，拿着花到她门口，她开了门，都不会往上扑！

杨年华手里的花束太大，他好笨拙啊，不知道放在哪儿。唐微微里里外外地找，没有合适的容器——她家里竟然没有花瓶。最后，那束花被放在可乐瓶子里。唐微微拿把剪刀，一面修剪，一面听杨年华说话。等杨年华都说完了，她说：“你是不是觉得我没人要了，你就可以来抄底了？”

杨年华被噎得面红耳赤。片刻，他说：“我做俯卧撑呢，做不过三十出头的小伙子；论成功有钱呢，比不过你的初恋。可是，我是真的很喜欢你——如果你一点都不喜欢我，那就算我自作多情。”

唐微微咬了咬嘴唇，说：“你这算是跟我求爱？”

杨年华说：“我不敢跟你求爱。怕你说我癞蛤蟆想吃天鹅肉。”

唐微微笑了，说：“有一句话你没听过吗？不想吃天鹅肉的癞蛤蟆不是优秀的癞蛤蟆。”

杨年华“扑哧”笑出声来——“那我就尝试着做一只优秀的癞蛤蟆？”

俩人面对面，好难啊。杨年华似乎在等待着唐微微投怀送抱，而唐微微则姜太公钓鱼，愿者上钩。唐微微感觉自己出了一身的汗，杨年华那边还枯坐着，跟练气功似的。唐微微终于沉不住气了，她也是有点火了，对杨年华说："你就打算这么追我吗？"

杨年华也是一身汗。老实人哪！现在唐微微终于懂得丽莎经常挂在嘴边的一句话了："忠厚老实有什么用？那能让你开心吗？榆木疙瘩最老实了，你喜欢吗？"

杨年华很艰难地露出笑容，问唐微微："你想要我怎么追你？我可买不起卡地亚。周大福咬咬牙，还可以。"

呵呵。杨年华之所以这么说，是因为丽莎吧。丽莎在乔娜的婚礼上，宣布她的择偶标准——如果是戴着 TIFFANY 钻戒来跟她求婚，她可以不假思索，不论国籍年龄肤色人种职业年龄高矮胖瘦甚至健康还是残疾，如果其他方面很优秀，比如说帅啦幽默啦什么的，可以放宽到卡地亚珠宝，但绝对别想用谢瑞琳、周大福打发她。

唐微微想起了早年跟王洋的时候，那时候，她压根连想都没想过周大福还是卡地亚。王洋是怎么追的她？无非是天天到自习室给她占座位，给她买早点，带到教室给她吃，帮她打开水。她想看的电影，陪她看。她想去的地方，陪她去。她落泪，他吻她。她开心，他抱她……

"既然你们当初那么好，后来怎么会分开？"杨年华问。

"后来，我嫌弃他没出息。"唐微微和其他女人不一样，其他女人乐于美化自己，她善于丑化自己。呵呵，靳小令说得对，唐微微是个"受虐狂"，没有人"虐待"她的时候，她就自己"虐待"自己——人家都是夸自己还来不及，她倒好，没人往她身上泼脏水，她亲自！

"是不是你那个时候以为自己可以找到比他更好的？"杨年华满脸笑容，是那种很温和很善解人意的笑。

呵呵，事实上，那个时候，所有的人都认为唐微微能找到比王洋更好的。而只有唐微微舍不得放手王洋——她犯了一个最致命的错

误，她没有放手，但她叨唠。她不厌其烦地指导王洋的人生，从应聘的技巧，到工作的态度。

“你肯定给了他很大压力。”杨年华是过来人，他猜都可以猜得出来，唐微微这种女人年轻时所能犯的错——她们不会红杏出墙，也不会另觅高枝，她们会一面自己扛起生活的重担，一面鞭策身边的男人——其实，她们倒不如红杏出墙或者另觅高枝。她们不了解男人，男人尽管很难接受女人的背叛，但假如你是有了更好的选择，他们会从内心深处认为是自己的错，是他们把你逼走了，甚至他们会有一种要把你夺回来的冲动，但假如你留在他们身边不停地“鞭策”他们，他们就会烦你——这就跟很多孩子憎恶家长一样，家长为了孩子的前程，打骂孩子，强迫孩子读书，即便孩子出息了，很多时候，跟家长也不亲了。孩子是需要快乐教育的，男人也是一样。

天渐渐地黑了。俩人坐在房间里，谁都没有去开灯。

“我知道你还爱他……这就是你这么多年一直单身的原因。你别急着反驳，什么没有遇到合适的啦，什么你有感觉的人家没感觉，人家有感觉的你没感觉。根本就不是！我学过心理学，我给你分析一下啊。王洋人间蒸发的那几年呢，你一直以为他会回来。你怕他有一天忽然回来了，穷困潦倒，如果那时候你嫁人了，你怕没有人管他——我敢保证，你从来就没有想到他能发财，你是怕他过不下去过不好。所以，你拼命地挣钱，工作，努力，就是为了有一天他一无所有走投无路再到你这里的时候，你收留他，给他一个家。对吧？”

唐微微鼻子发酸。这么多年，从来没有一个人，甚至她的母亲，甚至她的闺密，没有人知道她的心思，甚至她自己也不是那么清楚——但她确实经常担心王洋，她了解王洋的个性，他那个不低头的倔驴脾气，怎么可能有好工作呢？没有好工作怎么可能有房有车呢？没有房没有车，现在的姑娘多势利啊，怎么可能嫁给他呢？最多是跟他谈谈恋爱，拿他解个闷。然后到他三十多岁，一无所有，他可怎么办呢？

所以，她买了房，买了车，成了“白骨精”。她想，假如真的有那么一天，她就对他说：“我什么都不要，只要你。我可以自己买钻戒，我可以自己买房子，只要你爱我，一辈子跟我在一起，永不分离。”

杨年华伸手从桌子上的纸巾盒里抽出纸巾，递给唐微微。唐微微没有接，她站起来，到洗手间，好好地洗了一把脸。然后，打开房间所有的灯，站在杨年华对面，对杨年华说：“根据你的分析，我现在就是一只典型的母癞蛤蟆。一心想吃人家的天鹅肉。”

杨年华笑了。他笑的时候，习惯把嘴咧成一字形，那种笑容很有感染力，至少在唐微微看来是这样。她把杨年华的这种笑，称做“杨氏笑脸”。杨年华一边笑，一边说：“不想吃天鹅肉的癞蛤蟆不是优秀的癞蛤蟆。想吃是正常的。只不过……”

唐微微接过去，说：“只不过，愿望是美好的，现实是残酷的。哪那么多天鹅啊？我知道你要说什么。是我不现实，高不成低不就，一把岁数还非要人家把咱当小姑娘追……”

杨年华的笑容越来越慈祥了，等唐微微把自己说得一无是处、体无完肤，他才说：“靳小令说得对，你真是‘受虐狂’。你不仅有受虐倾向，还有自虐倾向。你把自己说成这样，舒服怎么着？”

唐微微说：“我这叫自我批评好不好？！我打小就学习雷锋，别的没学会，就这条，对待自己的缺点错误，要像秋风扫落叶一样……”

杨年华看着唐微微，忽然不说话了。他这么一不说话，唐微微也停住了，有点手足无措：“你，这么看着我干什么？”

“你其实很可爱，非常可爱。”杨年华的目光中满是欣赏。

Chapter 18

有的男人就是这么无耻。明明是垃圾,但偏把自己装扮成资源!

唐微微的三十三岁生日是在陪客户从旧金山返回北京的飞机上度过的——本来这趟差事是乔娜的，但乔娜休婚假，就派给了唐微微。冯都对唐微微说:“王洋也去。”

唐微微哭笑不得。好像因为有了王洋,所以派她去,就等于给她一个什么机会似的。

除了王洋之外,那可以说是一拨极其难伺候的客户,说话嗓门巨大,一句英语不会,可偏偏要求还多！整整七天时间陪着他们逛街购物吃东西,唐微微一刻不得闲,不光要给他们做翻译,还得神经保持高度紧张,你不知道他们会做出什么来！比如说,在饭店吃早餐,整个大堂都静悄悄的,只听得到轻轻拿起和放下刀叉的声音,但唐微微带的这帮大爷一进去,立马大堂成了早市,“老张”、“老李”不绝于耳,大声打着招呼,互相推荐着食品,哪个好吃哪个不好……

漫长的十七小时旅行,飞机还没停稳,唐微微带的这拨客人就纷纷掏出手机——这群没素质的客户！但也就是在那一刹那,唐微微忽然非常非常羡慕这群没素质的客户。他们庸俗,没有教养,但他们有人惦记,他们飞机还没落稳,就匆忙打开手机。看他们接打电话的那样子,还是高嗓门,还是忘乎所以,但幸福得一塌糊涂。唐微微真诚地跟急匆匆跑过来制止的美国空嫂解释她的这拨客人之所以如此，是因为他们离家太久，太想念家人了。美国人也真是简单，一听，立刻被感动。飞机停稳以后，美国空嫂特意对全体乘客说，有一拨来自中国的客人，他们非常急于见到家人，请大家坐在座位上，让他们先下。

在热烈的掌声中，唐微微带着这拨大爷，在众人羡慕的目光中下了飞机——其中一名美国大妈，感动得眼泪都掉出来了！中国男人多重感情啊！她反复用英文说，如果可能，她一定要嫁到中国来。

唐微微心说："你TM的嫁了就知道了！"

所有的客户都是有人来接的，老婆来接老公的，男人来接女人的，只有唐微微，一个人拖着行李箱，形单影只。她很多次一个人拖着行李箱，在城市之间来来往往，但那一次，那一刻，她忽然感觉自己极其孤单——她强撑着笑容和每个客户道别，谎称自己有人来接，然后伺机钻进洗手间——外面下着雨，很大的雨，她感觉特别孤单，上飞机前，她三十二岁；下了飞机，她三十三岁。她在洗手间里洗干净脸——她临出差前，答应杨年华，她需要认真考虑一下"他和她"。她可以拿"伍迪·爱伦"当"休闲工具"，但她不可以这么对待杨年华——即便杨年华答应，如果她有更好的选择，他就离开，她依然做不到。

她感觉杨年华是真的爱她——她不能对真的爱她的男人如此。而对"伍迪·爱伦"，她可以。因为她知道对于他来说，他并不是爱她，他是爱她的条件——凡是具备跟她类似条件的女人，他都可以选择。这样的男人，你不能指责他什么。

自从"伍迪·爱伦"跟乔娜结婚以后，他还特别事儿地专程给唐微微发过一个短信，短信内容大致如下：我已经找到幸福，也希望你能找到幸福。我们今后就不要联系了。我不想乔娜不高兴。因为我爱她。

世界上竟有这么无耻的男人！唐微微第一反应是愤怒！第二反应是恶心！难道我主动跟你联系过吗？难道我有要求你跟我继续保持联

系了吗？她当时差点想拨过去电话臭骂一通，但由于，第一，考虑到正带着客户考察美国白宫和国会山，时机不合适；第二，这通臭骂价格太贵，需要支付国际长途漫游话费；第三，也是王洋提醒她——你好好想想他为什么要给你发这个短信？他给你发短信的时间是美国的白天，那就是中国的半夜。半夜里怎么会平白无故给你发这么个短信？无非是在讨好自己的女人！有的男人就是这么无耻。明明是垃圾，但偏把自己装扮成资源！

那口恶气最后是王洋替唐微微出的——当天回到房间，王洋洗漱完毕，一边看 HBO，一边决定拿这个“伍迪·爱伦”消遣一下。他估摸了一下时间，应该是“伍迪·爱伦”正跟乔娜缠缠绵绵的时候——他拨通了“伍迪·爱伦”的手机。他故意用的是宾馆电话，像“伍迪·爱伦”这种男人，肯定会当着乔娜的面接越洋电话，这是一种小虚荣心，好歹有个海外关系！果然，“伍迪·爱伦”上套了。从电话里，王洋听出“伍迪·爱伦”的声音充满兴奋，而且断定乔娜一定在边上旁听。王洋义正词严：“我早就想警告你，请你不要再纠缠我的女朋友唐微微。纠缠的定义包括但不限于短信、电话、电子邮件。听明白了吗？我和我的女朋友都不希望再和你有任何联系，因为，你让我们恶心！”说完，挂了。

乔娜并不傻。她即便是得了老年痴呆，也能猜出这个电话是王洋打过来的。说老实话，她也觉得“伍迪·爱伦”当着她的面给唐微微发那样的短信多少有点不合适，但，既然他要这样表达对她的爱，她也就欣然允诺了。

俗话说，宁得罪君子，不得罪小人。“伍迪·爱伦”是小人，王洋得罪他，给自己留下了后患。

唐微微从洗手间出来，发现王洋在门口等她。

“吃个饭吧。”

王洋接下来要直接飞上海。他在机场有三个小时。

坐下，点菜，一直没什么话说。直到唐微微接了杨年华的电话——杨年华问她："到北京了吗？"

唐微微飞快看了一眼王洋，说："刚下飞机。"

"你怎么不通知我，有车接吗？"

"我打车很方便的。"

"今天下大雨，你肯定打不到车！我过去，你在机场等我……最多四十分钟。"

"别别，我搭别人的车。大雨，路况不好，回头出事儿。"

挂了。一分钟之后，电话再次响起，还是积极请缨，如是者三，唐微微答应了，但嘱咐一定要慢一点开。

王洋等唐微微利索了，问了一句："你不会真跟这个君威吧？"

"那没准儿。再混下去，可能连君威都没了。"唐微微漫不经心，故意地。

王洋狠狠地喝了一口酒——在飞机上，一个地产暴发户坐他边上，跟他大发感慨，为什么像唐微微这样的好姑娘就被剩下了呢？他还大言不惭地跟王洋说，要是唐微微乐意做小，他立刻包了她——这种女人，谁弄到手谁有福气。白天给你打理生意，照顾客户，晚上……肯定是逆来顺受型的，这种职场"白骨精"，被职场锤炼出来的，床上差不了。你看她们对工作的认真劲，那方面能差吗？就算没经验，但素质摆在那儿，接受能力，理解能力，推陈出新的能力……肯定比寻常女子更可造就！

王洋当时巨想把那暴发户给扔到窗户外面去。

王洋之所以等在卫生间门口，是担心那个暴发户要送唐微微——他看出他的蠢蠢欲动。他本来想借着约唐微微吃饭，提醒她，别跟那个暴发户走太近，但计划赶不上变化，半路杀出个"程咬金"，忽然又冒出个“君威”来，而且这“君威”已经在路上了——再过四十分钟，就到了！

“你跟他还不如跟那个‘伍迪·爱伦’呢。”王洋发飙。

“对啊。‘伍迪·爱伦’还没结过婚，还年轻，又没有孩子，还父母双亡，我发现伍迪·爱伦就是现代董永哎。我现在算知道七仙女为什么挑上董永了。董永除了穷点，没别的乱七八糟的。我真傻，还是乔娜精明。”唐微微又犯她的老毛病了——拿自己开涮。

王洋笑不出来。他知道唐微微是在遮掩内心的凄凉——唐微微曾经用无比轻松的语气跟他说过杨年华的情况：他的图书公司亏了好多钱，把他的房子都赔进去了，他现在住的房子是租的，有一个儿子，老爸老妈给带着，在老家，打算过两年上学的时候再接到北京来。还有，他其实不是丧偶，是离异。老婆嫌他没钱，走了。

王洋当时就警告唐微微，离这个男人远一点，再远一点。他为什么不早跟你说？他为什么要在你临去美国上飞机前才跟你说？他这叫欺骗！别信他的鬼话，什么他不早跟你说，是怕失去你？狗屁！他就是太了解女人了。他跟余忠孝是一路货色，玩的套路都一样，余忠孝进去了你知道吧？诈骗！骗了人家女的几十万！

唐微微火冒三丈，问王洋：“我脑门上写着‘骗我吧’、‘我很傻’，是吗？”

王洋也有点火，说：“余忠孝骗的那个女的，可是一女老板！生意场上呼风唤雨，能是缺心眼弱智吗？我跟你说，专门有一帮男人，太知道什么叫寂寞女人心了。他们也不是专门要骗你，他们是看着单身的有钱的就要上去有枣没枣打三竿子！你的这个杨年华我看着像！”

唐微微大为反感：“他骗我，他能得什么好处？到现在为止，我们吃饭都是AA，他也没跟我借过钱，我也不会借钱给他！”

王洋本来不想继续这个话题，但唐微微如此执迷不悟，他就不得不说了:“很多人是很怕孤独寂寞的,所以大多数人需要朋友,需要家庭,需要伴侣。那个杨年华,可能也不是要骗你,他就是不喜欢一个人待着,他这个岁数的男人,如果有很多空闲时间,又没有什么事情可做,他可不就需要女人吗?”

唐微微不服气:“他需要女人?他需要女人可以找性工作者啊。”

“那不是得花钱嘛。他要是有钱,还用得着费工夫征婚吗?有的是女人扑他了。”

唐微微气得满脸通红。片刻,她直视王洋:“你什么意思?我就这么差?就不会有男人真的喜欢我?如果有男人喜欢我,跟我交往,肯定就是图点什么?不是骗子,就是不想花钱还想泡妞的臭流氓?”

四十分钟之后。唐微微上了君威。

杨年华很兴奋,开着CD。唐微微心情不快,伸手把CD关了。车内顿时安静下来,只有外面哗哗的雨声。

杨年华有一个最大的优点,就是“知趣”。

他什么都不问。一直到把唐微微送到家门口,也只是简单地说了句:“需要我帮你提上去吗?”他指的是唐微微的行李。

唐微微摇头。

杨年华就没有再说什么。打开后备厢,把两个粉红色的LV旅行箱拿下来,交到唐微微手里,笑笑,回到车上,摇下玻璃——唐微微冲杨年华挥挥手,杨年华就走了。

大雨滂沱,唐微微在楼门口站了很久。

第二天,没有电话。第三天,周末。中午,唐微微有点不安了——她给杨年华打了电话,杨年华接了。唐微微装没事儿人,说:“那天多谢你接我啊。”

“不客气。应该的。”杨年华的语调很平静。装的！唐微微就烦杨年华的这种“装”！

“我请你吃饭吧。”唐微微主动。她不想欠他人情，再说，她认为有必要把一些事情当面说清楚。

“今天吗？”

“今天。”

杨年华明显犹豫了片刻，但还是答应了。

地方是唐微微找的——梧桐。宵云路上。坐在露天。刚下过雨，应该很舒服吧。

唐微微和杨年华吃饭，凡是她找地方，她都买单，而且她都是事先说好由她付账——因为她找的地方都比较贵，她不愿意对面的男人一边看菜单一边琢磨今天要花多少钱。杨年华曾经委婉地说过，俩人吃饭不必那么贵，谁的钱都是钱。唐微微笑笑，说：“我又没有别的爱好。子曰：食色性也。人生两大乐事，我不好美色，再不好美食，那我岂不是枉生为人了？”

杨年华到的时候，唐微微已经到了——她订好桌子点好菜躺在院子里的吊床上睁着眼看天。

“看什么哪？”杨年华一进来就看到了吊床上的唐微微。

“看天上云卷云舒……你笑什么，我又说错了？”唐微微瞪着眼看杨年华。

“应该是：宠辱不惊，看庭前花开花落；去留无意，望天空云卷云舒。”杨年华穿得很休闲，T恤，船鞋。他站在吊床边上，轻轻地摇，碧波荡漾。

这种约会，杨年华好几次都会稍微晚个几分钟到。唐微微猜想他可能是为了免除掉提前来了点菜的尴尬吧？她是有这个体会的。早年刚在北京奔波的时候，如果客户约她在酒店大堂见面，她就会忐忑——去晚了肯定不礼貌，但如果去得早了，她是应该坐在大堂吧等

着呢，还是在酒店里傻站着？傻站着肯定很傻，但如果坐在大堂吧，她好意思什么都不点吗？如果点了，万一客户临时有事不来了，怎么办呢？

中午。过了饭点。没什么人。安静的院落、高大的梧桐、精致的餐具。

唐微微的开场白好无新意："谢谢你那天到机场接我。"

"电话里不是谢过了？"

呵呵，最近杨年华好像脾气也长了。唐微微心虚，毕竟他接她，而她，竟然连个好脸都没给人家，是她不对。她今天请这顿饭，应该不是表达感谢，而是致歉。

"我那天本来想请你上楼，但家里太乱。"这算是一个折中。要唐微微公开道歉说对不起太难。

"你即便家里不乱，也不会请我上去的。"杨年华看都不看唐微微。

"你又没有表现出很想上去的样子。"娇嗔。

"那我应该怎么表现，你才会请我上你家去呢？"将军！

"你应该说：求求你，请我上你家去吧……"

"求求你，请我上你家去吧……"

唐微微作茧自缚。她喝了口柠檬水，镇定镇定情绪，对杨年华说："那天，我没请你上楼，是因为我情绪比较低落，我怕自己……我不愿意在情绪低落的时候……或者寂寞的时候……"

隔着桌子，杨年华伸过手，摸了摸唐微微的头发，说："好了，我没有怪你。我没有非要送你上楼，也是怕我自己……"

杨年华没有把话说完。他咧咧嘴，"杨氏微笑"，一字形的唇形，很有感染力的笑容。

唐微微追加了一个冰砂。吃冰砂的时候，杨年华对唐微微说："微微，你是只对我这样，还是对所有追求你的男人都这样？"

唐微微没听明白。睁着一双眼睛，眼睛里全是问号。

杨年华用目光接过唐微微的那些问号，对唐微微解释："你要是只对我这样，我理解。可能你是没看上我。我没钱、没事业、一文不名、潦倒中年。你要是对所有追求你的男人都这样，那你可就危险了——你这样一点机会都不给男人，让男人想爱你都无从爱起。"

如果没有点冰砂，也就不会有后来的事情。后来的事情，唐微微告诉杨年华，她不是因为他没钱、没事业、一文不名、潦倒中年而拒绝他，她是觉得跟他找不到那种被爱的感觉——有的时候，她觉得和他在一起很幸福很甜蜜，但有的时候，又觉得他不是自己期待的丈夫。

"你期待什么样的丈夫？期待在你说'不'的时候，认为你实际上是在说'是'的男人？期待你不邀请他上楼，他死缠着你再三求你让你请他上去？或者索性直接在你们家门口演一出'唐门立雪'？"杨年华直视着唐微微。唐微微想起来很久之前，那时候王洋追她，就是在她宿舍楼下唱了半夜的歌——百川东到海，何时复西归。那些逝去的感动，永远不会再有了。王洋那时候十七岁，十七岁的男孩，这样追求心爱的女生，所有人都会说这是爱，但杨年华三十九岁了，你唐微微不能要求一个三十九岁的男人，像十七岁男生一样追求自己吧？

从梧桐出来的时候，已经是华灯初放。杨年华问唐微微，她是喜欢挎着男人的胳膊，还是喜欢男人搂着她的肩膀。唐微微只有一个男人，就是王洋。她想了想，说："后者。你呢？"杨年华没有回答，他的手搭在了她的肩上。

这个结果，不在唐微微的设计之内。她原本想跟杨年华说清楚，她无法接受他，因为她自己接受不了，爱一个潦倒中年。男人没钱不是错，没有成功也无可厚非，但您人生一大半都过去了，您又没有挣到钱，又没有赚到事业，连个家都没有，老婆都弃你而去，您也太失败了吧？我唐微微再怎么样，也不能是个捡破烂的吧？别的女人都不要的男人，我捡回家？但，怎么一顿饭，加一冰砂，就成了勾肩搭背？

我未成名君未嫁，可能俱是不如人。惺惺相惜，同病相怜。同是天涯沦落人，何苦再互相伤害互相为难呢？

唐微微答应杨年华，但有一个前提——你要追我。要让我觉得被爱。

杨年华看着唐微微，小心翼翼地试探："你这不是暗示我要给你花钱吧？"

唐微微迎着杨年华的目光，说："你们男人是不是觉得如果不花钱，就没办法追女人啊？"

杨年华有点结巴，说："主要是你们女人觉得如果我们男人不花钱给你们，你们就没有那种被爱的感觉。"

唐微微想起她和王洋的过去——用丽莎的话说，男人给你花钱不一定是爱你，但不给你花钱，一定是没那么爱你。现在，王洋倒是肯给她花钱了，她丢了的那三万元，几次她张罗着要还给王洋，王洋都说不急。但，他还爱她吗？

唐微微在杨年华坚持不懈的"围追堵截"之下——幸福地沦陷了。杨年华问她，如果有一天，比如说，他和王洋在同一架飞机上，他们只有一个降落伞，她是会把降落伞给王洋还是给他呢？

唐微微转了转眼珠，反问杨年华：如果，她也同时在那架飞机上，只有一个降落伞，他是会选择独自逃生呢，还是会选择把降落伞给她？还是会选择和她一起留在飞机上，让王洋逃生？

杨年华哈哈大笑，他喜欢唐微微的这种机智。他对唐微微说："你这个人就是复杂，本来一个简单的问题，让你选择一下，好，你不但没选择，还把问题复杂化，然后把球踢还给我！"

现在，唐微微体会到了那种寻常的普通人的快乐——周末，推着车双双在超市转悠。买条鱼，葱姜蒜，水果，西红柿，海鲜酱油。讨论着吃什么怎么做。这是一种琐碎的幸福。唐微微之前从来看不起这种幸福，但，自从和杨年华一起之后，她体会到了——为什么世间那么多的男女都渴望找到自己的另一半，为什么七仙女不愁吃不愁穿的非要到人间，你挑水来我浇园。寂寞天鹅固然高贵，人间烟火固然庸俗，但庸俗的东西往往热闹喧嚣，它直指人心底深处最柔弱的部分。

杨年华有一次跟唐微微在厨房并肩作战，杨年华掌勺，唐微微观摩。掂勺、翻滚、起锅、装盘，一气呵成。唐微微忽然感慨，对杨年华说："你这么好的男人，怎么会没女人要呢？你老婆应该后悔跟你离婚了吧？"

杨年华呵呵一乐，说："你这么好的女人，不是也剩给我了吗？"

吃饭聊天，拉着手散步。这也和王洋时代不同。王洋时代，总是激情、泪水、争吵然后又和好、道歉、拥抱、亲吻，但杨年华不一样，他给她的是宽容，厚道，温暖。如果说王洋是火炬，那么杨年华就是煤油灯，给你光明，让你心安，但不会熊熊燃烧，而且煤油灯可以安放在一个固定位置，不必像火炬，你总要举着。

唐微微与杨年华的循序渐进，令靳小令——唐微微的亲密伙伴及多年战友——完全不能理解。

"你疯了吗？从网上找一个男人，就因为他追了你一年半载，对你不离不弃，鞍前马后，你就决定跟他好？你想好了吗？他还有个儿子，你打算当后妈吗？是，他儿子现在老家，我告诉你，早晚得父子团聚，在哪儿团聚你想过吗？在你家！你们家就是他的根据地，大后方。他这种男人我见多了，年轻的时候，挥霍青春，人到中年，啥都没有，就想找个你这样的老婆，把他前半生的烂摊子全接过来！咱不是说非得找一个有房有车经济基础好的，他哪怕三十岁，啥都没有，咱也能接受，人生刚起步，还有未来。他都四十了，除了有个失败婚姻以及失败婚姻所遗留的儿子，啥都没有，你为什么啊？他那不叫爱你，他那叫利用你！"

"那人总有马失前蹄的时候吧？你不是说我以前对男人要求太高太苛刻吗？现在我要求低了不苛刻了，我又错了？"唐微微油盐不进。

Chapter 19

王洋满身长嘴也说不清楚了，语无伦次说了半天，终于说明白。王洋的意思就说，唐微微跟丽莎、乔娜都不一样，她们身上有一种愿赌服输的干脆，如果吃亏上当，只当被狗咬了一口，自身康复能力特别强。而且她们都知道怎么去找自己想要的男人，但唐微微不行，唐微微太古典了。

王洋比较绝——他把杨年华找到自己的办公室，打开支票本，对杨年华说："填一个数吧。填完，滚蛋。不要再找唐微微。"

杨年华一点不生气，他面带微笑，反问王洋："你认为唐微微值什么数？你填好，给我。"

那天，杨年华是被保安拉走的。两个男人，动了手。杨年华动手，是为了唐微微，王洋动手，为了什么呢？他自己解释是杨年华欠扁。但"瓷娃娃"不这样看——梅雨为了唐微微已经跟王洋闹了无数次了，她是你前女朋友，前女朋友就是过去式，是过去完成式，她好她坏跟你没关系了。你凭什么要帮她找男朋友？你凭什么要认为她找的男朋友是流氓无赖？即便她找的就是流氓无赖，跟你有关系吗？

王洋开始还是捺着性子跟梅雨解释，直到他那天跟杨年华"过招"，"自由式摔跤"，基本算不分胜负，平分秋色。杨年华鼻子流了血，王洋眼眶青紫，嘴角淤青。梅雨自从乔娜的婚礼之后，就对王洋改变了策略——这是靳小令总结出来的。

她倒不是故意坏梅雨的事，而是作为王洋的老同学，尤其是前女朋友的闺密，她感觉自己有义务提醒王洋——她把梅雨对王洋的战略分为以下几个阶段。第一阶段：梅雨跟王洋在网上从初始到见面之前，这是她普遍撒网的阶段。她绝对不止跟你王洋一个人搭讪，当然这可能会让王洋感觉更好——呵呵，她搭讪了那么多人，但最后决定和我见面。

第二阶段，“重点捕捞”。跟王洋初次见面，有意无意说出自己的实习要求，属于“投石问路”，她是在侧面试探王洋的虚实。如果王洋能帮她安排呢，说明王洋还是可以留做一个备选方案的。直到这一阶段，她还是一直“拿”着的。她这个“拿”着，属于年轻女孩子常见的“观望”战术，总得先看清楚对方，知己知彼吧？哪能还啥都没弄明白，就直眉瞪眼扑将上去？万一是一陷阱怎么办？万一陷阱里有狼怎么办？现在女孩子都不傻，除非是那种荷尔蒙旺盛到完全失控的类型，会疯狂迷恋那种除了上床什么都不会的男人以外，但凡有点理智的，对自己未来有所规划的，都不至于如此不堪。

第三阶段：“以静制动”。梅雨到了王洋公司实习，一般女孩子像丽莎这样的，都会趁热打铁见缝插针，但梅雨环顾四周，宠辱不惊。她知道如果太主动了，固然可能得手，但万一失手，就没有回旋余地。她这招属于兵书上的“以逸待劳”，“以不变应万变”，属于高手。

第四阶段，调整战略，放弃持久战，改为闪电战。乔娜婚礼之后，梅雨终于意识到了潜在的危机。之前，她一直在玩“若即若离”、“欲擒故纵”，但现在，她意识到这套把戏太“校园”了——在校园里，条件优越的女孩子固然可以对男孩子玩阵地战，一道道加固防线，并尽可能多地让周围的人知道，您这是壁垒森严，固若金汤，然后呢，激发起年轻男孩子的斗志，凡是想当战斗英雄的，都会向您发起猛烈而持久的攻击，他们八仙过海各显神通，最后还不是鹬蚌相争，让梅雨这样的渔婆得了利？但这套把戏如果照搬到王洋这里，风险程度显然太高。“论持久战”，梅雨是不占优势的，她年轻，可是，年轻的女孩子每年都在层出不穷。她清纯，但拿着简历到处找工作的学妹们，哪个不清纯得发涩？时间只会使她的价值衰退，她必须速战速决。所以，她放弃了“声东击西，欲擒故纵”而采取了“欲先取之，必先予之”，她开始主动了热烈了——在这之前，王洋要约她晚上出来，她可矜持呢。她宁肯在网上吊他的胃口，但现在，她会不远万里不辞劳苦，亲自跑到王洋家门口，如果王洋不在家，她就特单纯特忧伤地坐在他门前的台阶上，等他。

王洋倒不是耳根子软的男人，靳小令说归说，他也就是轻轻一笑，心说："您分析别人头头是道，您自己家的老公怎么回事，您闹明白了吗？"

但问题是，自从梅雨常常跑到他家台阶上坐着以后，他就有点"难以忍受"了——头一次两次，他还有点惊喜，但总这样，他就有点恼怒，但又没办法冲梅雨发火。他怎么发火？人家又没有做错什么！人家就是爱你！人家没打招呼就跑到你家坐你台阶上等你，又不犯法，那是人家喜欢你想见到你啊。他当初追唐微微的时候，不是也常常不打招呼就跑到唐微微宿舍找唐微微？唐微微不在，他就在楼门口等啊等啊，都快等成灯柱了。

他忽然希望梅雨能像他当初刚刚认识的时候那样，明眸皓齿，肤如霜雪，笑容明亮得如同一面镜子；不要像现在，动不动就落泪，就哭，或者一边哭一边强忍着悲伤，让他产生极重的负罪感。比如，那次，他跟杨年华交手之后，本来心情就不爽，梅雨偏要跟他哭哭啼啼，说他就是没有忘记唐微微。他终于火了，咆哮——"对！我没有忘记，没有忘记又怎么样？"

明眸皓齿，肤如霜雪，眼泪如决堤般奔涌。王洋彻底被击溃——他答应梅雨，从此不再跟唐微微有任何联系，包括不接她电话，也不给她主动打电话。

梅雨扩大战果，要王洋答应："也不能以工作为借口来往。"

"好。"

但是，他们的太平日子总是过不了多久，就横生枝节。比如梅雨偶然发现唐微微的借条——就是那丢失的三万元。梅雨要王洋给予解释，王洋耐下心来，从余忠孝说起，余忠孝向唐微微借钱，唐微微在银行取钱，他正好去找唐微微，唐微微在银行排长队，他就用自己的VIP卡帮唐微微先取了这三万元。后来，钱丢了……

这是一个漫长的解释。由于时隔遥远，诸多细节王洋已经不大记得清了，这让梅雨更加不屈不挠——她不是不知道应该宽容，但是她就是无法控制自己的情绪。她要这个男人爱她，她是他的唯一，否则，他就是再有钱再成功又如何？她需要的是他的感情——她要他像当初追求唐微微那样追求她——她有一次发烧，你送她去医院，你背着她去的，我要你也背着我！

王洋后悔啊——为什么当初在网上跟梅雨说那么多自己的过去？

梅雨有一个习惯，好些事情，你以为你解释清楚了，但好几天过去了，她会冷不丁翻出来，重新问你一遍，而且更可怕的是，她还会追加新的问题，比如关于“余忠孝”的借款事件。过去两个星期了，有一天俩人好好上着网，梅雨忽然甩过来一个“重磅炸弹”——“你最近没有关心一下你前女友唐微微的终身大事？”

王洋摇摇头：“没有。”

“她真要嫁给那个开君威的?！”

王洋面无表情——他不能有表情。

“其实我觉得也挺好的。她还想找什么样的啊？她非得找又帅又有钱又成功还单身的？她就是太把自己当回事儿了。我小姨就这样，高不成低不就，她是我几个姨里最漂亮的，最后挑花了眼，自己把自己耽误了……到头来嫁一比自己大二十多岁，还有俩孩子的，老妈还中风瘫在床上得伺候的……”

王洋一股无明火，腾地冒上来：“你说什么呢？什么叫高不成低不就？人家凭什么就得低就？人家也不缺胳膊短腿，事业有成，独立，聪明，热爱生活。人家为什么就得找一个啥啥都没有的男人？而且你们还就觉得挺好呢？”

梅雨不高兴了：“什么叫我们觉得挺好？她要是能找到啥啥都有的男人，为什么要找一个啥啥都没有的？！”

这话说得太狠了！王洋替唐微微钻心地疼了那么一下子。

用靳小令的话说，唐微微什么都好，就是有一点欠缺——不会自力更生给自己找个好男人。当然，靳小令认为这也不能全怪唐微微，有一半得怪王洋——王洋那时候对唐微微太好，没有让她到广阔天地中去经风雨见世面，要是那时候他对她不好，也许她就锻炼出来了呢。另一半，要怪得怪唐微微爹妈。他们以为自己的女儿只要做好嫁人的各项准备，学习好、身体好、工作好，兼格调高雅，守身如玉，就自然有好男人上门提亲——他们观念停留在太久之前了，没有与时俱进。现在是什么时代？在计划经济时代，只要产品质量好，酒香不怕巷子深，但在商业时代，即便你酒香，你还得想办法激起别人的“购买欲”吧？这跟择业一样，如果爹妈路子硬关系铁，也成，假如就是老百姓家孩子，那在计划经济时代，只要考上大学，门门功课优秀，就足够了，一辈子不用愁了——首先国家管你分配，其次，如果你成绩足够优异，那么你是有一定选择权的，就相当于高考填志愿，你的考分高，你就可以挑选学校。但现在是市场经济，国家不包分配了，你需要自主就业，双向选择——所谓双向选择，就不完全是你选择人家，人家还得选择你。不是说你成绩好，人家就必须要你，人家可以选择成绩比你差的，但亲和力比你好的。这只是一个比喻，“择偶”也是如此，时代变了，这就使得唐微微这样的“好姑娘”比较吃亏——父母的资源能力不够，而自己十八般武艺样样精通，降妖伏魔百战百胜，但就是不知道怎么生擒一个男人给自己做老公！

梅雨一向对靳小令没有好感，所以对王洋假靳小令之口转述的这套“关于唐微微之所以好女愁嫁”的理论分析嗤之以鼻，也是年轻气盛，梅雨一脸轻蔑，佐以万分的不以为然——“她要是爱你，当初为什么给你脸色看？她还不是嫌你穷，没钱，没出息？她压根就不爱你。”

“如果她不爱我，对我没感情，她就可以不嫌我穷，不嫌我没钱，她就可以跟你们这拨‘80’后一样，没钱就做朋友，就不谈感情，不就谁都伤不了了吗？她不就是因为对我有感情，所以才跟我较劲吗？她那不是嫌我没出息，她那是哀我不幸，怒我不争！”

朗朗乾坤，风和日丽。好端端的，俩人打一架。这种争吵，首先后悔的总是梅雨，但下次不长记性的，还是她。

现在王洋无论去哪里开会，梅雨都要千方百计地打听有没有唐微微。如果有，她就非要跟着去，王洋有几次被她搞得很恼火。而锦绣地产跟唐微微的兴业设计是合作伙伴，总要在一起就设计方案啊、工程细节啊做一些讨论吧？最让王洋为难的是，梅雨要王洋更换合作伙伴——天下这么多设计公司，为什么非要唐微微就职的那一家？

王洋满身长嘴也说不清楚了，语无伦次说了半天，终于说明白。大概意思是说，长期的合作伙伴彼此了解，省却很多磨合，以及不确定因素。

梅雨听了，就说：“那照你的意思，这辈子你们都得连在一起了？”

王洋在关键时刻忽然想到钱伟——就是靳小令的老公。榜样的力量是无穷的。据说，有一天人家那小护士跑去找靳小令，告诉靳小令，自己跟她亲爱的老公如何如何，希望她能看清大局，早日离婚。靳小令是一女强人，惊闻此噩耗，尽管在女护士面前，还是维持自己庄重贤淑的社会形象，但一回到家，也是泪如雨下，歇斯底里。一把揪起刚下夜班正在床上补觉的老公，泣不成声。

钱伟急中生智，既没有“扑通”一声跪在老婆面前，求老婆原谅，也没有矢口否认，拼死抵赖。他在靳小令的声色俱厉的咆哮声中，镇以更大的咆哮——这就叫“以暴制暴”。“你发什么神经？你是信她还是信我？信她，咱们就离婚！信我，咱们就好好过！我昨天上了一夜夜班，好几台手术，现在很累，晚上还得去医院。我现在得睡觉。”

说完，很牛地睡去。

之后，自然是小护士兵败如山倒。她哭着来找唐微微，要她给她做主——唐微微内心怀着对小护士的无比同情，找了钱伟。钱伟对唐微微说：她要我对她负责，我要是对她负责，就得对靳小令不负责。反正总得牺牲掉一个，你说我该牺牲掉谁？

最终的解决方案，是王洋出面，帮小护士找了一份工作。而靳小令不仅完全相信了老公钱伟，而且他们夫妻关系还更进了一层——靳小令似乎比以前更加自豪，看，她击退了年轻小护士的进攻，而她的老公钱伟，在年轻姑娘的投怀送抱和糟糠之妻的相濡以沫之中，毅然选择了后者——这说明他们的感情是多么多么的坚固啊。

王洋决定向靳小令的老公钱伟学习——以前他习惯解释，他以为只要解释清楚，就理解万岁了。现在经过钱伟的模范事迹的教育，他懂得，什么叫“清者自清”——不解释，有什么可解释的？你要是相信我，咱们就在一起，要是不相信，就分手。

比如，过去梅雨问王洋，为什么要给唐微微介绍男朋友？她爱找什么男朋友就找什么男朋友，她也这么大人了，他操什么心！

王洋就会耐心细致地跟梅雨解释，说：唐微微跟丽莎、乔娜都不一样，她们身上有一种愿赌服输的干脆，如果吃亏上当，只当被狗咬了一口，自身康复能力特别强。而且她们都知道怎么去找自己想要的男人，但唐微微不行，唐微微太古典了。所以，她必须慎重，必须好好地找一个踏实的靠谱的老公，她不能再受任何伤害了，她如果再受伤害，她这一辈子就瞎了。一场失败的初恋，搭进去整个青春，如果再一个失败的婚姻，那她还不得孤独终老啊。

但现在，他索性不解释——他把脸一拉，不言声了。让梅雨自己知道自己不该问，然后巴巴地跟他道歉。

Chapter 20

男人永远不会嫌一个女人太优秀，就像女人不会嫌一件衣服太漂亮——女人放弃一件漂亮衣服往往出于两个原因，第一价格；第二不合身。男人放弃一个女人通常也是由于这两个原因。

恋爱使人愚蠢——唐微微和杨年华现在经常会互相问对方很多很愚蠢的问题。

唐微微会问杨年华:“如果你现在不是这么潦倒，你就不会喜欢我这样的女人吧？”

杨年华就说:“你没那么差啊,为什么对自己这么没自信？”

“就是因为没那么差啊。你们男人不是都不喜欢太优秀的女人吗？”

“谁说的啊？又是你的那个初恋？”

“不是。是靳小令。她说女人太优秀了,男人就不敢要了。”

“她懂狗屁男人!图兰朵公主条件够高的吧?男人为了追求她,抛头颅洒热血。男人永远不会嫌一个女人太优秀,就像女人不会嫌一件衣服太漂亮——女人放弃一件漂亮衣服往往出于两个原因，第一价格;第二不合身。男人放弃一个女人通常也是由于这两个原因。”

“我怎么听着觉得你好像在挤对我啊？”唐微微佯怒,杨年华赶紧抱拳“岂敢岂敢”。

人们常说,恋爱使女人愚蠢,其实,这是由于多数时候,女人在恋爱中投入的感情比较多。如果男人也像女人一样,真动了心,那他们往往比女人要蠢上千万倍。比如说杨年华吧,他现在经常会问唐微微一些弱智到可以把唐微微激怒的问题。当然，这就多了一项恋爱内容——把美人惹毛了，再把她哄开心，相当于把咖啡煮热了，再加冰。也是一样生活情趣。

杨年华有一次牵了唐微微的手，对唐微微一往情深地说，自己应该感谢王洋。如果不是王洋那么薄情寡义，唐微微这么好的姑娘怎么可能落到他手里呢？

唐微微听了，大为逆耳，让杨年华把话说明白了。杨年华就说："这不是明摆着的吗？你喜欢王洋，人家不要你，你不死心，等了这么多年，荒废了青春，最后高不成低不就，虎落平阳，让我这条恶犬混上了。"

杨年华属狗。唐微微不做声了。脸上阴风怒号，日星隐曜。

杨年华赶紧见风使舵，上赶着承认错误，一边说着"我错了"，一边不忘记接着打击唐微微："你看你，就不如我豁达。你得这么看，是他王洋没福气消受你，我比王洋有福气。他没眼光，他才见过几个女人，你是女人里的极品……"

这么一说，唐微微又不乐意了："他见的女人多了。你才见几个？"

"我才见几个？你算哪拨的？咱们俩应该是一心的吧？"

"咱们俩是一心，也得实事求是啊。"

"实事求是？行，那咱就实事求是。你是因为他不要你了，你这辈子眼看砸手里了，只好退而求其次，退到我这儿来，是这样吧？"

"就是这样！"

"成！那我是收破烂的？别的男人都不要的，我当宝贝供着？"

一通暴吵。然后，淫雨霏霏，连月不开。然后，她怒气冲冲地回家，打开信箱，一封 E-MAIL。打开，一个链接。点开。一首歌。

"看着你有些累，想要一个人静一会儿，你的眼含着泪，我的心也跟着碎，你为哪个人憔悴，为他扛下所有罪，我为你执迷不悔，整夜无法入睡，就算全世界离开你，还有一个我来陪，怎么舍得让你受尽冷风吹，就算全世界在下雪，就算候鸟已南飞，还有我在这里，痴痴地等你归……”

每一句歌，都是一幅卡通简笔画。以幻灯方式播放。最后一个画面，是一只大沙皮狗，睁着一双泪汪汪的眼睛，旁边歪歪扭扭地写着：原谅我吧，我错了……

唐微微“扑哧”一声笑了，笑出了眼泪……

Chapter 21

如果深情往事，你已不再留恋，就让它随风飘散……

唐微微忽然就忙得脚不点地，连上厕所都得一溜小跑。杨年华开始并没有什么怨言，但，唐微微连续数个星期均如此，甚至根本看不出来有什么停下来的迹象，杨年华就有点不舒服了。

"你要忙到什么时候？"

"你们公司其他的人呢？"

唐微微没好意思跟杨年华说清楚，她的忙有一半是她自找的。尽管冯都也算是吃人不吐骨头的办公室恶魔，但这一次，唐微微怨不着冯都。冯都明确告诉唐微微，可以把锦绣地产的活儿停一停，先干楚周地产的。

唐微微知道冯都为什么要做这个调整：一来，楚周地产是老客户，人家尽管是新上的项目，但对老客户就不能太按规矩办，否则，人家就觉得你不够交情了；二来，金融危机了，王洋的老妈嫁的那个洋老头破产了——好事不出门，坏事传千里。这种事儿，捂是捂不住的。王洋本来就是行业新秀，旧钱欺负新钱，老富贵一向看不起 NEWRICH，再加上王洋高调入行，动辄要打造中国的"曼哈顿"，想看他笑话的人多了——曼哈顿是多少年建立起来的？您才玩几天啊，就曼哈顿！再说，他老人家之前不是冲撞了乔娜夫妇吗？乔娜是什么人？在行内混了多少年？这种紧要关头，不露声色地说两句不咸不淡的，王洋就“得道多助，失道寡助了”。

有一次，周正来问唐微微：是不是锦绣地产一直拖欠你们的设计款？唐微微一愣，随即意识到这么核心的机密，一定是乔娜假装无意泄露出去的。周正一双天然妙目在唐微微脸上扫了一扫，就知道这一消息属实，她不为难唐微微，把话题直接切到唐微微的脸色上——你的脸色好难看啊！

能好看吗?!现在唐微微整天忙得晕头转向，跟个八爪鱼似的，张牙舞爪，还老是忘事儿。有一天，她竟然穿着一双毛茸茸的拖鞋就到班上来了——楚周地产一向工期紧，拖一天要罚好几倍，而锦绣地产呢，她还真不好意思就扔下不管。商界的人，有奶就是娘，不要抱怨世态炎凉，世态要是不炎凉，怎么叫世态呢？自然界不就是这么进化的吗？

唐微微知道冯都的想法——楚周地产是不能得罪的，更何况人家资金雄厚，独霸江湖多年。而锦绣地产，他当然也不想得罪，三十年河东，三十年河西，谁知道将来是谁的天下呢？更何况王洋亲自请他吃了顿大餐，跟他说明白苦衷，不是第一期的设计款不付，是确实遇到点问题。王洋这一招也算坦荡，按照业内龌龊的做法，一般是不停地挑剔设计单位的设计，然后压着设计单位推进。王洋不肯这样，他之所以不肯，一半的原因是他的人品，还有另一半的原因，是唐微微——他怎么能昧着良心挑唐微微的刺儿呢？

冯都也是老江湖了，一见这阵势，当即把自己喝个酩酊大醉。这属于“自残”，但他宁肯自残。跟王洋一拉脸，说：“咱们都是生意人，您给钱我们干活，您不给钱，我们就不干活。天经地义，什么叫你遇到困难了？你遇到困难你自己想办法解决去。”王洋要是一民工，冯都可以这样，但王洋不是一地产新秀吗？他怎么可以这样呢？但如果不拉脸，高高兴兴地把酒一喝，答应下来，跟王洋一拍胸脯，说放心吧，你有钱就给我们，没钱就扎着，我们该给你干活还给你干活。豪迈是豪迈了，但完事怎么跟自己的老板交代？老板是要赢利的，是要赚钱的，不是要扶危济贫，助人为乐的。

当然冯都很贼，他早就想清楚了，可以利用一下唐微微的感情。他知道唐微微是断然不肯把锦绣地产置于死地的。那么正好——他酒醒了之后，就把唐微微叫到办公室，让唐微微负责楚周的项目，时间紧任务重，唐微微刚要张口说自己干不过来，冯都立马追上一句：你把锦绣地产的先放一放。

他料定她不会放。她只要不放，她就怨不得他。他也不必给她加班费，以及追加人手。

“微微，咱们能不能少干一点？”杨年华要见她，只能到办公室来陪她加班。

“不能。”

杨年华默默走了。唐微微心里怅然若失。她不想对杨年华这样，她也想能像前一段时间那样，跟杨年华整天缠绵在一起，短信、电话，开着车到郊区钓鱼、摘桃子，但她现在没有时间了，上班时间她奉献给了楚周地产，那是公司派给她的活儿，下班时间，她得给锦绣地产忙活——用丽莎的话说，她这是典型的“弃妇心态”，如果用一个字概括就是“贱”。“你以为你免费不计得失，人家王洋就会爱你？别开玩笑了。你为他消得人憔悴，他不仅不会念你的恩，反而要跑得更快。哪个男人喜欢憔悴的女人？你吃苹果还得挑红艳艳的吧？”

唐微微对丽莎还是能说点心里话的，她说她没指望别的，只是她不愿意那么狠心，世态确实是炎凉的，但她不愿意让王洋从她这里开始领教什么叫世态炎凉。她不想伤害到他……

丽莎撇撇嘴，大叫：“你脑子没毛病吧？你能伤害到谁啊？你除了伤害你自己谁也伤不到！拜托了，微微大小姐，你能先把自己保护好吗？情场如战场，你这种品质，最适合堵枪眼了。”

唐微微现在就把自己堵在“锦绣地产”的枪眼上。她可以后撤，只是，她不想。她无法想象，在王洋最困难最吃紧的时候，她撤退到杨年华温暖的怀抱中，她做不到。

杨年华问她会忙到什么时候？唐微微脸色蜡黄，说：“可能要半年吧。”

“你的意思是，这半年你都会忙成现在这样？如果我要见你，只能到你办公室楼下跟你喝个咖啡？或者陪你加班到深夜？”

唐微微咬咬嘴唇，尽量缓和语气说：“如果你不乐意，我也没办法勉强。这是我的工作，饭碗，砸了，我就没地儿住，没车开了。”

杨年华目光如炬，把唐微微照得低下头来——她心虚。

唐微微头发凌乱，她在电脑前一忙十几个小时，基本已经是一穿职业装的白领民工。杨年华的手指轻轻地在唐微微的头发里穿插，像梳子一样，头发越梳越顺，心越梳越乱，猛地一发力，唐微微的头被抬了起来，杨年华目光锐利，唐微微猝不及防，紧张、慌乱、羞涩、内疚……

杨年华贴近她，问：“爱我吗？”

不能说不爱。每天如果杨年华不来个电话或者短信，唐微微就像少了什么东西。有一次，她加班到深夜，躺到床上怎么都睡不着，想了半天，终于想起来，杨年华今天一整天没有跟自己联系。

当时是夜里两点半。她忍了又忍，给杨年华发了一条短信，三个字“睡了吗？”

其实，杨年华接到短信立刻就回了电话，但在唐微微的感觉里，是那么漫长，漫长得几乎不可忍受。手机彩铃在午夜响起，唐微微心花怒放。她问杨年华怎么没给自己电话？杨年华“咦”了一声，说：“我不知道你什么时候需要我电话，你太忙了，所以我想，还是等你给我电话吧。”

唐微微也在内心深处反复问过自己这个问题：我爱杨年华吗？还是只是因为我寂寞，孤独，渴望有一个男人关心我温暖我陪伴我？

丽莎尽管比唐微微小那么一点点，但久经情场，阅人无数。她告诉唐微微一个原则，永远不要问自己到底什么叫爱。人生苦短，为什么要思考超越自己能力范畴的事呢？关于什么叫爱这个问题，从古到今，多少哲学家、宗教家、教育家、情爱学家以及心理学家都在探讨，探讨好几千年都没个答案，你一红尘俗女，何苦为难自己？你得学会爱就爱了，喜欢一个人就上，至于喜欢他什么，你可以完全不知道，只要是喜欢就好。

比如你喜欢他送给你礼物，那么他就是你的礼物男友，但他可能不是你的红酒男友，因为他不善于陪你聊天。人是有专长的呀，到你要挑老公的时候，你就挑一个你不讨厌，而他喜欢你且“综合国力”比较强的就可以了，说穿了，就是要找那些能对你生活品质有所提升的男人，而把那些可以陪你玩、陪你乐、给你好感觉的男人当做你的“业余爱好”，比如说今天要找个人吃个饭，而老公又恰巧出差，那就把那个“业余爱好”调出来。这样老公也轻松，你也快乐，而对于那个陪你吃饭的“业余爱好”来说，他也享受了生活，谁也没吃亏，对吧？

用丽莎的分析办法，唐微微的问题很好解决：杨年华就是一个称职的情感陪护，闲的时候、累的时候，见个面、聊个天、做个伴甚至上个床都可以，但不是结婚对象。你嫁给他图他什么呢？难道跟老一辈人似的，啥也不图，就图个知冷知热？

唐微微做不到丽莎这样潇洒，而且她发现，找一个知冷知热、懂得你、体贴你、牵挂你的人，固然不容易，但更难的是，这个人你要接受，你要喜欢，否则，一个你没有感觉的人，即便再牵挂你、体贴你、懂得你、对你知冷知热，你也不愿意让他牵挂、体贴、懂得以及知冷知热。而杨年华，大概是这么多年来，唯一一个能让唐微微接受的男人——也许是因为他超级有耐心，他从来不会给唐微微任何压力，即便唐微微临时取消约会，他也不会发火。而当唐微微想的时候，哪怕是夜里两点半，他也会殷殷地打过电话，上来就说：宝贝，还没睡啊？他从来不会跟唐微微一般见识，或者说以牙还牙。

除了穷，杨年华没有任何明显的缺点，但，用丽莎的话说，一个男人，四十岁了，穷就是他最致命的缺点。他穷，就没有资格爱女人，爱是一种能力，他没有能力给女人幸福，凭什么爱人家？女人能给他们一个让他们爱的机会，他们就应该感谢生活感谢上天了。

总而言之，在丽莎的世界里，杨年华这样的男人没有任何可取之处，直到有一天，杨年华兴高采烈地跑来，递给唐微微一个存折："打开。"

唐微微打开："三十万。"

杨年华搂着唐微微："以后我每年都给你这么多。你不用太辛苦了，好不好？"

唐微微脸色苍白，有气无力："你怎么来的钱？"

杨年华："我前两年做的一套书，当时赔得一塌糊涂，最近被拍了电视剧，忽然火了……"

唐微微："哈哈，你得谢我。我旺财吧？"

说完，转身又趴到电脑上去了。杨年华忍住气，温言软语："微微，什么工作这么重要？"

"不要问我这么难的问题好不好？"唐微微使出"杀手锏"，女人嘛，得会撒娇，跟丽莎共事这么多年，她好歹也学到点皮毛。

"你以后有我了，还怕什么？我不是像你想得那样潦倒中年……"

"哎呀，我知道了。"唐微微应付。

杨年华沉默了。唐微微像一架工作机器，头发乱蓬蓬的，脸上油渍麻花，一看就是一整天趴在电脑跟前，至少超过十个小时没站起来了。

唐微微忙了一阵子，一扭头，杨年华坐在边上，庄严肃穆。唐微微忘记杨年华什么时候来的，一声惊叫，午夜的办公室，听起来格外恐怖。

说好一起去吃点东西，唐微微东摇西晃地上了车，立刻就睡了过去——等她醒来，发现自己已经躺在床上，杨年华坐在边上，盯着她看。

现在，唐微微无法拒绝杨年华“好好谈谈”的要求了。她一直借故忙，累，没时间，回头再说。唐微微坐起来，杨年华给她下了面条，她边吃边想好应对办法——杨年华刚才明确说了，以后她不必这么辛苦，他的图书公司赚钱了，他可以养她。她不必还房贷了，差多少，他明天给她一张支票，她可以一次还掉。

“我干完这一单就不干了。”唐微微边说边看着杨年华，观察他的反应。

“我们公司签了合约的，要是违约，得赔好多好多违约金呢。”唐微微撒了点小谎。她总不能跟这个给自己深夜下面的人说，她是在义务为前男朋友做设计吧！他的前男朋友等着她的设计去融资、去说服华尔街那些老油条出钱给他共同打造中国的曼哈顿呢。

“要赔多少违约金？”杨年华不动声色。

“好多好多。反正咱们赔不起。”唐微微巧笑倩兮。

“如果赔得起呢？”

“没有如果。”

“那要是有如果呢？”

“那还如果你把这个项目买了，你就是我老板了，我就什么都听你的了呢！”

“你说的？”

“我说的。”

杨年华知道唐微微是在给谁设计，他跟王洋在唐微微的办公室碰到过无数次，都是下班后。王洋对他毫不客气，完全视他如无物。来了就坐在唐微微边上，跟唐微微讨论设计方案啦，主题思想啦。唐微微倒是很照顾杨年华感受，但也就是以实际行动给他倒一杯咖啡，歉意地笑笑。有一次，梅雨连打了七八个电话，每个电话都是问王洋几点完事，王洋开始还有耐心，但后来就索性不接了。唐微微见状，对王洋说："你不能这样。人家是小姑娘嘛。你先回去吧，跟人家好好解释解释。"

王洋磨磨蹭蹭地走了。杨年华就坐到唐微微边上，学着刚才唐微微的腔调："你不能这样。人家是小姑娘嘛。你先回去吧，跟人家好好解释解释。"

唐微微不吭声。

杨年华就怪腔怪调地说："你是不是心里特美啊。前男友和现男友都陪着你加班？"

唐微微就歪着脑袋，斜个眼，说："是特美啊。在三十四岁高龄，还有男人哈着，多难啊。"

杨年华就走过去，用中指和食指顶着唐微微的下颌，稍一加力，唐微微的脑袋就仰了起来，"看着我的眼睛，微微，你是更爱他还是更爱我？你是更在乎他的感受还是更在乎我的感受？"

这两个问题，唐微微一直到脖子都仰得有些发酸了，还是没有回答上来。杨年华松了手，"我这个问题有这么难吗？"

真的很难。唐微微终于知道，人的感情是多么复杂。而忘记一个人有多么地难。她看着电脑，半天，说："给我时间好吗？爱是需要时间的，遗忘也是需要时间的……年华，不要逼我，好吗？我需要时间。"

"要多久？"

"……做完这个项目，咱们好好旅行一次，好吗？"

"一言为定。"

“一言为定。”

几天之后，王洋边开车边兴奋地跟唐微微通话，他告诉唐微微一个惊心动魄的好消息。有人要出资购买他的“曼哈顿”——连她的设计方案。

“我们要发财啦。”王洋无比激动。

他说的是“我们要发财啦。”

唐微微热泪夺眶而出——“我们”！

“不过，我想如果不卖，跟他合作，更好。毕竟这是我们的项目，对吧？”

“我们的项目”！又是“我们”！！唐微微用手捂住鼻子，她不想让王洋听到她抽动鼻子，她哭了……

深宅大院，朱漆玉门。

王洋也算是见过世面的人，但是这种世面他还是头一次见。海大的房间，宽大的沙发，茶几上是支票本和一枝笔——王洋诧异。不会吧？这么谈生意吗？跟黑社会似的。

“填上你要的数，然后离开……”磁性的声音，有点熟悉。房间是半球型的，连着露台。露台上的男人转过身，指间是上品古巴雪茄，王洋识货。

怎么回事？为什么？怎么可能？

抽雪茄的男人熄灭手里的烟，咧嘴一笑，一字型的唇型，富有感染力的笑容，杨年华！一瞬间，王洋几乎以为自己产生幻觉！

传说中的有钱人。看不见的顶层。照着杨年华自己的说法，有一天，他过烦了、厌倦了，忽然想玩一个游戏，就像七仙女，在天庭锦衣玉食多年，思了凡。是的，他跟他的哥们儿打了一个豪赌，他的哥们儿告诉他，假如他不是有钱，就他现在这样，不会有女人爱上他。如果有女人爱他，那个女人也一定是家里穷得揭不开锅，所谓破锅要找破锅盖。

于是，他动了凡心，扮演一落魄中年，上无片瓦，下无立锥，生意破败，看看到底有没有女人会爱上他？那到底会是一个什么样的女人？他赌赢了！

“好啦，我知道你要问我为什么不找一个年轻的，漂亮的，单纯的，我告诉你，我找过了，找过很多。她们也不是不好，但，她们太小了，不懂得生活，我要找一个吃过苦，寂寞过，悲伤过，奋斗过的女人，只有这样的女人才懂得珍惜，才懂得爱是来之不易的，这个答案你满意吗？”

杨年华仿佛看透王洋的所有疑问。

“签字吧。把她设计的曼哈顿给我。我来完成。”

“你还等什么？不要跟我讨价还价了，你没有这个资格，我也不打算和你合作。你把项目连同设计方案一起卖给我，然后，出局——你不理解她的设计。她是一个有梦想的女人，她的世界里，有很多很多美丽的梦，她为此忍受了很多很多痛苦，不肯妥协……跟你说些没有意义。我给你的钱够你花好几辈子了。你到底是一个下岗女工的儿子，你不懂什么叫财富，什么叫生活，什么叫梦想。去花天酒地吧，去宝马香车吧。这个世界上，只要你有钱，你就可以拥有很多很多的女人，很美很美的姑娘，如果你的人生意义就是这些，你实现了！你是不是觉得你的运气很好？”

这次，保安拉走的是王洋。

是梅雨来找的唐微微。

明眸皓齿，肤如霜雪，笑容明亮得如同一面镜子。

是的，谁都知道，包括梅雨在内，王洋最好的选择，就是把项目卖掉，卖给杨年华，但王洋拒绝了。拒绝就意味着没有退路，没有退路就意味着背水一战，而背水一战，多数的结果实际上是死无葬身之地——唯一的生机，就是唐微微。王洋只有一个概念，中国曼哈顿，但这个曼哈顿的灵魂在唐微微的脑子里，她需要把她脑子里的那个梦想之城，做成方案，图纸，沙盘。否则，谁会给一个空壳投钱？

“微微姐……现在只有你能帮他了！”

“对不起，我要下班了。我的未婚夫在等我。”唐微微站起身，关了电脑。

“微微姐，他一直都爱你！”梅雨带着哭腔，追到电梯口……

杨年华，蓝博基尼。唐微微拉开车门。就那一瞬，她看到街对面王洋的车——王洋急驰而来，唐微微坚信，他是来找她的。是的，用靳小令的话说，王洋是那种男人，他在别的成功的男人的选择中，看到了唐微微的价值——唐微微相当于是一件青花碗，放在他手里，他一直拿它当猫食盆子，这忽然有古董大玩家来了，看上了，他才知道珍贵才知道价值连城。靳小令告诉唐微微，别理他，他早干什么去了？现在他知道他爱你了，他知道他原来一直爱着你，晚啦！

靳小令说得太残酷了——唐微微更愿意相信梅雨说的。王洋一直都爱她，只是他不知道而已，他以为他不爱了，他帮她寻找幸福，寻找爱情，但，假如他不爱她了，他为什么会做这些事？难道男人会阻拦一个和自己不相干的人去结婚吗？不会的！但王洋会，而且不止一次！

“微微姐，相信他吧，他是爱你的……即使你不相信他对你的爱，你应该相信一件事，那就是中国的曼哈顿，他是为你打造的，他之所以要坚持由你来设计，是因为他知道你的梦想，他要为你完成她。如果他是一个纯粹的商人，他不会这么做的……微微姐……”

这一大段，是连日来梅雨发给唐微微的短信之一。现在，她站在电梯口，疯狂地给唐微微一遍又一遍地发短信，“微微姐，他真的爱你。失去你，他会崩溃的。他现在只要见我就和我吵，发火，我知道，我没有做错什么，我唯一的错，就是爱他，然后，因为爱他，不允许他跟你来往……”

唐微微一直在内心深处不肯喜欢梅雨——她一直认为梅雨是一个有心机的女孩子。当然，直到这一刻，她依然不喜欢梅雨，依然认为梅雨是有心机的女孩子，但她忽然意识到她和梅雨之间的差距。梅雨可以为了王洋，为了自己喜欢的男人，来求她，而她，似乎永远做不到，她可以为自己喜欢的男人冲锋陷阵、甘洒热血，但她不会流泪去求他不要走，留在自己身边，更不会为了得到他而去求另一个女人……

唐微微尽管多数时候非常拧巴，但她还没有拧巴到不可理喻。她在知道杨年华真实身份后，并没有像诸多影视剧中的女人一样，涕泪横流质问人家为什么要骗自己。丽莎说了，如果一个男人肯拿几千万来骗你，那他就不是骗子，而是这个世界上最深爱你的人！

杨年华还挺拧巴地问唐微微会不会生他的气？唐微微笑笑，说："你身无分文落魄中年我都没生你的气，现在发现你有钱了，反倒要生你的气，我有那么仇富吗？"

那段时间，唐微微心里是暖暖的，在办公室，人前人后，也感到格外扬眉吐气。一样的杨年华，当他是潦倒中年的时候，所有的人都用怜悯的目光看着她，仿佛他爱她，是她的耻辱，至少不是什么太光彩的事；但现在完全不一样了，人们都恭喜她，甚至乔娜，见了她也醋溜溜地说：我早看出我们微微不是等闲之辈啦。

唐微微一直盼望的事终于发生了——她找到一个好男人，一个爱她并且还能让众人羡慕得眼珠子发绿的男人，她以前一直以为当她拥有了这样的男人，她就可以骄傲地面对王洋，但是现在，真的如是这般，她反倒难以面对王洋了，甚至她内心深处还有一点点放不下——王洋那么强的自尊心，又恰巧赶上事业低谷，金融危机，他能度过这个坎吗？还有他和梅雨，说真话，唐微微总认为他们之间是有问题的，假如王洋富有成功，那么他还可能幸福，假如相反，梅雨能帮上什么忙呢？她就是一个瓷娃娃，锦上添花可以，雪中送炭，即便她有这个心，她也没这个能力。她自己还需要炭火的温暖呢，哪里还有余炭送给别人？

事实上，梅雨第一次单独来找唐微微的时候，唐微微心跳得几乎要蹦出来。那是王洋知道杨年华竟然是富甲一方的商界大鳄的第三天傍晚。当时杨年华恰巧在唐微微家，梅雨不期而至。唐微微开的门。看得出来梅雨表面上装得很老练，其实内心也忐忑得很。她看了一眼，房间不大，杨年华就在屋里站着，梅雨有点紧张，但还是非常礼貌地问唐微微，她和她可不可以单独谈谈。当然可以，她们进了唐微微的卧室，唐微微没有给梅雨倒水，她靠在床头，努力保持平静，梅雨站了很久，问她："你还爱王洋吗？"

唐微微笑笑，说："我爱谁是我的事，没有必要跟你说。"

梅雨就落泪了，哭得梨花带雨。她说她爱王洋，非常爱，不能失去王洋。她看着王洋这几天人瘦了一大圈，她希望唐微微能去看看王洋，另外，她认为杨年华和王洋有误会，她愿意为王洋赔礼道歉……

"这对你有什么好处？"唐微微发扬了"先小人后君子"的作风，直接截断梅雨的话，冷冷地问。

梅雨半天没说出话来。

这一回合，杨年华事后给俩人打分，算平手。杨年华告诉唐微微，梅雨这么做很简单，她是来摸摸你的虚实，之所以她告诉你她很爱王洋，这就打算把你置于一个"高尚"的位置，如果你足够高尚，你就应该跟她成朋友，等你跟她成朋友之后，她就可以要求你无条件地帮助她和她所爱的男人了！

杨年华说这些话的时候，唐微微一直沉默不语。直到杨年华问她："你能告诉我，到底王洋有什么让你念念不忘的吗？"

"没有，真的没有。也许，我忘不掉的，可能只是我曾经付出的那段感情吧？如果把他从我记忆里完全抠掉，那么我一生只有一次的青

春就不完整，因为那个时候，所有的悲喜都是和他连着的。”唐微微说得很慢，很慢。

当她说完，杨年华把她搂在怀里，片刻之后，杨年华对她说：“宝贝，你真是不会谈恋爱啊。下次我再问你的时候，你能不能说：‘谁让你不早一点出现在我生命里？让我白白浪费了好多年！’”

几天后。

唐微微坐在杨年华的车上。她从车窗里看到王洋，她的心一下子软了。两张机票，递到唐微微手上——希腊，爱琴海。

唐微微的眼睛里慢慢地弥上泪水。这是说好的旅行。她的眼泪不停地涌出眼眶。

杨年华攥住她的手，他的手温暖有力。

“宝贝，你是不是要跟我说，你得回去加班？手头的活儿没干完？”一字唇型，富有魅力的笑容。

“……”

“没关系，我可以等。我很有耐心的。别哭了，啊。”杨年华拍拍唐微微的手背，放开她。

蓝博基尼无声地调头。一个漂亮而流畅的U-TURN。